Vampire City

RACHEL CAINE

Vampire City

TOME 2

Traduit de l'anglais (États-Unis)
par Alice Delarbre

hachette

Photos de couverture : © Larry Rostant/Shutterstock.

Traduit de l'anglais (États-Unis)
par Alice Delarbre.

L'édition originale de cet ouvrage a paru en langue anglaise
chez NAL JAM, an imprint of New American Library,
a division of Penguin Group (USA) Inc., sous le titre :

The Dead Girls' Dance (Book 2 of *The Morganville Vampires series*).

Hachette Livre, 43 quai de Grenelle, 75015 Paris.

À Ter, pour m'avoir aidée à poser la pierre angulaire
de cette série.
À Katy, pour m'avoir aidée à surmonter mes angoisses
d'écrivain !

1.

« Ce n'est pas réellement arrivé, se dit Claire à part elle. Ce n'est qu'un mauvais rêve, encore un. À mon réveil, il se dissipera comme la brume… »

La bouche sèche, les paupières serrées de toutes ses forces, elle était recroquevillée contre le torse puissant et rassurant de Shane sur le canapé de la maison Glass.

La terreur l'étreignait.

« C'est un cauchemar. »

Pourtant, lorsqu'elle rouvrit les yeux, son ami Michael gisait toujours à terre, sans vie.

— Fais taire les filles, Shane, ou je m'en occupe ! gronda le père de celui-ci.

Il arpentait le salon de long en large, les mains croisées dans le dos. Il n'accordait pas un seul regard au cadavre de Michael, enveloppé dans un épais rideau de velours poussiéreux. Claire, elle, était incapable d'en détacher les yeux, maintenant qu'elle les avait rouverts. Cette vision était plus effroyable que tout, et il ne s'agissait pas d'un rêve – autrement dit, celle-ci ne disparaîtrait pas au réveil. Le père de Shane était bien là à les terroriser, et Michael…

Michael était mort. Seulement, ça ne changeait pas grand-chose pour un fantôme, si ? Un fantôme mort le jour… et vivant la nuit.

Claire ne prit conscience qu'elle pleurait que lorsque le père de Shane l'observa de ses yeux rougis. Ce regard lui inspirait plus de frayeur que celui des vampires qui peuplaient Morganville, ce qui n'était pas peu dire.

Frank Collins, le père de Shane, était grand et tout en jambes. Sa tignasse bouclée et grisonnante tombait sur le col de sa veste en cuir. Il avait des yeux foncés. Des yeux de fou. Une barbe en broussaille. Et une immense cicatrice, boursouflée et violette, lui barrait le visage. Ouais, définitivement flippant. Surtout qu'il était humain, ce qui paradoxalement le rendait plus effrayant qu'un vampire.

Claire essuya ses larmes en reniflant. Une voix intérieure lui criait : « Tu pleureras plus tard, pour l'heure il faut survivre. » Shane avait dû entendre la même voix : il s'était détourné de la dépouille de son meilleur ami pour dévisager son père. Il avait les yeux rouges, lui aussi, mais secs.

— Eve, lança-t-il doucement avant de hausser le ton : Eve ! Boucle-la, tu veux ?

Leur quatrième colocataire, Eve, était avachie contre un mur, le plus loin possible du corps de Michael, les genoux relevés, l'échine courbée. Des sanglots violents et désespérés la secouaient. Elle redressa la tête lorsque Shane l'apostropha : sur son visage, le mascara avait laissé de grandes traînées noires, et les larmes avaient effacé la moitié de son masque blanc gothique. Claire, en remarquant que celle-ci portait ses babies à têtes de mort, se demanda pourquoi ce détail retenait soudain son attention.

En la voyant si hagarde, Claire quitta le canapé pour aller s'asseoir à côté d'elle. Elles s'enlacèrent. Une odeur de larmes, de sueur et de parfum à la vanille émanait d'Eve. Elle ne parvenait pas à contrôler les frissons qui la parcouraient – elle devait être en état de choc. Sa peau était glaciale.

— Chut… lui murmura Claire. Michael va bien, tout va s'arranger.

Elle ignorait pourquoi elle prononçait ces mots, ce mensonge. Ils avaient tous vu de leurs propres yeux… ce qui était arrivé. Et pourtant quelque chose en elle lui dictait ces paroles de réconfort. Les sanglots d'Eve s'apaisèrent d'ailleurs aussitôt avant de cesser complètement. Celle-ci se couvrit alors le visage de ses mains tremblantes.

Shane n'avait rien ajouté. Il fixait toujours son père, avec ce genre de regard intense que les garçons réservent en général aux personnes qu'ils rêvent de réduire en bouillie. Frank Collins, s'il l'avait remarqué, s'en cognait complètement et continuait à faire les cent pas, imperturbable. Ses acolytes – de véritables bulldozers en blouson de motard noir, avec boule à zéro, tatouages et tout le toutim – s'étaient postés chacun dans un coin de la pièce, les bras croisés. L'assassin de Michael jouait avec le couteau d'un air blasé.

— Debout ! s'écria soudain M. Collins, qui s'était immobilisé juste devant son fils. Et ne t'avise pas de discuter, Shane. Lève-toi !

Ce dernier se redressa lentement, les deux pieds légèrement écartés. Comme s'il se préparait à recevoir (ou donner) un coup, songea Claire.

— Tu n'avais pas besoin d'en arriver là, riposta-t-il. Michael ne représentait aucune menace.

— Il était l'un des leurs, l'une de ces créatures contre nature…

— Je t'ai dit qu'il ne constituait pas un danger !

— Et moi, je dis que tu refuses tout simplement d'admettre que ton ami était devenu un monstre.

M. Collins ponctua sa repartie d'une bourrade maladroite dans l'épaule de son fils. Une démonstration d'affection, probablement. Shane ne broncha pas.

— Quoi qu'il en soit, ce qui est fait est fait, reprit son père. Je n'ai pas besoin de te rappeler pourquoi nous sommes ici, si ?

Face au mutisme de son fils, il tira de la poche intérieure de son blouson en cuir une poignée de clichés et les lui jeta. Ceux-ci rebondirent sur la poitrine de Shane, lequel voulut, par réflexe, les rattraper ; certains lui échappèrent néanmoins et atterrirent sur le parquet. Quelques-uns glissèrent même jusqu'à Claire et Eve.

— Oh, mon Dieu, souffla cette dernière.

Il s'agissait apparemment de photos de la famille Collins : un adorable petit garçon (Shane, supposa Claire), le bras passé autour des épaules d'une fillette plus petite, au visage encadré de boucles brunes ; derrière eux, une belle femme et un homme en qui Claire peinait à reconnaître M. Collins. Il n'avait pas de cicatrice à l'époque, ses cheveux étaient coupés court. Il paraissait… normal. Souriant et heureux.

Il y avait d'autres clichés. Eve en fixait un que Claire ne parvenait pas à interpréter : une masse noire, déformée… Shane se pencha pour l'arracher des mains d'Eve et le ranger dans la pile. « Sa maison a brûlé, il s'en est tiré, mais pas sa sœur… C'était Alyssa sur cette photo ! Oh non ! » Les yeux de Claire s'embuèrent de larmes et elle dut se couvrir la bouche pour retenir un cri, pas seulement parce que cette vision lui répugnait, mais parce que M. Collins l'avait infligée à son propre fils. Et elle avait la certitude que ce n'était pas la première fois qu'il faisait preuve d'une cruauté pareille.

— Ta mère et ta sœur sont mortes à cause de cette ville, à cause des vampires. Tu l'as oublié ?

— Bien sûr que non ! hurla Shane qui s'évertuait à rassembler les photos en une pile bien nette tout en évitant de poser les yeux dessus. Je rêve d'elles toutes les nuits, papa ! Toutes les nuits !

— Parfait. Et nous sommes ici à cause de toi. Tu ferais bien de ne pas l'oublier non plus. Tu ne peux plus reculer maintenant.

— Je ne recule pas !

— Alors pourquoi tu me bassines avec tes histoires ? Ça veut dire quoi : « Les choses ont changé, papa » ?

M. Collins avait imité son fils d'une voix pleurnicharde : Claire l'aurait bien frappé, même s'il mesurait quatre fois sa taille et était, sans aucun doute, beaucoup plus féroce qu'elle.

— Il suffit que tu renoues avec de vieux amis pour te transformer aussi sec en mauviette ? C'était Michael, je me trompe ? Le fils Glass ?

— Oui, répondit Shane en déglutissant péniblement, les yeux brillants de larmes. Ouais, c'était Michael.

— Et elles deux ?

— Personne.

— Celle-ci m'a tout l'air d'un vampire, insista-t-il en posant ses yeux rougis sur Eve et en faisant un pas dans sa direction.

— Fous-lui la paix !

Shane abandonna les photos sur le canapé et se plaça en travers du chemin de son père, les poings brandis. M. Collins leva les sourcils, puis lui adressa un sourire déformé par sa cicatrice.

— C'est Eve Rosser, papa, pas un vampire. Tu te rappelles Eve ?

— Mmm… fit-il en la dévisageant encore quelques secondes avant de hausser les épaules. Apparemment, elle aspire à entrer dans le clan des buveurs de sang, ce qui, de mon point de vue, ne vaut pas mieux. Et la gamine ?

Il parlait de Claire.

— Je ne suis pas une gamine, monsieur Collins, repartit-elle en se hissant sur ses pieds (elle avait la sensation bizarre d'être aussi mal coordonnée qu'un pantin désarticulé, et son cœur battait si fort que sa respiration en était douloureuse). Je vis ici. Je m'appelle Claire Danvers et j'étudie à l'université.

— Vraiment… rétorqua-t-il sans formuler de vraie question. Tu me sembles un peu jeune.

— J'ai un peu d'avance, monsieur. J'ai seize ans.

— Le bel âge !

Il sourit de nouveau, ou grimaça plutôt : la cicatrice tirait le côté droit de sa bouche vers le bas.

— Je parie que tu n'as jamais embrassé un garçon, poursuivit-il.

Elle rougit et ne réussit pas à s'empêcher de regarder Shane. Il avait la mâchoire contractée et les yeux perdus dans le vide.

— Oh oh ! Je vois ! Attention au détournement de mineur, mon garçon… dit-il, apparemment enchanté de cette nouvelle. Je suis Frank Collins. J'imagine que tu as compris que j'étais le père de ce garnement. J'ai vécu à Morganville, avant de quitter cet enfer voilà plusieurs années maintenant.

— Depuis l'incendie, précisa Claire, la gorge serrée. Depuis la mort d'Alyssa et… de la mère de Shane ?

Elle hésita, parce que celui-ci n'avait jamais parlé d'elle.

— Molly nous a quittés plus tard, expliqua M. Collins, après notre déménagement. Elle a été assassinée par des vampires.

Eve prit la parole à son tour, d'une voix faible et incertaine :

— Comment vous êtes-vous rappelé Morganville ? Je croyais que tout le monde était victime de trous de mémoire.

— Pas Molly. Les souvenirs lui revenaient par bribes. Elle ne pouvait pas effacer Lyssa de sa mémoire, et, petit bout par petit bout, le reste a resurgi. Nous avons pigé qu'il ne nous restait plus qu'à renverser la ville. Tout faire péter. N'est-ce pas, mon garçon ?

Shane hocha la tête, moins pour acquiescer que pour éviter de se prendre un gnon.

— Nous nous sommes préparés, pendant longtemps, puis j'ai renvoyé Shane ici. Il devait établir une carte de la ville, repérer les cibles, bref baliser le terrain avant l'arrivée de la cavalerie. Quand il nous a appelés à l'aide, j'ai décidé de rappliquer sans tarder. Illico presto.

Shane était livide. Il évitait de regarder Eve, Claire, le cadavre de Michael et même son père. Des larmes avaient laissé des traces sur ses joues, pourtant Claire ne se souvenait pas de l'avoir vu pleurer.

— Qu'est-ce que vous comptez faire ? demanda-t-elle.

— Enterrer ce truc, pour commencer, répondit-il en désignant d'un mouvement de la tête le linceul de fortune. Shane, il vaudrait mieux que tu restes à l'écart…

— Non ! Je t'interdis de le toucher ! Je veux m'en occuper !

M. Collins se renfrogna.

— Tu connais le protocole à suivre, rétorqua-t-il en considérant Eve et Claire, si on veut s'assurer qu'il ne revienne pas.

— Du folklore, tout ça. Papa, tu n'es pas obligé de…

— Nous allons procéder selon les règles et pas autrement. Je ne tiens pas à ce que ton pote rapplique au prochain coucher de soleil.

— De quoi parlent-ils ? chuchota Claire à Eve (elles s'étaient relevées et se tenaient par les mains).

— Il va lui planter un pieu dans le cœur, lui expliqua Eve d'une voix inerte. C'est bien ça ? Et lui fourrer de l'ail dans la bouche ? Et…

— Vous n'avez pas besoin de connaître les détails, l'interrompit M. Collins. Bon, ne traînons pas. Une fois que l'affaire sera réglée, Shane nous indiquera où trouver les plus gros vampires de Morganville.

— Vous l'ignorez ? s'étonna Claire. Vous avez vécu ici, pourtant.

— Ça ne marche pas comme ça, ma petite. Les buveurs de sang ne nous font pas confiance. Ils déploient tout un arsenal pour se protéger. Mais mon garçon a repéré une faille. N'est-ce pas, Shane ?

— Oui, répondit ce dernier d'un ton neutre. Finissons-en maintenant.

— Enfin… Shane, tu ne vas quand même pas…

— Eve, ferme-la ! Tu ne piges pas ? Il est trop tard pour Michael. Plus rien de ce qu'on lui fera n'a d'importance.

— Comment peux-tu dire une chose pareille ? s'époumona Eve. Il n'est pas mort !

— Eh bien, intervint M. Collins, c'est ce qu'on verra quand on lui plantera un pieu dans le cœur et qu'on le décapitera.

Eve étouffa ses hurlements des deux poings en tombant à genoux. Claire tenta de la relever, mais celle-ci était plus lourde qu'il n'y paraissait. Shane s'accroupit aussitôt à son côté et l'entoura d'un bras protecteur ; il fusilla du regard son père et les deux bikers.

— Tu n'es qu'un salaud, lâcha-t-il placidement. Je te l'ai dit, Michael ne représentait aucun danger avant, il n'en représente pas plus maintenant ! Tu l'as déjà tué, laisse tomber.

Pour toute réponse, M. Collins inclina la tête, donnant le signal à ses deux complices : ceux-ci s'emparèrent de Michael et le traînèrent vers la porte de la cuisine. Shane bondit sur ses pieds. Son père lui bloqua le passage et le gifla du revers de la main, si fort qu'il en vacilla. Il se protégea le visage, les paumes tournées vers l'extérieur. Le cœur de Claire se serra.

— S'il te plaît… pantela-t-il. Non, papa… S'il te plaît…

M. Collins abaissa le poing qu'il avait armé pour un second coup, toisa son fils et tourna les talons. Shane resta immobile, tremblant, les yeux baissés, jusqu'à ce que son père eût disparu dans la cuisine, puis il pivota et bondit en avant pour attraper Claire et Eve par les bras.

— Venez ! souffla-t-il en les entraînant vers l'escalier. Vite !

— Mais… Shane… protesta Claire.

— En haut !

Il ne leur donnait pas le choix : il avait des muscles et il s'en servait. Ils atteignirent le palier en moins de temps qu'il ne faut pour le dire.

— À l'intérieur ! lança Shane en ouvrant la porte de la chambre d'Eve. Et fermez le verrou. Je suis très sérieux. N'ouvrez à personne d'autre que moi.

— Mais… Shane !

Il se tourna vers Claire, lui prit les épaules et lui planta un baiser tiède sur le front.

— Tu ne connais pas ces types, vous êtes en danger. Restez ici… jusqu'à ce que je revienne.

Eve, l'air complètement ahuri, murmura :

— Tu dois les arrêter ! Ils vont blesser Michael !

Une tristesse infinie se lisait dans le regard de Shane.

— Ouais… finit-il par lancer. Il est un peu tard pour ça. Maintenant… je dois veiller sur vous. C'est ce que Michael aurait voulu.

Avant que Claire ait le temps d'imaginer une objection, il la poussa à l'intérieur de la chambre et claqua la porte. Il frappa un coup en hurlant :

— Enfermez-vous !

Claire tira le verrou en haut et tourna la clé dans la serrure. Elle ne recula pas aussitôt, sentant la présence de Shane de l'autre côté du battant.

— Shane ? hasarda-t-elle en collant son oreille contre le panneau de bois. Ne le laisse plus te faire du mal. S'il te plaît…

Elle entendit un souffle heurté, qui ressemblait davantage à un sanglot qu'à un rire.

— Ouais, fit-il sans conviction, d'accord.

Puis il dirigea ses pas vers l'escalier.

Assise sur son lit, Eve fixait le vide. Une odeur de feu de cheminée flottait dans la pièce, souvenir de l'incendie qui avait ravagé la chambre de Claire mais n'avait pas causé de dégâts sérieux ici, à l'exception de quelques traces de suie, qu'on remarquait à peine avec la décoration gothique.

— Ça va ? demanda Claire en s'installant à côté d'Eve.

— Non. J'ai envie d'aller regarder par la fenêtre, mais il ne faut pas, hein ? Il ne faut pas que je voie ce qu'ils sont en train de lui faire.

— En effet, convint Claire d'une voix étranglée. Ce n'est pas une très bonne idée.

Elle lui frotta doucement le dos tout en réfléchissant à la suite des événements… sans apercevoir de solution. Les alliés ne couraient pas les rues à Morganville. Shane excepté, elles n'avaient personne. À moins de se tourner vers un vampire.

Flippant, non ? D'autant qu'appeler Amelie reviendrait en quelque sorte à recourir à une arme nucléaire pour régler un problème mineur. Amelie était si effrayante que les vampires les plus féroces battaient en retraite devant elle. Elle avait bien dit : « Je ferai savoir qu'on ne doit pas vous toucher. De votre côté, veillez à ne plus troubler l'ordre public. Si cela arrivait, je serais contrainte de revoir ma décision. Ce qui serait… »

— … fort ennuyeux, conclut Claire dans un murmure.

Ouais, carrément ennuyeux. Et il n'y avait aucune chance pour que cet événement ne constitue pas un trouble de l'ordre public ou pour que ça n'en devienne pas un dès que le père de Shane aurait lancé sa croisade. Il était venu tuer des vampires et des considérations aussi futiles que, disons, la sécurité ou la vie de son fils ne l'arrêteraient pas.

Non, appeler Amelie n'était pas une bonne idée.

Qui alors ? Oliver ? Il figurait en mauvaise place sur la liste des Meilleurs Amis Pour La Vie de Claire, même si, lorsqu'elle l'avait rencontré, elle l'avait trouvé chouette dans le genre vieux. Depuis, cependant, il avait abusé de sa confiance, et elle avait découvert qu'il était, après Amelie, le vampire le plus effrayant de la ville. Qui n'hésiterait pas à se servir d'eux, et de la situation, contre elle s'il le pouvait.

Alors non, pas Oliver. La police était à la solde des vampires. Quant aux profs de la fac, ils ne lui avaient jamais donné l'impression d'être capables de se révéler dans les situations de crise.

Ses parents ? Claire réprima un frisson en imaginant ce qui arriverait si elle les appelait à la rescousse… Pour commencer, ils avaient déjà oublié ce qu'ils avaient vu à Morganville en franchissant l'espèce de champ électromagnétique qui entourait la ville. Il était en tout cas permis de le supposer : ils ne gardaient aucun souvenir d'avoir ordonné à Claire de rentrer chez eux en apprenant qu'elle avait quitté le dortoir de la fac. Pour s'installer avec des garçons. Et puis, ses parents ne feraient jamais le poids face au père de Shane et à ses motards.

Son cousin Rex… voilà une idée ! Sauf que Rex avait été emprisonné trois mois auparavant. Elle se rappelait que sa mère l'en avait informée.

« Regarde la réalité en face, Claire, il n'y a personne. Personne ne viendra vous sauver. »

Shane, Eve et elle contre le monde entier.

Ils avaient environ une chance sur trois milliards.

2.

Ce fut une longue, une très longue journée. Claire avait fini par s'allonger sur le lit, à côté d'Eve, chacune réfugiée dans son cocon de misère et de souffrance. Elles n'échangèrent que quelques mots : il n'y avait pas grand-chose à dire, de toute façon.

La nuit était presque tombée, lorsque quelqu'un secoua violemment la poignée. Le cœur de Claire se mit aussitôt à battre la chamade ; elle s'approcha lentement de la porte et souffla :

— Qui est-ce ?

— Shane.

Elle lui ouvrit, et il pénétra dans la pièce, tête baissée, avec un plateau contenant deux bols remplis de chili – soit le seul plat, ou presque, qu'il savait préparer. Il le déposa au bout du lit, juste à côté d'Eve qui, abattue par le chagrin, s'était assise et avait l'énergie d'une poupée de chiffon.

— Mange un peu, lui dit-il.

Elle secoua la tête, Shane poussa un bol vers elle. Elle l'accepta par lassitude en le fusillant du regard. Son expression se modifia presque aussitôt, ce qui n'échappa pas à Claire : à la colère avait succédé l'effroi.

— C'est rien, lança-t-il dès que Claire s'approcha pour voir ce qu'il y avait.

Ce n'était pas rien. Au contraire. Des bleus sombres s'étalaient sur sa joue et sa mâchoire.

— Je suis fautif, reprit-il en évitant le regard de Claire.

— La vache, chuchota Eve. Ton père…

— C'est ma faute, d'accord ? rétorqua-t-il sèchement avant de se lever et de se diriger vers la porte. Écoutez, vous ne pouvez pas comprendre. Il a raison, d'accord ? J'avais tort.

— Je ne comprends pas, en effet ! s'écria Claire en l'attrapant par le bras. (Il se libéra sans le moindre effort et continua sa route.) Shane !

Il s'immobilisa sur le seuil de la chambre et se tourna vers elle. Son visage était contusionné et maussade, mais Claire fut surtout effrayée par le désespoir dans ses yeux. Shane avait toujours été fort, non ? En tout cas, elle avait besoin qu'il le soit.

— Mon père a raison. Cette ville est malade, elle est empoisonnée et, à force, elle nous empoisonne, nous aussi. Nous ne pouvons pas rester les bras croisés. Nous devons les chasser.

— Les vampires ? Shane, tu délires ! C'est impossible ! Tu sais ce qui va arriver ! s'écria Eve.

Elle reposa le bol de chili sur le plateau et se leva. Elle avait toujours les joues barbouillées de larmes et l'air désespéré, mais elle semblait redevenue elle-même.

— Ton père est cinglé, poursuivit-elle. Je suis désolée d'être brutale, mais c'est la vérité. Ne le laisse pas t'entraîner dans sa chute, Shane. Il va réussir à te faire tuer, et sans doute Claire et moi avec. Il a déjà… (Elle s'étrangla et inspira profondément avant de reprendre :) il a déjà eu Michael. Qui sait combien il y aura de victimes collatérales ?

— Des victimes collatérales ? Comme Alyssa ? s'emporta Shane. Comme ma mère ? Ils l'ont assassinée, Eve ! Ils étaient prêts à nous faire cramer dans cette maison, hier, ne l'oublie pas.

— Mais…

— Cette ville est pourrie, l'interrompit Shane avant de s'adresser à Claire, implorant. Tu comprends, n'est-ce pas ? Tu comprends qu'il existe un autre monde, ailleurs, un monde différent d'ici ?

— Bien sûr, répondit-elle faiblement, bien sûr que je comprends, mais…

— On mène cette mission à son terme, et ensuite on met les bouts.

— Avec ton père ?

Eve parvint à insuffler tout le mépris de la terre à ces quelques mots.

— Sans moi, ajouta-t-elle. Le noir me va bien, le bleu, moins.

— Je n'ai pas dit… Je voulais parler de nous trois. On se tire pendant que mon père et les autres…

— Tu veux prendre la fuite ? insista Eve en secouant la tête. Super ! Et qu'est-ce qui se passera une fois que les vampires auront organisé un barbecue géant avec ton père et ses potes ? Parce qu'ils vont forcément se lancer à nos trousses. Ils n'épargnent jamais les complices d'un assassin de vampires, tu le sais pertinemment. À moins que tu croies ton père et ses abrutis d'armoires à glace capables de zigouiller des centaines de vampires, sans oublier leurs alliés, les flics et, à ce qu'on en sait, toute l'armée américaine !

— Tu vas le manger, ce chili ? rétorqua Shane.

— Pas si je n'ai rien à boire avec. Je connais ton goût pour le piment.

— Très bien ! Je vais vous chercher des Coca ! Et enfermez-vous ! s'écria-t-il en claquant la porte.

Claire s'exécuta aussitôt. Cette fois, Shane ne s'attarda pas dans le couloir : elle entendit le claquement sec de ses bottines sur le plancher alors qu'il s'éloignait.

— Tu ne pouvais vraiment pas t'en empêcher ? demanda-t-elle à Eve en s'adossant contre la porte, les bras croisés.

— De quoi ?

— De lui parler comme ça. Il n'a pas les idées claires. Il a perdu Michael, son père lui a…

— Dis-le, Claire : son père lui a lavé le cerveau. Pire. Je crois qu'à force de coups son père l'a rendu soumis. Une chose est sûre, à cause de lui Shane n'a plus grand-chose dans le ciboulot.

Eve s'essuya le visage d'un geste rageur : des larmes continuaient à couler sur ses joues, mais elle les devait davantage à l'emportement.

— Frank n'a pas toujours été comme ça, reprit-elle. Il était… je ne dirais pas gentil, parce qu'il a toujours été porté sur la bouteille, mais plus sympa. Beaucoup plus sympa qu'aujourd'hui. Après la mort de Lyssa, il… il a pété un câble. Je n'étais pas au courant pour la mère de Shane. Je croyais qu'elle s'était… enfin tu vois… suicidée, quoi. Shane n'a jamais été très clair à ce sujet.

Claire n'avait pas entendu Shane remonter l'escalier, mais elle perçut parfaitement le petit coup discret frappé à la porte. Elle ouvrit en grand, les mains tendues pour récupérer les canettes que Shane risquait sinon de lui balancer à la tronche… et découvrit une montagne humaine. Le type qui avait poignardé Michael se tenait sur le seuil.

Claire recula avant de songer qu'elle aurait été bien avisée de claquer la porte au nez de l'intrus. Trop tard : il avait déjà pénétré dans la chambre et refermé derrière lui. À double tour.

Claire jeta un regard d'effroi à Eve, qui bondit en avant pour s'interposer. Claire fouilla la pièce des yeux à la recherche d'une arme. N'importe laquelle. Elle ramassa un crâne qui semblait lourd mais était, en réalité, en plastique léger et donc inexploitable. Eve tira une crosse de hockey de sous son lit.

— Dommage, j'étais de bon poil, dit le biker. Ce petit bâton ne vous servira à rien, à part me mettre en rogne, ajouta-t-il avec un sourire dévoilant de grandes dents jaunes et carrées. Ou à m'exciter.

Claire crut qu'elle allait s'évanouir. Elle repensa à la visite de Shane dans sa chambre. Cette brute épaisse incarnait la face obscure du désir masculin, et même si elle en avait déjà entendu parler – impossible d'y échapper passé un certain âge –, elle n'y avait jamais été confrontée. Il les considérait, Eve et elle, comme si elles étaient deux morceaux de viande qu'il s'apprêtait à dévorer.

— Bas les pattes ! lança Eve en haussant le ton. Shane ! Shane, radine ta fraise, tout de suite !

Une pointe de panique perçait dans sa voix, même si elle affichait une maîtrise de soi impressionnante, vu la situation. Ses mains tremblaient sur le manche de la crosse.

L'homme s'approcha du lit d'une démarche féline. Il mesurait au moins un mètre quatre-vingts et était deux fois plus large qu'Eve, sinon davantage. Les muscles saillaient sur ses bras nus et il avait un regard bleu, à la fois vide et féroce. Un bruit de pas précipités leur parvint du couloir, suivi d'un grand coup : Shane tambourinait à la porte close. Il secoua la poignée de toutes ses forces en continuant de cogner.

— Eve ! Eve, ouvre !

— Elle est occupée ! hurla le motard en s'esclaffant. Oh oui, elle va être très occupée…

— Non ! s'époumona Shane en faisant trembler la porte sur ses gonds. Fous-leur la paix !

Eve força Claire à battre en retraite jusqu'à la fenêtre. Elle balança la crosse dans la direction du biker, qui se déroba, toujours hilare.

— Va chercher ton père ! hurla-t-elle à Shane. Il doit intervenir !

— Je ne vous abandonne pas !

— File, Shane ! Immédiatement !

Il s'éloigna en courant. Claire déglutit, se sentant subitement plus seule et vulnérable que jamais.

— Tu crois que son père va venir ? murmura-t-elle.

Au lieu de lui répondre, Eve lança au motard :

— Je te jure que si tu t'approches…

— Comme ça ? demanda-t-il en esquivant une nouvelle attaque et en lui arrachant, au passage, le bâton des mains.

Il le jeta par-dessus son épaule, et il atterrit par terre avec fracas.

— Je suis assez près ? reprit-il en faisant un pas supplémentaire. Et maintenant, poupée ? Tu vas verser toutes les larmes de ton corps ?

Claire se cacha les yeux au moment où la brute empoignait Eve.

— Non… répliqua-t-elle. Je vais regarder mon copain te ratatiner.

Bam ! Le bruit sourd du bois entrant en contact avec un crâne fut suivi d'un hurlement. Puis du bruit plus violent de la chute d'un corps. L'agresseur était à terre. Claire l'observa avec incrédulité avant de reporter son attention sur la silhouette qui se dressait au-dessus de lui, la crosse de hockey dans les mains.

Michael Glass. De retour parmi les vivants, encore une fois, sublime ange vengeur blond. Ses joues étaient rouges de colère, ses yeux bleus traversés d'éclairs. D'un regard, il s'assura que les filles allaient bien avant de placer la crosse sur la gorge du motard. Celui-ci battit des paupières, mais finit par perdre conscience.

Eve bondit par-dessus le biker et s'arrima à Michael, comme pour vérifier qu'il était réellement en vie. Il déposa un baiser sur le sommet de son crâne sans quitter des yeux son ennemi.

— Eve, dit-il avant de répéter d'une voix radoucie : Eve, va ouvrir.

Elle s'exécuta. Michael lui tendit la crosse, souleva le motard par les aisselles et le traîna dans le couloir avant de refermer la porte.

— Vous raconterez que... Eve, tu l'as assommé avec la crosse et que...

Il s'interrompit parce qu'elle s'était remise à pleurer, mais en silence : Claire le comprit au tremblement de ses épaules. Michael poussa un soupir, l'enlaça et posa sa tête blonde sur les cheveux noirs.

— Tout va bien, chuchota-t-il. Tout va bien, Eve. Nous sommes tous en vie.

— Tu étais mort ! gémit-elle. Tu étais mort, bon sang, je les ai vus te tuer, et... ils...

— Ouais, je ne prétendrai pas que c'était une partie de plaisir.

Une expression d'horreur traversa le regard de Michael, il n'était pas prêt à partager son expérience avec elles.

— Mais je ne suis pas un vampire, reprit-il, et ils ne peuvent pas me tuer comme un vampire. Pas tant que mon âme appartient à la maison. Quel que soit le traitement qu'on infligera à mon corps... il guérira toujours.

Claire se sentit saisie d'un vertige soudain, comme si elle se tenait au bord d'une immense falaise. Elle dévisagea Michael et réalisa qu'ils avaient pensé à la même chose : si le père de

Shane et sa joyeuse bande de voyous le découvraient, ils pourraient décider de mettre cette théorie en pratique. Pour le plaisir.

— Voilà pourquoi ils ne doivent pas savoir que je suis là, lâcha Michael. Ni eux, ni Shane.

— Shane ? s'étonna Eve en s'écartant légèrement.

— J'ai été témoin de ce qui s'est passé, de ce qui s'est dit. J'ai ce pouvoir quand je suis…

— Un fantôme ? suggéra Claire.

— Exactement. J'ai vu…

Il s'interrompit, mais Claire lut dans ses pensées :

— Tu as vu Shane se faire cogner par son père ?

— Justement, je ne veux pas le forcer à garder un secret. Pas maintenant. Pas avec son vieux dans les parages.

Des bruits de pas résonnèrent dans l'escalier, puis dans le couloir. Michael posa un index sur ses lèvres et se libéra de l'étreinte d'Eve. Il l'embrassa silencieusement.

— Cache-toi ! souffla Claire.

Il acquiesça et leva les yeux au ciel en découvrant le capharnaüm qui régnait dans la penderie d'Eve – Miranda, qui y avait été enfermée après avoir tenté de poignarder celle-ci, avait vraiment réussi à mettre le boxon. Eve devait être furieuse.

Les deux filles sursautèrent lorsqu'un coup violent ébranla la porte. Eve la déverrouilla aussitôt et Shane pénétra en trombe dans la pièce, armé d'un pied-de-biche.

— Comment… ? demanda-t-il, pantelant.

Claire comprit qu'il s'apprêtait à fracturer la porte. Elle s'approcha lentement de lui, cherchant à déchiffrer son expression pour comprendre ce qu'il ressentait. Il lâcha le pied-de-biche pour la soulever dans ses bras. Le contact du souffle chaud et heurté de Shane sur son cou arracha un frisson de plaisir à Claire.

— Je suis désolé… Je suis tellement désolé…

— Tu n'y es pour rien, dit Eve. Regarde ! ajouta-t-elle en brandissant la crosse de hockey. Je l'ai frappé… deux fois.

Shane déposa un baiser sur la joue de Claire avant de la laisser glisser à terre, sans la lâcher pour autant. Il l'examina attentivement de ses yeux qui luisaient sous la chair enflée et tuméfiée.

— Il ne t'a pas blessée ? Toi non plus, Eve ?

— Je l'ai dégommé ! répéta cette dernière en brandissant la crosse pour l'effet. Il n'a pas eu le temps de nous faire de mal, mais nous, oui ! Toutes seules, comme des grandes. Sans l'aide de personne ! Euh… alors… où est ton père ? Il n'est pas pressé de voler à notre secours.

Shane referma la porte et la verrouilla alors que le biker dans le couloir roulait sur le côté en poussant des gémissements. Son absence de réponse à la question d'Eve était une réponse en soi. M. Collins avait davantage besoin de ses acolytes que d'Eve ou de Claire. Elles n'avaient aucune valeur à ses yeux. Pire, il les considérait sans doute comme des récompenses potentielles.

— On ne doit pas rester ici, paniqua Eve. C'est trop dangereux.

Shane acquiesça, l'air triste cependant.

— Je ne peux pas venir avec vous.

— Bien sûr que si ! Shane…

— On parle de mon père, Eve. Il est la seule famille qui me reste.

— Ouais, eh ben à ta place, je m'en séparerais sans problème, répliqua-t-elle avec ironie.

— Venant de quelqu'un qui a abandonné sa famille sans hésiter, je ne suis pas surpris...

— Eh !

— Sans même se préoccuper de ce qui leur arrivait...

— Ils se fichaient bien de ce qui m'arrivait à moi !

Eve hurlait presque et soudain la crosse de hockey dans ses mains n'avait plus rien d'un accessoire.

— Laisse ma famille en dehors de ça, Shane, reprit-elle. Tu n'as aucune idée de ce que tu racontes. Aucune idée.

— J'ai rencontré ton frère !

Ils conservèrent tous deux le silence. Un silence inquiétant. Claire s'éclaircit la gorge avant de hasarder :

— Ton frère ?

— Ne te mêle pas de ça, Claire, répliqua Eve avec une placidité qui ne lui ressemblait pas. Crois-moi, mieux vaut rester à l'écart.

— À Morganville, tout le monde a un cadavre dans le placard, lança Shane, et le tien prend beaucoup de place, Eve. Tu n'as pas à me juger !

— J'ai une idée : pourquoi tu ne dégagerais pas de ma chambre, trouduc !

Shane ramassa le pied-de-biche en sortant. Il aida le motard, qui grognait, à se relever et l'entraîna vers l'escalier. Celui-ci n'opposa aucune résistance. Claire les regarda disparaître par le trou de la serrure, puis elle adressa un signe de tête à Eve, qui lâcha la crosse de hockey et ouvrit la porte de la penderie.

— Oh, non, soupira-t-elle. J'espère que tu n'as rien abîmé. Ce n'est pas facile de dégoter des fringues dignes de ce nom dans cette foutue ville. Michael ?

La tête blonde jaillit d'un tas de vêtements gothiques noirs et rouges. Michael brandit aussitôt une culotte en dentelle noire. Un string plus précisément.

— Eh ! s'écria Eve en le récupérant. Pas touche à mes dessous !

Michael se contenta d'un sourire. Pour un type qui avait été poignardé, écharpé et enterré moins de vingt-quatre heures auparavant, il paraissait étonnamment serein.

— Je ne te demanderai pas avec quoi tu le portais, s'amusa-t-il. Je préfère laisser libre cours à mon imagination.

Eve fit mine de se renfrogner tout en lui tendant une main pour l'aider à se relever.

— Shane escorte notre nouvel admirateur au rez-de-chaussée. Et maintenant ? On ne va pas se faufiler dans une conduite d'évacuation.

— Pas attifée comme ça, en effet, convint-il sans se départir de son sérieux. Change-toi. Moins tu attireras l'attention de ces types, mieux tu te porteras.

Eve récupéra un jean et un tee-shirt turquoise avec un arc-en-ciel pailleté – sans doute un cadeau. Elle fusilla Michael du regard en tapant du pied par terre.

— Quoi ?

— Les gentlemen se retournent quand une fille se déshabille. À ce qu'on m'a raconté.

Il se plaça face au mur pendant qu'Eve ôtait son haut en dentelle et sa jupe écossaise noir et rouge. Ses bas résille étaient maintenus en place par un porte-jarretelles : carrément sexy.

— Tu n'as pas intérêt à cafter, dit-elle à Claire en les retirant.

Eve ne quitta pas une seconde Michael des yeux. Les joues écarlates, elle se rhabilla en trente secondes, puis rassembla les vêtements éparpillés, ainsi que le porte-jarretelles, et les fourra dans la penderie avant de lancer :

— C'est bon, tu peux te retourner.

Michael pivota sur ses talons puis s'adossa au mur, les bras croisés. Il souriait, les yeux mi-clos.

— Quoi ? demanda Eve, qui rougissait toujours. Je ne me suis pas assez ridiculisée à ton goût ?

— Tu es magnifique, dit-il en venant déposer un baiser sur ses lèvres. Va te débarbouiller.

Pendant qu'Eve fonçait à la salle de bains, Claire interrogea Michael :

— Tu as un plan, n'est-ce pas ? Parce que nous, non. Enfin, Shane pense qu'on devrait laisser agir son père et prendre la fuite, mais Eve n'est pas du même avis.

— Ce serait du suicide. Le père de Shane ne réussira qu'à faire tuer Shane. Et vous avec.

— Sauf que tu as un plan.

— Ouais. J'ai un plan.

Lorsque Eve revint de la salle de bains, Michael les entraîna dans le couloir en leur intimant le silence. Il actionna l'interrupteur caché derrière un tableau, et les lambris pivotèrent, révélant l'entrée d'une des pièces secrètes de la maison. La pièce d'Amelie. Sa préférée, sans doute parce qu'elle ne comportait pas de fenêtres et qu'on ne pouvait en ressortir qu'en pressant un bouton dissimulé. Voilà le genre de surprises que recelait une demeure construite par un vampire (et lui appartenant toujours dans les faits).

— Montez, murmura Michael. Eve, tu as ton portable ?

Elle tapota ses poches, brandit un index et fila dans sa chambre. Elle revint avec. Michael les poussa dans l'étroite volée de marches et la porte se referma derrière eux dans un souffle.

À l'étage, la pièce était semblable en tout point au souvenir de Claire : élégante avec ses meubles victoriens et poussiéreuse. Cette pièce, à l'instar du reste de la maison, portait la trace d'une présence invisible, insaisissable. Fantomatique. Pourtant, Michael était apparemment le seul fantôme à leur tenir compagnie, et elles le connaissaient bien. Il ne fallait pas oublier, néanmoins, que c'était la maison qui, d'une certaine façon, le maintenait en vie.

— Eve, tu me passes ton portable ? demanda Michael en s'affalant sur le sofa, la main tendue.

Eve le lui remit d'un air renfrogné.

— Et qui comptes-tu appeler ? Les ghostbusters ?

En affichant un large sourire, Michael composa un numéro à trois chiffres. La communication fut établie presque immédiatement.

— Allô, la police ? Je m'appelle Michael Glass, je vis au 716 West Lot Street. Des inconnus ont pénétré par effraction dans ma maison… Non, je ne connais pas leur identité, mais ils sont au moins trois.

La stupéfaction décrocha la mâchoire d'Eve. Claire n'en revenait pas davantage. Appeler la police semblait une réaction si… naturelle. Et si insensée.

— Vous devriez peut-être préciser aux inspecteurs que cette maison et ses occupants sont placés sous la Protection de la Fondatrice, ajouta-t-il. Ils n'auront aucun mal à le vérifier, je suppose.

Quelques secondes plus tard, il raccrocha et tendit le téléphone à Eve. Il semblait très content de lui.

— Et Shane ? demanda Claire. Tu as pensé à Shane ?

Son aplomb s'évanouit aussitôt.

— Il est assez grand pour assumer ses choix. Je sais qu'il voudrait que je veille sur vous en priorité. Et le seul moyen d'y parvenir, c'est de mettre ces types à la porte de chez moi. Je ne peux pas vous protéger vingt-quatre heures sur vingt-quatre, pendant la journée vous seriez vulnérables. Et je n'ai pas l'intention de vous regarder vous faire…

Il laissa la fin de sa phrase en suspens, mais les deux filles avaient parfaitement saisi le message et elles opinèrent.

— Dès qu'ils auront remis le pied dehors, je pourrai les empêcher de pénétrer dans la maison, à moins que Shane les y invite. Ou l'une de vous deux, mais je vois mal pourquoi.

De nouveaux hochements de tête, plus énergiques, cette fois. Michael embrassa le front d'Eve avec une tendresse évidente et ébouriffa les cheveux de Claire.

— Alors, nous n'avons pas d'autre solution, conclut-il. Et puis ça leur fera les pieds.

— Je suis désolée, lança Eve d'une voix plaintive. Je ne pensais pas… J'ai trop l'habitude de considérer les flics comme nos ennemis. Et puis, ils cherchaient à nous tuer de toute façon, non ?

— Les situations évoluent, nous devons nous adapter.

Michael excellait dans ce domaine. Il était passé du statut de musicien talentueux désireux de se faire un nom à celui de fantôme à mi-temps prisonnier d'une maison, puis de fantôme à mi-temps prisonnier d'une maison contraint de prendre des colocataires pour régler les factures. Et maintenant, il s'échinait à imaginer le moyen de sauver leur peau alors qu'il ne pouvait toujours pas s'enfuir, lui.

Michael était tellement… mature. Claire ne réussissait pas à se figurer comment on le devenait aussi rapidement. La route qui menait à l'âge adulte lui semblait plongée dans un brouillard et elle ignorait comment elle était censée atteindre le but. Mais elle ne devait pas être la seule dans ce cas. À avancer en tâtonnant.

Ils patientèrent.

Cinq minutes plus tard environ, des hurlements de sirènes lointains leur parvinrent – étouffés par les murs épais de la pièce. L'arrivée de la police était imminente. Ils se trouvaient peut-être même déjà devant la maison. Claire pressa l'interrupteur caché dans l'accoudoir en forme de tête de lion pour ouvrir la porte secrète, et le volume des sirènes crût aussitôt. Elle dévala les marches et jeta un coup d'œil dans le couloir : vide. Du rez-de-chaussée, en revanche, montèrent des éclats de voix et des cris, suivis du bruit d'une porte ouverte à la volée. Des moteurs de motos qui rugissaient, des pneus qui crissaient.

— Ils s'en vont, hurla Claire à l'intention d'Eve et de Michael, avant de partir à la recherche de Shane.

Il était plaqué contre un mur, tenu à la gorge par son père. À l'extérieur, les sirènes de la police se turent subitement.

— Traître ! lança M. Collins, un couteau à la main. Tu n'es qu'un traître. Tu es mort, à mes yeux, tu entends ?

Claire s'immobilisa et attendit d'avoir récupéré sa voix pour dire :

— Monsieur, je vous conseille de quitter la maison, sauf si vous avez envie de discuter avec des vampires.

Le père de Shane tourna vers elle un visage déformé par la rage.

— Sale petite garce ! Tu as monté mon fils contre moi !

Shane agrippa la main de celui-ci et tenta de lui faire lâcher prise.

— Non… Ne…

Claire recula. Pendant une seconde, Shane et son père se figèrent, puis ce dernier lâcha son fils et s'élança vers la porte de la cuisine. Shane tomba à genoux, en suffoquant, et Claire se précipita à son côté… au moment où la serrure de la porte d'entrée volait en éclats et où le battant s'ouvrait, livrant passage aux forces de l'ordre.

— Bordel ! souffla Shane. On venait juste de réparer cette foutue porte !

Claire s'accrocha à lui, terrifiée par la vision de la police envahissant la maison.

3.

Shane ne répondait pas aux questions des flics. Ni au sujet de son père, ni au sujet du reste. Avachi sur le canapé, les yeux baissés, il refusait de coopérer avec les officiers de police humains. Claire ne savait pas quoi dire – ou plutôt elle ne savait pas ce qu'il fallait éviter de dire. Elle bredouillait donc beaucoup de phrases vagues, du genre : « aucune idée » ou « j'étais en haut ». Eve, faisant preuve d'un sang-froid dont Claire ne l'aurait jamais crue capable, intervint pour expliquer qu'ayant entendu des intrus casser des objets au rez-de-chaussée elle avait entraîné Claire dans sa chambre, où elles s'étaient enfermées par sécurité. Son histoire tenait debout. Claire l'appuya d'un hochement de tête vigoureux.

— C'est donc ce qui s'est passé ? demanda une nouvelle voix dans le dos des policiers.

Ceux-ci s'écartèrent pour faire place à deux étrangers. Des inspecteurs, à en croire leurs costumes. Une femme pâle comme la neige, aux yeux comme des miroirs. Et un homme grand, les cheveux gris coupés court.

Ils portaient des badges dorés à la ceinture. Il s'agissait bien d'inspecteurs. D'inspecteurs vampires.

Eve s'était statufiée, les mains posées sur les genoux. Elle répondit, avec une affabilité prudente :

— Oui, madame. C'est ce qui s'est passé.

— Et vous n'avez pas la moindre idée de l'identité de ces mystérieux individus, insinua l'homme, qui était on ne peut plus effrayant. Vous ne les aviez jamais vus avant ?

— Nous ne les avons pas vus tout court, monsieur.

— Parce que vous étiez… enfermées dans votre chambre.

Il sourit, découvrant ses crocs. Le message était clair : il lançait un avertissement.

— Je sens l'odeur de la peur, poursuivit-il. Elle suinte par tous vos pores. Délicieux.

Claire ravala un gémissement de terreur. Les policiers humains s'étaient reculés d'un pas : un ou deux paraissaient mal à l'aise, mais n'avaient pas pour autant l'intention d'intervenir, quoi qu'il arrive. Il y avait pourtant des règles. Et elles étaient les victimes ! Même si cette notion ne devait pas avoir beaucoup de valeur aux yeux des vampires…

— Fichez-leur la paix, dit Shane.

— Mais c'est qu'on a une langue ! s'exclama la femme en pouffant.

Elle s'accroupit d'un mouvement élégant et parfaitement maîtrisé pour dévisager Shane.

— Un chevalier errant défendant les opprimés. Charmant ! Tu ne nous fais pas confiance, petit chevalier ? Ne sommes-nous pas vos amis ?

Elle avait un accent européen, vaguement allemand.

— Ça dépend, répondit Shane en soutenant son regard. Vous obéissez à qui ? Oliver ou la Fondatrice ? Parce que si vous nous touchez, si vous touchez à l'un d'entre nous, c'est avec elle que vous devrez régler ça. Vous voyez de qui je veux parler ?

La femme se départit de son expression amusée. Son collègue poussa un cri entre l'éclat de rire et le grognement.

— Méfie-toi, Gretchen, il mord. Enfin, il ne te fera pas plus mal qu'un chiot. Mon garçon, tu ignores ce que tu racontes. La marque de la Fondatrice est sur la maison, oui, mais je ne vois aucun bracelet à vos poignets. Ne soyez pas idiots, n'affirmez pas des choses que vous ne pouvez pas prouver.

— Va te faire voir, Dracula, riposta Shane.

Gretchen éclata de rire.

— Un louveteau, plutôt. Oh, il me plaît, Hans ! Je peux l'adopter, puisqu'il n'a pas de Protecteur ?

Un flic en uniforme s'éclaircit la gorge.

— M'dame ? Désolé, mais je dois intervenir. Si vous voulez déposer une demande officielle, je verrai ce que je…

Gretchen se releva en poussant un soupir de frustration.

— De la paperasse… pfouh ! Autrefois, on l'aurait puni pour son insolence.

— Autrefois, Gretchen, nous mourions de faim, rétorqua Hans. Tu te souviens ? Des hivers en Bavière ? Qu'il s'énerve si ça lui chante.

Il adressa un sourire moins féroce à Eve et à Claire.

— Désolé, poursuivit-il. Gretchen s'emballe souvent. Bien, alors vous êtes certains qu'aucun d'entre vous ne connaissait ces intrus ? Morganville n'est pas une ville importante. Ses habitants forment une grande famille, surtout les humains.

— Des étrangers, répondit Eve. Je pense qu'il s'agissait d'étrangers. Peut-être qu'ils... étaient de passage.

— De passage... répéta Hans. Morganville n'a rien d'un site touristique. Même pour les gangs de motards.

Il scruta leurs trois visages successivement et, lorsqu'il posa ses yeux sur Claire, elle eut l'impression d'être passée aux rayons X. Néanmoins, il était incapable de lire dans ses pensées, non ? Hans termina par Shane, qu'il fixa de son regard sombre.

— Ton nom ?

— Shane. Shane Collins.

— Tu as quitté Morganville avec tes parents il y a quelques années, je me trompe ? Qu'est-ce qui t'a ramené ici ?

— Mon ami Michael cherchait un colocataire.

Son assurance vacilla, et Claire comprit qu'il venait de commettre une erreur. Une énorme erreur.

— Michael Glass. Le mystérieux Michael. Jamais là lors des visites pendant la journée, mais toujours présent la nuit. Dis-moi, Michael est-il un vampire ?

— Vous le sauriez, non ? riposta Shane. Aux dernières nouvelles, aucun nouveau vampire n'a vu le jour depuis cinquante ans au moins.

— Exact, acquiesça Hans. Pourtant, tu reconnaîtras que c'est curieux. Que ton ami se montre aussi insaisissable.

Ils étaient au courant. Ils savaient quelque chose. Oliver n'avait aucune raison de garder un secret, celui de Michael en particulier. Il avait dû raconter à tous ses sous-fifres que leur ami était un fantôme, prisonniers de deux mondes – qu'il n'était ni vampire ni humain.

— La nuit est tombée, fit remarquer Gretchen. Alors où se trouve-t-il ?

Difficile de ne pas remarquer l'expression misérable qui se peignit sur les traits de Shane.

— Il doit traîner dans le coin, répondit-il, la gorge serrée.

— Dans quel coin, exactement ?

Claire échangea un regard d'effroi avec Eve. Shane croyait toujours Michael mort, enterré dans le jardin... et celui-ci avait insisté sur la nécessité de ne pas lui en parler.

— Je l'ignore, lâcha Shane, dont les oreilles rougissaient.

Un sourire étira lentement les lèvres de Hans.

— Tu ne sais pas grand-chose, fiston. Et tu ne m'as pas l'air d'un idiot fini, alors que se passe-t-il ? Tu t'es caché dans la chambre avec les filles ?

Il appuya avec insistance sur le dernier mot, ce qui provoqua l'hilarité de sa collègue.

Shane se leva. Une lueur de folie s'était allumée dans ses yeux, Claire sentit son cœur s'arrêter : ça n'augurait rien de bon. Shane allait commettre une terrible imprudence, et elles ne pouvaient pas l'en empêcher...

— Vous me cherchez ?

Tous se retournèrent comme un seul homme.

Michael se tenait au sommet de l'escalier. Avec son tee-shirt noir et son jean froissés, il donnait l'impression qu'il venait de se lever. Et, à son habitude, il était pieds nus.

Shane s'affala de tout son poids sur le canapé. Michael prit son temps pour descendre les marches, s'assurant ainsi de capter l'attention de tous pour permettre à son ami de se ressaisir – il avait nombre de choses à digérer en moins de trente secondes. Le soulagement, bien sûr, qui lui remplit les yeux de larmes. Suivi, inévitablement, de la colère, parce que, eh bien, il s'agissait d'un mec, de Shane de surcroît, et qu'il réagissait ainsi face à la peur.

Si bien que, lorsque Michael coupa le cercle de policiers pour rejoindre le canapé, Shane était loin d'être apaisé. Il se décala pour faire de la place à son ami. Beaucoup de place.

— Salut ! lança Michael. Quoi de neuf ?

Shane le considéra comme s'il était fou en plus d'être pour ainsi dire mort la moitié du temps.

— Les flics, mec.

— Ça, j'avais pigé, merci. Pourquoi ?

— Tu es en train de m'expliquer que le boucan ne t'a pas réveillé ? Mon pote, tu devrais consulter un médecin. Tu es peut-être malade.

— Eh, j'avais du sommeil en retard. Les filles me fatiguent, tu sais… ajouta-t-il en souriant.

Ils avaient un don pour prétendre que la vie suivait son cours normal, alors que leur situation n'avait absolument rien de normal.

— Qu'est-ce qui est arrivé, alors ?

— Vous ignorez que des individus se sont introduits chez vous ? intervint Gretchen, qui avait observé avec un désappointement croissant l'échange entre les deux garçons (qui dissipait ses chances de voir le sang couler). D'après vos colocataires, ils n'ont pas été discrets.

— Il ne se réveillerait même pas si la troisième guerre mondiale éclatait, rétorqua Shane. Comme je le disais, c'est une sorte de maladie ou un truc dans le genre.

— Je croyais que tu ne savais pas où Michael se trouvait, remarqua Hans. Tu n'avais pas regardé dans sa chambre ?

— Je ne suis pas responsable de lui, répliqua Shane avec un geste d'indifférence.

— Ah ! fit Gretchen en souriant. Voilà où tu te trompes, petit chevalier. Vous êtes tous responsables de vos frères à Morganville, et vous pouvez tous être amenés à payer pour leurs crimes. Vous ne devriez pas l'oublier.

Hans commençait visiblement à s'ennuyer.

— Brigadier, lança-t-il (le policier le plus âgé s'avança), je remets cette affaire entre vos mains. Si vous découvrez quoi que ce soit d'inhabituel, prévenez-nous.

Sur ce, les vampires disparurent. Ils se déplaçaient rapidement, silencieusement. Ils ne voulaient pas se mêler aux humains trop longtemps. Claire tenta de réprimer un frisson à cette pensée. Elle se laissa tomber sur le canapé à côté de Shane et faillit se blottir contre lui. Eve se glissa entre les deux garçons.

— Bien, bien, bien... dit le brigadier, peu réjoui d'avoir écopé de cette affaire à nouveau, mais visiblement résigné.

Ça ne devait pas être facile d'avoir des vampires pour patrons – ils n'avaient pas une grande capacité de concentration.

— Glass ? s'enquit le brigadier. Vous faites quoi dans la vie ?

— Je suis musicien, monsieur.

— Vous jouez en ville, alors ?

— Je répète pour de futurs concerts.

Le policier opina en feuilletant les pages d'un livre en cuir noir. Il fit courir son épais index sur une liste, se renfrogna avant de reprendre :

— Vous avez du retard dans vos dons, Glass. D'un mois environ.

Michael jeta un vif coup d'œil à Shane avant de répondre :

— Désolé, monsieur. Je me mettrai en quête d'une salle dès demain.

— Je vous le conseille, vous savez ce qui arrivera sinon, l'informa-t-il avant de continuer à consulter sa liste. Et vous, Collins ? Toujours au chômage ?

Il le dévisagea. Longuement. Shane affichait un air volontairement abruti.

— Je chercherais mieux à votre place, poursuivit le brigadier.

— Starbucks, lança Eve avant même qu'il se soit tourné vers elle. Eve Rosser, monsieur.

Elle frissonnait de la tête aux pieds tant elle était nerveuse – elle qui s'était pourtant montrée calme et impassible quand elle n'avait pu compter que sur elle-même. Elle tenait la main de Michael et de Shane.

— Mais… euh… ajouta-t-elle, je pense à changer.

Le flic s'ennuyait sec à présent.

— Bon, d'accord. Et vous, la petite ? Votre nom ?

— Claire, répondit-elle d'une voix fluette. Euh… Claire Danvers. Je suis étudiante.

— Ne devriez-vous pas résider sur le campus ? l'interrogea-t-il sans la quitter des yeux.

— J'ai obtenu l'autorisation de vivre ailleurs.

À vrai dire, elle s'était octroyé ce droit toute seule. Il la toisa un moment avant de hausser les épaules.

— Puisque vous habitez en ville, vous devez respecter les règles. Vos amis vous les exposeront. Et tenez votre langue sur le campus… nous avons suffisamment de problèmes pour ne pas paniquer les étudiants. Nous retrouvons toujours les bavards.

Claire hocha la tête.

L'interrogatoire était fini, mais la police n'en avait pas terminé pour autant : elle parcourut les pièces de la maison et prit quelques photos. Quelques minutes plus tard, elle partit sans leur adresser un mot supplémentaire.

Après que les officiers eurent refermé la porte derrière eux – autant que possible avec une serrure cassée –, le silence tomba sur la pièce pendant dix bonnes secondes. Shane le rompit en se tournant vers Michael :

— Sale tocard !

La gorge de Claire se serra en percevant la fureur qui couvait dans sa voix.

— Tu veux qu'on aille régler ça dehors ? répliqua Michael.

Son ton était neutre, presque calme. Ses yeux étaient tout l'inverse, eux.

— Quoi, tu peux quitter la maison, maintenant ?

— Non, je voulais dire ailleurs, Shane.

— Eh ! intervint Eve. Ne…

— La ferme, Eve ! l'interrompit Shane.

Michael bondit du canapé comme si quelqu'un l'en avait chassé, il attrapa Shane par son tee-shirt et le força à se mettre debout.

— Je t'interdis ! s'écria-t-il en lui donnant une secousse violente. Ton père est un trouduc, mais ce n'est pas une maladie génétique. Tu n'as pas forcément été contaminé.

Shane le serra violemment dans ses bras. Surpris, Michael ferma les yeux et s'immobilisa un instant avant de décocher une tape dans le dos de Shane. Lequel, naturellement, reproduisit le même geste. Puis ils s'écartèrent. Ils se pensaient tellement virils. Claire leva les yeux au ciel.

— Je te croyais mort, lâcha Shane, les yeux humides. Je t'ai vu crever, mec.

— Je crève tous les jours. Ça ne marche pas vraiment, rétorqua Michael avec un demi-sourire, plus morose qu'amusé. Je me suis dit qu'il valait mieux que ton père s'imagine qu'il m'avait éliminé. Que ça lui éviterait peut-être d'être trop dur avec toi.

Le regard de Michael s'attarda sur les contusions qui ornaient le visage de Shane, avant de poursuivre :

— Mon plan a fonctionné à merveille… Désolé, mec. Une fois mort, je ne pouvais pas faire grand-chose avant le retour de la nuit.

Sa résignation était si palpable que Claire fut parcourue d'un frisson.

— Tu te souviens… de… de ce qu'ils t'ont fait ?

— Ouais, je me souviens.

— La vache ! lâcha Shane en se rasseyant et en se prenant la tête entre les mains. Bon sang, mec, je suis désolé. Je suis vraiment désolé.

— Pas de ta faute.

— Je l'ai appelé.

— Tu l'as appelé parce que ça ressemblait à Fort Alamo ici. Tu ignorais…

— Je connais mon père, répondit Shane, amer. Michael, je veux que tu saches, je ne suis pas… je ne suis pas venu ici faire son sale travail. Pas… pas après la première semaine en tout cas.

Michael conserva le silence. Peut-être n'y avait-il rien à répliquer à ça. Claire se pelotonna contre Shane et lui caressa les cheveux.

— Eh, murmura-t-elle, tout va bien. Nous allons tous bien.

— Non, souffla-t-il entre ses mains. On est complètement foutus. Je me trompe, Mike ?

— Malheureusement non, soupira celui-ci.

— Les flics les retrouveront.

Eve s'adressait à Claire tout bas, pendant qu'elles préparaient des pâtes. Eve avait décidé de s'essayer à la cuisine italienne. Elle fronça les sourcils en considérant successivement le paquet de spaghettis et l'eau qui ne bouillait pas encore dans la casserole.

— Je parle du père de Shane et de sa joyeuse bande d'enflures, compléta Eve.

Claire en convint, pas parce qu'elle était du même avis mais parce que cela lui semblait la seule réaction à adopter.

— Tu veux que je réchauffe la sauce ? proposa Claire.

— Pour quoi faire ? Elle est dans un pot, non ? On ne pourrait pas la mettre directement sur les pâtes ?

— On pourrait, si, mais ce serait meilleur si on la réchauffait.

— Oh… soupira Eve. Ce que c'est compliqué ! Tu m'étonnes que je ne cuisine jamais !

— N'oublie pas que tu es la reine du petit déjeuner.

— Je suis la reine du bacon et des œufs. Et parfois des sandwichs. Je déteste cuisiner. Ça me rappelle ma mère. Tiens ! dit Eve en posant bruyamment un pot en verre sur le comptoir.

Claire se débattit avec le couvercle, qui finit par céder avec un petit clic. La sauce avait une consistance grumeleuse et, autant le dire, franchement répugnante. Songeant que deux des quatre convives étaient des garçons, elle décida d'ouvrir un deuxième pot, puis mit leur contenu à mijoter.

— Tu crois qu'ils resteront fâchés longtemps ? demanda-t-elle.

— Michael et Shane ?

— Mmmmm.

— Qui sait ? répliqua Eve. Les garçons sont débiles. On se serait attendues à ce que Shane se contente de dire : « Ravi que tu sois en vie, mec. » Mais, non. Soit ils sont rongés par la culpabilité, soit ils en font tout un plat, pfouh… Les mecs, je te jure. Je me rabattrais bien sur les filles si elles étaient aussi sexy.

Claire ne réussit pas à se retenir de rire et, au bout de quelques secondes, Eve partagea son hilarité. L'eau frémissait, les pâtes atterrirent dans la casserole.

— Euh… Eve… je peux te demander… ?

— Quoi ?

Elle continuait à surveiller les spaghettis d'un air suspicieux, comme si elle redoutait une réaction surprenante de leur part, une tentative d'évasion par exemple.

— Michael et toi ?

Eve rosit aussitôt. Ce qui, ajouté au fait qu'elle portait des couleurs étrangères à l'arc-en-ciel gothique, rouge et noir, lui donnait un air très jeune. Et adorable.

— Ah… Eh bien… Je ne sais pas si c'est… purée, il est si…

— Irrésistible ?

— Irrésistible. Une vraie bombe atomique. Plus brûlant que le soleil, et…

Elle s'interrompit, ses joues étaient de plus en plus cramoisies. Claire remua les pâtes avec une cuillère en bois, elles commençaient à ramollir.

— Et… ? encouragea-t-elle son amie.

— Et j'avais l'intention de passer à l'attaque avant que tout ceci arrive. D'où le porte-jarretelles. J'avais préparé mon coup.

— Ah… waouh.

— Ouais, carrément la honte, tu veux dire. Il a regardé ?

— Pendant que tu te changeais ? murmura Claire. Je ne crois pas. Mais il en avait envie.

— Ouf, fit Eve en observant l'écume blanche accumulée à la surface de la casserole. C'est normal, ce truc ?

Claire n'avait jamais remarqué ce phénomène, mais ses parents ne préparaient pas souvent des pâtes.

— Aucune idée.

— Oh, non !

L'écume continuait de monter, comme dans un mauvais film de science-fiction. L'attaque de l'écume géante... Elle gonfla au-dessus de la casserole avant de déborder de tous les côtés, et les deux filles poussèrent un cri lorsque la mousse atteignit le brûleur dans un crépitement. Claire agrippa la poignée pour l'éloigner du feu, Eve baissa la flamme.

— Bien, les pâtes sont incontrôlables, je le saurai à l'avenir... C'est beaucoup trop dangereux pour moi.

— Quoi ? Sortir avec Michael ? lança Claire.

Elles furent prises d'un fou rire. Qui ne s'arrangea pas lorsque Michael les rejoignit pour extraire du frigo les deux dernières bières du pack qu'on lui avait offert pour son anniversaire.

— J'ai raté quelque chose, mesdemoiselles ? s'enquit-il.

— L'eau des pâtes a débordé, répondit Claire en s'étranglant.

Michael les observa un instant avant de hausser les épaules et de s'éclipser.

— Tu crois qu'il est en train de raconter à Shane qu'on a pété un plomb ? demanda-t-elle à Eve.

— Probablement, répliqua-t-elle en réussissant à conserver suffisamment de sérieux pour reposer les spaghettis sur la cuisinière. C'est le contrecoup, à ton avis ? On est peut-être en état de choc.

— J'en sais rien… Voyons voir : on a été séquestrés dans la maison, puis attaqués, et on a failli périr dans un incendie. Michael a été assassiné sous nos yeux avant de ressusciter, et enfin on a été interrogés par ces affreux flics vampires. Ouais, on doit être en état de choc.

Eve s'étouffa avec une nouvelle crise de rire.

— Ça explique peut-être pourquoi j'ai eu envie de me mettre aux fourneaux.

Elles regardèrent l'eau des pâtes qui bouillonnait en silence. La pièce entière commençait à embaumer la tomate et les épices, un parfum simple et rassurant. Claire remua la sauce frémissante, qui lui donnait l'eau à la bouche maintenant.

La porte de la cuisine s'ouvrit brusquement. Il s'agissait de Shane, cette fois, une bière à la main.

— Qu'est-ce qui a cramé ?

— Ton cerveau. Alors, les filles, vous vous êtes réconciliées avec un bisou ? rétorqua Eve en remuant les pâtes.

Il la fusilla du regard avant de se tourner vers Claire.

— Qu'est-ce qu'elle fout ?

— Elle prépare des spaghettis.

En réalité, c'était elle qui avait fait l'essentiel du repas, mais elle s'abstint de toute remarque.

— Euh… pour ton père… reprit-elle. Tu crois qu'ils vont l'attraper ?

— Non, répondit Shane en chassant Eve d'un coup de hanche pour prendre les commandes du fourneau. Morganville regorge de cachettes. Elles servent surtout aux vampires, mais il les connaît. Il se planquera dans les sous-sols. Je lui ai envoyé des cartes, il sait où aller.

— Peut-être qu'il préférera partir ? suggéra Eve d'une voix pleine d'espoir.

Shane isola un spaghetti et le pressa contre la paroi de la casserole avec la cuillère en bois. Celui-ci se coupa proprement.

— Non, répéta Shane. Il n'a pas d'autre but. Il a toujours dit que s'il revenait un jour à Morganville, il n'en repartirait pas avant d'en avoir terminé.

— En avoir terminé ? lança Eve en croisant les bras (elle semblait davantage réprimer un frisson qu'un accès de colère). Shane, s'il s'attaque à ne serait-ce qu'un vampire, on est morts. Tu le sais, non ?

Il esquiva la réponse en avalant une gorgée de bière. Il éteignit le brûleur sous les spaghettis, vida l'eau de la casserole en retenant les pâtes avec le bord du couvercle. On aurait dit un vrai chef.

Autant d'assurance était, Claire devait bien se l'avouer, totalement irrésistible. Elle savait cuisiner, mais lui avait l'autorité. De façon générale, elle accordait plus d'attention à Shane aujourd'hui – à sa façon de se mouvoir, à la façon dont ses vêtements tombaient sur lui, ou plutôt menaçaient de tomber, tant son jean était large. Ce qui n'aurait pas dérangé Claire. À cette idée, elle rougit.

Pour se donner une contenance, elle sortit quatre bols du placard, dépareillés et ébréchés pour deux d'entre eux. Elle les plaça sur le comptoir afin que Shane puisse répartir les spaghettis. Eve, elle, recouvrit de sauce chaque portion de pâtes.

Ça avait l'air bon. Claire emporta deux bols dans le salon, où Michael accordait sa guitare comme si de rien n'était, comme s'il n'avait pas été poignardé en plein cœur et traîné dehors pour être… Elle préférait arrêter son imagination tout de suite. Il rangea délicatement sa guitare dans son étui – qui avait, par miracle, échappé au carnage des deux derniers jours –, et enfourna une première bouchée au moment où Eve et Shane les rejoignaient. Eve avait coincé deux bouteilles d'eau glacée sous un bras. Elle en lança une à Claire avant de s'asseoir par terre, en tailleur, à côté de Michael.

Shane et Claire prirent place sur le canapé. Pendant plusieurs minutes, personne ne décrocha un mot. Claire ne s'était pas rendu compte qu'elle avait l'estomac dans les talons avant de sentir l'explosion de saveurs sur sa langue. Elle était si affamée qu'elle engloutissait ses spaghettis.

— J'hallucine ! lâcha Shane. C'est mangeable, Eve !

Une nouvelle fois, Claire fut tentée de rétablir la vérité… mais elle s'abstint, d'autant qu'il aurait fallu qu'elle cesse de se goinfrer pour ça.

— Tu te trompes, riposta Eve. C'est Claire qui a tout fait. Je me suis contentée de… superviser.

Claire manqua de s'étouffer de surprise et de gratitude.

— Ça m'étonnait aussi.

Eve donna une bourrade à Shane tout en avalant bruyamment des spaghettis.

Claire termina son bol la première, avant Shane et Michael même, et elle se carra dans le canapé avec un soupir de contentement. Elle se serait volontiers allongée.

— Les amis, on est toujours dans la mouise, lâcha Michael. Vous ne l'avez pas oublié ?

— Ouais, répondit Eve, mais au moins on est dans la mouise le ventre plein.

Il gratifia sa remarque d'un bref sourire avant de se tourner vers Shane.

— Tu dois tout me raconter. Pas d'embrouilles, mec. Tout ce qui est arrivé depuis ton départ de Morganville.

Shane semblait avoir perdu l'appétit.

Ce qui, le connaissant, était très, très mauvais signe.

Les vampires leur avaient offert de l'argent. Une compensation financière pour leur perte. Sauf que cet argent était éclaboussé de sang, sali par la mort d'un enfant.

La famille Collins, papa, maman et Shane, avait donc emporté ce qui avait réchappé à l'incendie et mis les bouts au milieu de la nuit. Pris la fuite. Ils auraient dû oublier complètement Morganville : avant eux, des gens avaient quitté la ville sans encombre. Comme les parents de Michael. Mais… quelque chose clochait avec Molly Collins.

— Au début, elle avait des absences, expliqua Shane (il avait fini sa bière et il faisait rouler la bouteille entre ses paumes). Elle fixait des objets, comme pour essayer de se remémorer quelque chose. Mon père n'a rien remarqué, il buvait beaucoup. On a atterri à Odessa, et il a décroché un boulot dans un centre de recyclage. Il était souvent absent.

— L'air devait être plus respirable, grommela Eve.

— Eh, si tu pouvais éviter ce genre de remarque, j'apprécierais, d'accord ?

— Désolée.

Shane inspira profondément avant de reprendre :

— Ma mère… elle parlait sans arrêt d'Alyssa. Vous devez comprendre, nous n'avions… je ne me souvenais de rien, à part qu'elle était morte. Tout était nébuleux, plongé dans le brouillard, mais pas le genre inquiétant, si vous voyez ce que je veux dire…

Claire se rappela sa dernière conversation avec ses propres parents : ils avaient oublié certaines choses et ne semblaient pas s'en étonner.

— J'ai commencé à bosser, moi aussi. Ma mère passait ses journées au motel. Elle ne faisait rien d'autre que manger, dormir. Parfois elle prenait un bain, si on lui criait dessus assez fort. J'ai cru qu'elle était… en dépression. Mais c'était plus grave. Un jour, comme ça, elle m'a attrapé par le bras et elle m'a demandé : « Shane, tu te souviens de ta sœur ? » J'ai répondu : « Ouais, maman, bien sûr que je me souviens. » Alors elle a ajouté un truc vraiment bizarre : « Tu te rappelles les vampires ? » Évidemment, j'avais oublié, mais j'ai eu l'impression que ça m'évoquait un vague souvenir néanmoins. J'ai été pris d'un mal de crâne terrible et de nausées. Ma mère n'arrêtait pas de répéter que quelque chose clochait avec nous, que quelque chose clochait dans nos têtes. En rapport avec les vampires. Et l'incendie dans lequel Lyssa était morte.

Il se tut, mais continua à jouer avec la bouteille de bière, comme s'il s'agissait d'une sorte de talisman. Personne n'osa bouger.

— Et soudain, tout m'est revenu, murmura-t-il.

Il semblait vulnérable, mis à nu. Michael gardait les yeux baissés sur sa propre bouteille, dont il arrachait l'étiquette, lambeau par lambeau.

— Un mur s'est effondré, et mes souvenirs ont déferlé. C'est… c'est déjà pas des trucs faciles à vivre, mais quand vous retrouvez la mémoire d'un seul coup…

Shane frissonna avant de reprendre :

— J'ai eu l'impression de voir Lyssa mourir à nouveau sous mes yeux.

— Oh, mon Dieu… souffla Eve.

— Ma mère… dit-il en secouant la tête. Je n'avais pas les épaules pour m'occuper d'elle. Je l'ai abandonnée. Je devais partir, je ne pouvais pas… je devais m'en aller. Vous voyez ce que je veux dire ? Je me suis barré en courant.

Il éclata d'un rire forcé.

— J'ai sauvé ma peau, quoi, conclut-il.

— Shane… lança Michael en s'éclaircissant la gorge. J'avais tort. Tu n'as pas à…

— Tais-toi, mec. Laisse-moi parler, d'accord ?

Shane porta la bouteille à ses lèvres pour avaler les dernières gouttes de bière. Claire ignorait ce qui allait suivre, mais à l'expression de Michael elle comprit que lui, oui, et elle sentit son ventre se serrer.

— Bref, quelques heures plus tard, à mon retour, je l'ai découverte… dans la baignoire. La flotte était rouge, il y avait des lames de rasoir par terre…

— Oh, Shane ! s'écria Eve.

Elle se leva mais resta plantée à côté de lui, avançant une main hésitante sans réussir à le toucher, comme s'il était protégé par une force invisible.

— Tu n'as rien à te reprocher, chuchota-t-elle. Elle était dépressive, tu l'as dit toi-même.

— Tu ne piges pas ? riposta-t-il en la fusillant du regard. Elle ne l'a pas fait. Elle n'aurait jamais fait une chose pareille ! C'était eux ! Tu sais bien comment ils procèdent : ils encerclent leur victime, ils tuent, puis ils maquillent leur crime. Ils ont dû arriver juste après mon départ. Je suis pas sûr…

— Shane…

— J'ignore comment ils l'ont placée dans la baignoire. Il n'y avait aucune trace de lutte, aucun bleu, mais les entailles…

— Shane ! Ça suffit !

Michael semblait authentiquement terrifié cette fois, et Shane conserva le silence. Ils s'affrontèrent du regard un long moment, puis Michael, visiblement tendu, se carra dans son fauteuil et lâcha :

— La vache, je ne sais vraiment pas quoi dire.

Shane secoua la tête, les yeux perdus dans le vague.

— Il n'y a rien à dire. C'est ce qui est arrivé, point barre. Je n'ai pas pu… merde. Je veux terminer.

Comme s'ils étaient en mesure de l'en empêcher. Claire avait froid et elle sentait Shane trembler à côté d'elle. Lui devait carrément être gelé. Ou anesthésié. Elle approcha une main pour le toucher et, à l'instar d'Eve, s'arrêta. Quelque chose en lui refusait tout contact.

— Bref, mon père a fini par rentrer. Les flics ont parlé de suicide, mais après leur départ, je lui ai tout raconté. Il n'avait pas vraiment envie d'entendre ça. La situation a… mal tourné.

Claire n'osait pas imaginer à quel point elle avait dû dégénérer pour que Shane lui-même le reconnaisse.

— Mais je l'ai forcé à retrouver la mémoire, reprit-il.

Eve, qui s'était rassise par terre, serra ses genoux contre sa poitrine. Elle le considérait avec des yeux écarquillés.

— Et ? le pressa-t-elle.

— Il a noyé son chagrin dans l'alcool. Des litres d'alcool.

Sa voix était empreinte d'amertume et, subitement, la bouteille de bière dans ses mains sembla acquérir une autre valeur à ses yeux, sembla devenir plus précieuse qu'un simple objet sur lequel on passe ses nerfs. Il la posa sur le parquet et s'essuya les paumes sur son jean.

— Ensuite, il a commencé à traîner avec ces bikers. Je… je n'étais pas très bien, je ne me souviens pas de tout. Une quinzaine de jours plus tard, nous avons reçu la visite de types en costards. Pas des vampires, mais des avocats. Ils nous ont filé du fric. Des tonnes. Ils prétendaient qu'ils bossaient pour une compagnie d'assurances. Mais nous savions très bien d'où ça venait. Le truc, c'est qu'ils cherchaient des infos, ils voulaient découvrir si on se rappelait quelque chose. J'étais trop shooté pour piger ce qui se tramait, et mon père trop pété. Je suppose que ça nous a sauvé la vie. Ils sont parvenus à la conclusion qu'on ne représentait aucun danger.

Il s'épongea le front en éclatant d'un rire cruel, grinçant – évoquant un morceau de verre passé au mixeur.

Shane shooté. Claire remarqua que l'information n'avait pas échappé à Michael non plus. Elle fut étonnée qu'il ne réagisse pas, mais ce n'était sans doute pas le moment idéal pour lancer : « Eh, mec, tu te drogues, maintenant ? »

La remarque aurait été superflue, de toute façon, car Shane répondit de lui-même à leur interrogation muette :

— J'ai fini par décrocher, mon père, lui, est redevenu sobre, et on a mis au point un plan. L'ennui, c'était que, même si on se rappelait un tas de trucs, des souvenirs perso surtout, on avait complètement oublié comment fonctionnaient les vampires, mais aussi le plan de la ville. Voilà où j'intervenais : j'allais à Morganville en éclaireur pour apprendre où se terraient les sangsues pendant la journée, puis je retournais au rapport. Ça ne devait pas prendre aussi longtemps, je n'étais pas censé… me lier…

— À nous ? compléta Eve d'une voix douce. Il ne voulait pas que tu aies d'amis, je me trompe ?

— Avoir des amis ici revient à signer son arrêt de mort.

— Non, rétorqua Eve en posant une main pâle sur son genou. Avoir des amis ici est le seul moyen de rester en vie.

4.

Claire n'en revenait pas que Shane ait livré une si grande part de lui-même : chagrin, effroi, amertume, colère… Il lui avait toujours semblé si… normal que cette hémorragie émotionnelle apparaissait comme un véritable choc. Tout comme le fait qu'il se soit confié, qu'il ait parlé de choses intimes. Shane le taciturne.

Elle débarrassa les bols et les lava, apaisée par l'eau chaude et la mousse. Elle nettoya consciencieusement les casseroles et les bocaux de sauce tomate, tout en repensant à Shane, à sa découverte de sa mère dans une baignoire pleine de sang. « Je n'étais pas très bien », avait-il dit. Shane était le roi de l'euphémisme. Claire n'avait pas la certitude qu'elle serait encore capable de sourire, de rire, de vivre normalement si une chose pareille lui arrivait, surtout si en prime elle avait perdu une petite sœur et se retrouvait avec un père concourant pour les prix de l'alcoolisme et de la bêtise. Comment avait-il surmonté cette épreuve ? Comment avait-il tenu bon, comment était-il resté aussi… courageux ?

Des larmes de compassion lui brûlaient les yeux, mais elle les ravala en songeant qu'elles auraient embarrassé Shane et essuya la vaisselle. « Il ne mérite pas ça. Pourquoi ils ne lui fichent pas tous la paix ? Pourquoi est-ce sur lui que tout le monde se défoule ? » Peut-être parce qu'il avait démontré qu'il pouvait encaisser les coups, voire que ceux-ci le fortifiaient.

Claire fut tirée en sursaut de ses réflexions par Michael, qui entra en trombe. Il fonça vers l'évier, plaça ses mains sous un filet d'eau froide, puis s'en aspergea le visage et la nuque.

— Mauvaise journée, remarqua Claire.

— M'en parle pas.

— Tu crois qu'il a raison ? Tu crois qu'ils ont vraiment… tué sa mère ?

— Je crois surtout que la culpabilité qui écrase Shane pèse plus lourd qu'un trente-huit tonnes. Et que la colère l'aide à tenir. Sinon, je ne sais pas, ajouta Michael avec un geste d'impuissance, c'est bien possible. Enfin, à mon avis, on ne connaîtra jamais le fin mot de l'histoire.

Ce qui était, d'une certaine façon, le pire. Pas étonnant que Shane montre autant de réticence à en parler. Claire était incapable de s'imaginer vivre avec le poids de cette incertitude, avec ces souvenirs. Et tant mieux.

— Bon, lança Michael, il me reste environ trois heures avant le lever du soleil. On doit décider de ce qu'on va faire. Et surtout de ce qu'on ne va pas faire.

Claire acquiesça en reposant un bol.

— Primo, aucun d'entre vous ne quitte la maison. Pigé ? Ni cours, ni boulot. Vous restez ici. Je ne peux pas vous protéger si vous sortez.

— On ne pourra pas se terrer indéfiniment !

— Indéfiniment, non. Momentanément, si. Écoute, le père de Shane ne traînera pas dans le coin pour toujours. C'est un problème temporaire. Quelqu'un finira par mettre la main sur lui.

La question de ce qui arriverait à M. Collins une fois pris était un tout autre sujet, qu'ils ne comptaient aborder ni l'un ni l'autre.

— Tant que nous ne ferons rien qui nous liera à lui, poursuivit Michael, ça ira. Nous avons la parole d'Amelie.

— Ce qui revient à placer toute notre confiance du côté…

— Des vampires. Ouais, je sais… dit-il en s'appuyant au comptoir et en la dévisageant. Tu vois une autre option ?

— Pas vraiment, je suppose, répondit Claire en le scrutant à son tour : il avait l'air fatigué. Michael ? Tout va bien ?

Il parut décontenancé par sa question.

— Oui, pourquoi ? C'est Shane qui a des ennuis, pas moi.

Bien sûr ! Où avait-elle la tête ? Après tout, Michael avait seulement été tué, démembré, brûlé, ressuscité… Une journée comme les autres, quoi.

— Les mecs… soupira-t-elle. Michael, je veux bien rester ici aujourd'hui, mais je dois retourner à la fac, tu sais. Je suis sérieuse.

Empêcher Claire d'aller en cours, c'était comme priver de café un accro à la caféine.

— Il faut choisir entre tes études et ta vie, Claire. Je te préfère vivante et un peu moins intelligente.

— Pas moi, riposta-t-elle en soutenant son regard. Je ne bougerai pas d'ici aujourd'hui. Mais je ne promets rien pour demain.

Il sourit et se pencha en avant pour déposer un gros bisou baveux sur son front.

— Je te reconnais bien là ! lança-t-il en quittant la pièce.

Elle poussa un nouveau soupir, de contentement cette fois, et se surprit à sourire. Michael avait beau être le domaine réservé d'Eve, elle ne pouvait s'empêcher de continuer à le trouver craquant.

Claire finit de ranger la vaisselle, puis retourna dans le salon. La télé diffusait une émission sur les médecins légistes. Shane la regardait, avachi dans le canapé. Eve et Michael avaient disparu. Claire hésita : elle mourait d'envie de gagner son lit et d'oublier tout pendant quelques heures, mais Shane paraissait si… seul.

Elle s'installa à côté de lui sans un mot. Il ne dit rien non plus. Au bout d'un moment, il lui passa, naturellement, un bras autour des épaules.

Elle s'endormit là, blottie contre son corps chaud.

C'était si agréable.

Claire aurait dû se douter que Shane faisait des cauchemars, et des cauchemars terribles. Elle ne s'était jamais interrogée à ce sujet, pourtant. Il s'agita tellement cette nuit-là qu'il tomba du canapé. Claire fut aussitôt réveillée. La télé était encore allumée – tableau abstrait de couleurs vacillantes –, et Claire, engluée dans les brumes du sommeil, eut du mal à comprendre ce qui se passait.

— Shane ?

Il était roulé en boule par terre et tremblait de tous ses membres. Claire se laissa glisser à côté de lui et posa les mains sur son large dos. Sous le tissu mince de son tee-shirt, sa peau était moite et ses muscles aussi tendus que des câbles d'acier. Il poussait des cris étouffés, déchirants, des halètements qui ressemblaient presque à des sanglots.

Elle ne savait pas quoi faire. Au cours des dernières heures, elle s'était souvent sentie impuissante, mais jamais à ce point, d'autant que Michael et Eve étaient absents. D'une certaine façon, cela valait mieux, parce que Shane n'aurait sans doute pas voulu qu'ils le voient dans cet état. Ni elle, d'ailleurs. Shane était la fierté incarnée.

— Ça va, pantela-t-il. Ça va, tout va bien.

Il ne donnait pas du tout cette impression. Il semblait au contraire terrorisé, on aurait dit un petit garçon. Il réussit à s'asseoir, malgré tout. Claire l'entoura de ses bras et le serra de toutes ses forces. Après avoir résisté quelques secondes, il s'abandonna contre elle et l'étreignit à son tour. Il lui caressa les cheveux avec précaution, comme s'il avait peur de la casser.

— Chut… lui murmura-t-elle avec le même accent apaisant que prenait sa mère pour la consoler quand elle était petite. Tu es avec moi, ici, en sécurité. Tout va bien.

Elle ignorait où ses rêves l'avaient emmené, certainement dans un endroit dangereux. Si elle s'attendait à ce qu'il lui en parle, elle se mettait le doigt dans l'œil. Il se déroba, en évitant son regard et marmonna :

— Tu devrais aller te coucher.

— Ouais, après toi.

— Je n'arrive pas à dormir.

Il n'en avait pas envie, surtout. Ses yeux étaient rouges et gonflés de sommeil.

— J'ai juste besoin d'un café ou d'un truc dans le genre, ajouta-t-il.

— Un Coca ?

— N'importe.

Elle alla lui chercher une canette, qu'il vida d'une traite avant de roter et de hausser les épaules en guise d'excuse.

— Où est Michael ? demanda-t-il.

Elle écarta les mains pour signifier qu'elle n'en avait aucune idée.

— Eve ?

Elle répéta le même geste.

— Eh bien, il y en a au moins deux qui passent une bonne nuit. Ils sont ensemble ?

— Je… je ne sais pas.

Elle ne s'était pas posé la question. Ne les ayant pas vus quitter la pièce, elle ignorait s'ils étaient montés chacun dans leur chambre ou si Eve avait enfin trouvé le courage de l'inviter dans la sienne. Michael ne ferait jamais le premier pas. Ça ne lui ressemblait pas.

— Mince, j'espère pour eux que si, lâcha Shane. C'est pas parce qu'on vit en enfer qu'ils ne méritent pas de prendre un peu de bon temps.

Il plaisantait, mais pas entièrement. Et Claire devait admettre qu'il n'avait pas tout à fait tort. Quatre âmes égarées en enfer. Elle ne se souvenait plus depuis combien de temps la peur ne l'avait pas quittée…

Il l'observait avec une intensité qui lui faisait courir des picotements sur la peau, comme un léger coup de soleil.

— Et nous ? s'entendit-elle demander. On n'a pas mérité de prendre un peu de bon temps ?

Claire n'en croyait pas ses oreilles. Elle avait dit ça tout haut ?

Il sourit. Elle se demanda si les ombres qui voilaient son regard se dissiperaient un jour.

— Je ne serais pas contre.

— Mmm… fit-elle en s'humectant les lèvres. Précise un peu.

— Arrête de me tenter, Claire, je n'ai pas envie de finir au trou pour détournement de mineure.

L'idée même que quelqu'un puisse imaginer enfreindre la loi à cause d'elle l'excitait terriblement. Surtout quand ce quelqu'un était Shane. Elle tenta de dissimuler l'émotion que ces propos provoquaient en elle.

— Alors maintenant tu veux que je reste ? Je croyais que je devais aller me coucher…

— Tu devrais, oui, tu devrais. Parce que si tu restes avec moi, on va prendre du bon temps. Je te préviens.

— Devant un jeu vidéo ?

Il écarquilla les yeux en demandant :

— Tu veux jouer aux jeux vidéo ?

— Et toi ?

— Tu es trop zarbi.

— Attends, n'oublie pas que tu vis avec Eve !

Elle faisait tout de travers. Comment les filles séduisaient-elles les garçons ? Que disaient-elles ? Parce qu'elle était prête à parier que discuter de jeux vidéo et mentionner sa colocataire n'était pas la meilleure stratégie. Pour ne rien arranger, elle avait une conscience suraiguë du moindre de ses mouvements, de ses gestes, brusques et maladroits. Elle aurait voulu avoir la grâce de ces filles qu'on voyait dans les films et qui n'étaient que délicatesse, qu'élégance.

Eve saurait, elle. Elle aurait mis son porte-jarretelles et son string (ne serait-ce que pour se sentir sexy), alors que Claire, elle, non seulement ne possédait rien de tel mais n'avait également pas la moindre idée de l'endroit où s'en procurer. Ouais, Eve saurait.

« Dis quelque chose de séduisant », s'enjoignit-elle. Saisie de panique, elle bafouilla :

— Tu crois qu'ils sont en train de le faire ?

Mortifiée, elle plaqua ses deux mains sur sa bouche. Elle n'avait jamais, de sa vie entière, voulu à ce point effacer ce qu'elle venait de dire. Pendant un instant, Shane la dévisagea comme pour tenter de percer le sens de ses paroles. Puis il éclata de rire.

— J'espère ! Ces deux-là ont bien besoin d'une… euh…

Il s'interrompit, et elle lut dans ses yeux qu'il s'était subitement rappelé qu'elle n'avait que seize ans.

— Bref… souffla-t-il. Laisse tomber.

Elle ne s'en sortirait pas avec les mots : elle se pencha donc pour l'embrasser. Au début, ce fut bizarre et un peu gênant, d'autant qu'il ne répondit pas immédiatement à son baiser – il avait peut-être été pris au dépourvu. Ou peut-être qu'elle était maladroite. Ou qu'elle n'aurait jamais dû se montrer aussi entreprenante.

Il entrouvrit soudain ses lèvres, et les inquiétudes de Claire s'envolèrent. Elle se dédiait entièrement à ses sensations, qui s'intensifiaient à mesure que le baiser se prolongeait. Plus elle ouvrait la bouche, meilleur c'était, surtout lorsque la langue de Shane effleura la sienne.

Elle aurait pu consacrer son semestre à l'embrasser. L'occasion de montrer sa capacité à fournir du travail personnel. Et à étudier la pratique.

Claire eut l'impression que le temps s'était suspendu. Elle finit cependant par remarquer qu'une lueur rosée montait derrière les vitres. Simultanément, elle réalisa qu'elle avait les membres engourdis à force d'être assise par terre. Lorsqu'un muscle dans son dos protesta, la faisant tressaillir, Shane l'aida à se relever puis s'allongea sur le canapé avant de lui tendre une main.

— Il n'y a pas assez de place, dit-elle.

— Il y en a bien assez, rétorqua-t-il en l'attirant vers lui.

Le souffle court, elle se glissa contre Shane et étouffa un cri de surprise lorsqu'il la souleva pour la serrer sur sa poitrine et… le reste de son corps.

— C'est mieux ? demanda-t-il en haussant les sourcils.

Sa question, sincère, exigeait une réponse tout aussi sincère. Claire sentit ses joues s'embraser, mais elle ne détourna pas les yeux pour autant.

— Parfait, murmura-t-elle.

Elle avait l'impression d'être nue, alors qu'aucun d'eux n'avait enlevé un seul vêtement. Leurs baisers se faisaient plus avides, plus insistants et plus langoureux en même temps. Sans parler de l'émoi que suscitaient les mouvements des muscles de Shane. « Ça devrait être interdit », songea-t-elle avant de s'aviser que c'était le cas, en quelque sorte. Ou que ça le deviendrait si les vêtements venaient à disparaître.

Shane ne partageait peut-être pas le sens des responsabilités de Michael, mais il s'interdisait d'agir impulsivement. En tout cas avec elle. Ses mains étaient vagabondes, mais elles ne s'aventuraient jamais dans les endroits où Claire en aurait pourtant eu envie. Et elle se demandait, alors qu'il explorait certaines zones de son corps, pourquoi elle n'avait jamais voulu être caressée ainsi avant. Comme dans le bas de son dos, qui s'incurvait comme une vallée. Ou dans sa nuque. Ou à l'intérieur de ses bras. Ou…

En remontant le long du buste de Claire, Shane effleura à peine ses seins, et elle étouffa un soupir. Il se redressa aussitôt et se réfugia à une extrémité du canapé. Il avait le visage rouge, les yeux brillants et il ne paraissait plus du tout fatigué.

— Non, lança-t-il en brandissant une main à la façon d'un agent de la circulation lorsqu'elle tenta de se rapprocher. Attention danger ! Si tu refais un truc de ce genre, on aura des ennuis. Moi, en tout cas…

— Mais…

Elle s'empourpra une nouvelle fois : elle ignorait comment dire ce qu'elle avait à dire.

— Et toi ? poursuivit-elle. Tu vois…

Elle accompagna ses paroles d'un geste suffisamment vague pour désigner n'importe quoi. Ou rien. Ou tout.

— Ne t'inquiète pas pour moi.

Sa respiration était toujours précipitée, mais il avait l'air d'aller mieux. D'être plus posé. Plus… lui-même. Le petit garçon perdu et terrifié par les cauchemars avait disparu.

— Alors ? On a pris du bon temps ?

— Oui, convint-elle d'une voix fluette.

En vérité, elle avait l'impression d'être une canette de soda sur le point d'exploser à force d'avoir été secouée.

— Euh… continua-t-elle, je dois…

— Ouais, moi aussi.

Shane ne fit pas mine de partir pourtant. En se répétant que « prudence est mère de sûreté », Claire se traîna jusqu'à sa chambre. Elle verrouilla la porte, se jeta sur le matelas flambant neuf – elle n'avait pas encore eu le temps de faire son lit, d'autant que presque toutes les couvertures avaient servi à éteindre l'incendie. La pièce sentait le chien mouillé et la fumée, mais elle s'en fichait.

Complètement.

Ils avaient pris du bon temps.

Oh, oui.

Vers midi, un coup de sonnette retentit et Claire se précipita au rez-de-chaussée. Shane dormait profondément sur le canapé. Aucun signe d'Eve. Quant à Michael, Claire savait qu'elle ne pouvait pas s'attendre à le voir en plein jour. Elle courut jusqu'à la porte d'entrée, bloquée temporairement par une chaise en bois, et marqua une hésitation.

— Michael ? Tu es là ?

Un souffle glacé glissa sur elle, l'ébouriffant au passage. Waouh ! Il était fort aujourd'hui.

— Je peux ouvrir ? Un pour oui, deux pour non.

La réponse était oui, apparemment. Elle retira la chaise et jeta un coup d'œil à l'extérieur. Deux hommes se tenaient sur le seuil, tous deux grands : le premier, mince, avait un regard dur et des cheveux noirs, le second, pâle (pas autant qu'un vampire cependant), robuste et châtain, se dégarnissait.

Ils produisirent chacun un insigne. Des policiers.

— Vous êtes bien Claire ? demanda l'échalas en tendant une main. Joe Hess. Voici mon collègue, Travis Lowe. Comment allez-vous ?

— Euh… répondit-elle en saisissant sa main, gênée. Bien, je crois, ajouta-t-elle avant de donner également une poignée de main à Travis Lowe. Il y a quelque chose… Enfin, vous avez arrêté… ?

Elle espérait que M. Collins avait été enfermé tout en redoutant les conséquences d'une telle nouvelle pour Shane. Elle était si nerveuse qu'elle se balançait d'avant en arrière sur ses talons, pendant que son regard naviguait de l'un à l'autre.

Joe Hess sourit. Contrairement aux sourires qu'elle avait vus depuis son arrivée à Morganville, celui-ci était… sincère. Pas joyeux – ça aurait été bizarre –, mais rassurant.

— Ne vous inquiétez pas, dit-il. Non, nous ne les avons pas arrêtés, mais vous n'avez aucun souci à vous faire. Pouvons-nous entrer ?

Elle entendit des bruits de pas dans son dos. Shane, qui s'était réveillé, s'avançait dans le couloir pieds nus, les cheveux en bataille. Il n'arrangea rien en passant les doigts dedans avec un bâillement. Claire ne put s'empêcher de trouver ça craquant. Elle se ressaisit et indiqua les deux policiers sur le seuil. Elle obtint aussitôt l'attention de Shane.

— Messieurs, dit-il en s'approchant de la porte. Vous avez besoin de quelque chose ?

— Je demandais simplement l'autorisation d'entrer pour discuter, répliqua Joe Hess, qui ne souriait plus mais conservait une expression bienveillante. Officieusement.

La brise caressa la peau de Claire. Une seule fois. Oui. Michael acceptait.

— Naturellement, lança Claire en reculant pour ouvrir en grand.

Joe Hess entra, suivi de Travis Lowe. Shane adressa à Claire un regard qu'elle eut du mal à déchiffrer avant d'introduire les visiteurs dans le salon.

— Belle maison, murmura l'inspecteur Lowe, apparemment séduit par les lieux. Vous avez de magnifiques meubles en bois.

Elle était mal placée pour le remercier, ne possédant rien dans cette pièce. Au nom de Michael, elle répondit pourtant :

— Merci, monsieur, nous sommes de votre avis.

Pour dissimuler sa nervosité, elle s'assit, au bord du canapé. Shane resta debout, et les inspecteurs se promenèrent dans la pièce, pas pour la fouiller mais pour passer son contenu en revue. Joe Hess examina ensuite Shane et Claire avant de s'asseoir dans le fauteuil que Michael occupait souvent. La scène n'était pas inédite. Elle vit le policier frissonner, puis regarder autour de lui à la recherche de l'origine du courant d'air qui l'avait surpris. Michael aimait ce siège.

— Vous avez eu des ennuis hier soir, commença Joe Hess. Je sais que vous avez discuté avec nos collègues, Gretchen et Hans. J'ai lu leur rapport ce matin.

Aucun danger à reconnaître ce fait. Shane et Claire acquiescèrent.

— Un peu flippants, non ?

Claire opina de nouveau, pas Shane. Un petit sourire se dessina sur les lèvres de celui-ci.

— Je vis à Morganville depuis toujours, rétorqua-t-il. Définissez ce que vous entendez par « flippants »... De toute façon, si vous voulez nous faire le coup des bons et des mauvais flics...

— Ce n'est pas le cas, l'interrompit Joe Hess. Croyez-moi, vous le sauriez. Et je me chargerais du rôle du mauvais.

Quelque chose dans son regard inspirait confiance à Claire.

— Écoutez, continua-t-il, je ne vous mentirai pas. Gretchen et Hans poursuivent leurs propres buts. Mais ça ne nous empêche pas d'avoir les nôtres. Nous voulons nous assurer de votre sécurité, vous comprenez ? C'est notre boulot. Nous sommes là pour servir et protéger les citoyens. Voilà notre credo, à Travis et à moi.

Son collègue s'immobilisa pour hocher la tête.

— Nous ne sommes d'aucun côté. Les deux clans comptent suffisamment d'alliés parmi nos rangs pour que nous puissions nous permettre de prendre un peu de liberté. En restant prudents, bien sûr.

— Ce que Joe veut dire, intervint son collègue, c'est qu'ils nous fichent la paix tant que nous ne franchissons pas la ligne. Oubliez ce qu'on vous a enseigné à l'école, ici ce sont les humains qui sont réduits en esclavage. Nous devons donc prendre soin des nôtres quand nous le pouvons.

— Et quand nous ne le pouvons pas, ajouta aussitôt Joe Hess, comme s'il avait répété leur petit laïus, ça devient moche. Travis et moi, nous ne travaillons pas pour notre compte. Nous incarnons la Suisse, si vous voulez. Passez la frontière, et nous deviendrons impuissants.

Plissant le front, Shane demanda :

— Et comment la Suisse peut nous aider ?

— En veillant à ce que Gretchen et Hans ne vous rendent pas à nouveau visite, exposa Joe Hess. En tenant l'essentiel des flics à distance, peut-être pas la totalité. En faisant savoir, au maximum de gens, que vous n'êtes pas seulement sous la Protection de la Fondatrice, mais que Travis et moi gardons aussi un œil sur vous. Ça empêchera les autres d'essayer de s'attirer des faveurs en vous malmenant.

— Les autres humains, précisa Travis Lowe. Les vampires vous colleront la frousse de votre vie à la moindre occasion, mais ils ne vous feront aucun mal. À moins que vous commettiez une bourde et que le symbole de la Fondatrice disparaisse. Pigé ?

À proprement parler, la bourde avait déjà été commise. Même s'il était permis de considérer que le père de Shane n'avait enfreint aucune loi – pour le moment –, Michael n'étant pas vraiment mort. Quel casse-tête !

Une porte claqua à l'étage, et Eve descendit l'escalier avec fracas dans son attirail gothique : chemise violette transparente sur un corset noir, jupe semblant avoir été passée à la déchiqueteuse, collant avec têtes de mort brodées et babies noires. Ça en jetait ! Côté maquillage, elle s'en était aussi donné à cœur joie : visage blanc, yeux charbonneux, lèvres couleur de contusions vieilles de trois jours.

— Inspecteur Joe !

Eve traversa quasiment la pièce en courant pour sauter dans ses bras. Shane et Claire échangèrent un regard étonné. Ouais, ils ne reverraient pas une scène pareille de sitôt.

— Joe, Joe, Joe ! Je me demandais où tu avais disparu !

— Salut, sauterelle ! Tu te souviens de Travis ?

— Le grand T ! s'exclama-t-elle en l'étreignant. Je suis tellement contente de vous voir, les gars !

Claire avait l'impression d'avoir basculé dans la quatrième dimension : même pour Morganville, c'était bizarre.

— Nous aussi, la môme, répondit Travis.

Son sourire transforma son visage en quelque chose de quasi angélique.

— Tu as toujours nos numéros ? ajouta-t-il.

Eve tapota son téléphone portable dans l'étui en forme de cercueil fixé à sa ceinture.

— Oh, que oui. En numérotation rapide même. Mais il n'y a pas eu de… euh…

Claire eut soudain l'impression étrange qu'Eve aurait préféré discuter en privé avec les policiers. Joe Hess lança d'ailleurs, après un rapide échange de regards avec son collègue :

— Tu veux connaître les dernières nouvelles ? Pourquoi tu ne nous préparerais pas un petit café ?

— Avec plaisir ! s'écria Eve en les entraînant vers la cuisine.

— Eh ben ! constata Shane une fois la porte refermée. C'était carrément bizarre.

— J'ai dû rater un chapitre… ajouta Claire. Tu crois que je dégoterai un résumé en ligne ?

— Aucune idée.

Des bruits de conversation leur parvenaient depuis la cuisine, une musique sans paroles. Claire s'agita sur le canapé, puis, n'y tenant plus, s'approcha de la porte sur la pointe des pieds.

— Eh ! protesta Shane avant de la rejoindre.

Joe Hess évoquait un certain Jason. À ce nom, Shane sursauta ; il plaça une main sur l'épaule de Claire et un doigt sur sa propre bouche.

— Quoi ? demanda-t-elle silencieusement.

— Chut, j'écoute.

Travis Lowe avait pris la parole :

— … tu préférerais savoir qu'il sera libéré aujourd'hui. Attends ! Avant de dire quoi que ce soit, sache qu'il a reçu un avertissement. Il a interdiction de s'approcher de vous, de tes parents comme de toi. Il sera surveillé.

— Surveillé ? s'exclama Eve (elle semblait secouée). Mais… mais je croyais qu'il était en prison pour un moment ! Et la fille…

— Elle a retiré sa plainte, répondit Joe Hess. On ne pouvait pas le garder sous les verrous pour toujours, sauterelle. Je suis désolé.

— Mais il est coupable !

— Je sais. Seulement maintenant, c'est ta parole contre la sienne, et tu sais comment ça marche ici. Tu n'es placée sous la Protection de personne, Eve. Alors que lui, oui.

Eve lâcha un juron.

— Est-ce qu'il connaît mon adresse ? reprit-elle d'une voix mouillée de larmes.

— Il mettra la main dessus, repartit Joe Hess. Mais, comme je te l'ai dit, il est placé sous surveillance et nous garderons un œil sur vous quatre. Laisse Jason en paix, et il fera de même. Entendu ?

Si Eve acquiesça, ce fut en silence. Claire faillit tomber en arrière lorsque Shane l'attira par l'épaule. Une fois son équilibre retrouvé, elle le suivit jusqu'au canapé.

— Qui est Jason ? demanda-t-elle sans attendre qu'ils soient assis.

— Bordel… Jason est le frère d'Eve. Aux dernières nouvelles, il moisissait en taule pour avoir poignardé quelqu'un. Il est complètement timbré. C'est Eve qui l'a balancé. Pas étonnant qu'elle ait les foies.

— Son grand frère ?

Claire se représentait déjà un joueur de foot baraqué de trois mètres, gonflé aux stéroïdes et contaminé par le virus gothique.

— Petit frère, expliqua Shane. Il a dix-sept ans, je crois. Maigre à faire peur. Je ne l'ai jamais apprécié.

— Tu crois qu'il… ?

— Quoi ?

— Tu crois qu'il va venir ici ? Pour essayer de blesser Eve ?

Shane haussa les épaules.

— Il le regretterait toute sa vie.

Son ton était si déterminé que Claire fut envahie par une bouffée de chaleur. Si Shane se rendit compte de son émoi, il ne laissa rien paraître.

— Tant qu'on reste ici, on est en sécurité. N'est-ce pas, Michael ? ajouta-t-il en levant les yeux vers le plafond.

Claire sentit le courant d'air.

— En effet, répondit-elle pour lui.

Mais elle n'était pas convaincue.

5.

Après le départ des flics, Shane joua aux jeux vidéo pendant que Claire bûchait. Une journée comme une autre, finalement. Shane basculait de temps à autre sur la télé, à l'affût d'une mention de son père aux infos, mais la chaîne locale (Morganville n'en possédait qu'une) était muette à ce sujet.

La nuit tomba, Michael retrouva forme humaine, et ils dînèrent ensemble.

La vie avait repris son cours ordinaire, en tout cas à l'échelle d'une ville comme Morganville.

Ce ne fut qu'à minuit, alors qu'elle sombrait doucement dans le sommeil, bercée par les accords de la guitare de Michael, que Claire s'interrogea : qu'arriverait-il le lendemain matin ? Elle ne pouvait pas se terrer, quoi qu'en dise celui-ci. Elle avait une vie à l'extérieur de la maison, et elle avait raté suffisamment de cours pour le semestre. Soit elle continuait, soit elle abandonnait, et cette deuxième option ne réussirait qu'à faire empirer la situation. Elle devrait tirer un trait sur ses ambitions universitaires et les rêves qu'elle nourrissait depuis longtemps.

Elle s'endormit en rêvant de vampires, de crocs et de jolies filles au sourire cruel munies de briquets. D'incendies et de hurlements. De la mère de Shane flottant dans une baignoire.

De Shane recroquevillé dans un coin, sanglotant.

Elle ne passa pas une bonne nuit. Les premières lueurs de l'aube la réveillèrent : en bâillant, elle se demanda si Michael était déjà reparti, puis se tira du lit pour rejoindre la salle de bains. Tout le monde dormait encore. La douche lui fit beaucoup de bien. Après s'être séché les cheveux et habillée – chemise blanche, jean et baskets –, elle prépara son sac à dos pour la journée et se sentit prête à affronter le monde extérieur.

Shane était endormi sur le canapé. Elle traversa le salon sur la pointe des pieds, mais tous ses efforts furent réduits à néant par une latte du parquet récalcitrante : le grincement réveilla Shane, qui se redressa d'un bond et l'observa avec des yeux affolés quelques secondes avant de pousser un soupir.

— Claire... dit-il, en faisant basculer ses jambes pour s'asseoir et en se prenant la tête dans les mains. Aïe ! La prochaine fois, rappelle-moi que deux heures de sommeil ne suffisent pas.

— Je crois que tu t'en souviendras tout seul. Qu'est-ce que tu as fabriqué, cette nuit ?

— J'ai discuté. Michael avait besoin de parler.

Ah. Des trucs de mec. Des sujets que Michael n'avait pas voulu aborder avec les filles. D'accord, ce n'étaient pas ses oignons, elle ne poserait pas de question. Elle remonta son sac sur son épaule et se dirigea vers l'entrée.

— Tu vas où ? demanda-t-il sans relever la tête.

— Tu le sais très bien.

— Non, mais tu rêves !

— Shane, j'y vais. Désolée, mais tu n'es pas autorisé à me dire ce que je peux faire ou pas.

Théoriquement, il en avait sans doute le pouvoir : il était plus âgé et, en l'absence de Michael, il devenait, d'une certaine façon, le responsable. Mais… non. Quand bien même. Si elle le laissait créer un précédent – ou plutôt un nouveau –, elle perdrait le peu d'indépendance qu'elle avait réussi à acquérir.

— Je dois aller en cours. Écoute, tout se passera bien. La Protection d'Amelie fonctionne toujours, et le campus de la fac est un terrain neutre, je ne te l'apprends pas. Si je fais profil bas, tout ira bien.

— Ce n'est pas un terrain neutre pour Monica, lâcha-t-il avant de redresser la tête. Elle a tenté de te tuer, Claire.

Il marquait un point. Une boule de peur se forma dans la gorge de celle-ci.

— Monica, j'en fais mon affaire.

Elle ne se pensait pas capable de l'affronter, mais elle pouvait au moins l'éviter. La fuite restait une option. Shane la fixa de ses yeux las et injectés de sang pendant de longues secondes avant de secouer la tête et de s'affaler contre le dossier, les bras écartés.

— Comme tu veux… Appelle si tu as un problème.

Quelque chose dans son ton donna envie à Claire de lâcher son sac à dos pour aller se blottir contre lui sur le canapé, mais elle se redressa et lança :

— Je n'y manquerai pas.

Un courant d'air glacé l'enveloppa à deux reprises sur le chemin de la porte d'entrée. Michael s'opposait visiblement à cette décision.

— Va te faire voir, s'exclama-t-elle alors que la chaude caresse du soleil texan l'accueillait dehors.

Le cours de littérature anglaise était d'autant plus ennuyeux que Claire avait déjà lu tous les ouvrages étudiés ; elle en profita pour consigner ses pensées dans son journal. La plupart portaient sur Shane, ses lèvres et ses mains. Et sur la malédiction qui frappait Claire : la loi sur les détournements de mineurs. Quelle débilité !

Elle ruminait toujours l'injustice de la situation après la fin du cours, quand elle plongea, tête baissée, dans les ennuis. Littéralement.

Elle s'engageait dans un couloir, les yeux rivés sur ses pieds, et percuta quelqu'un qui la repoussa aussitôt en arrière avec violence. Elle faillit perdre l'équilibre, mais le retrouva in extremis en s'appuyant contre le mur.

— Eh ! s'écria-t-elle, davantage par surprise que par colère, avant que son cerveau enregistre l'information que lui envoyaient ses yeux : « Oh non, la poisse ! »

Monica Morrell.

Elle était l'incarnation de la perfection, de ses cheveux lisses et brillants à son maquillage impeccable, en passant par le joli chemisier transparent qu'elle portait sur un tee-shirt à la mode. Pas de sac à dos pour Monica, bien sûr, mais un sac à main de créateur. Elle détailla Claire de la tête aux pieds et une moue de dédain déforma ses lèvres. Elle n'était pas seule, naturellement. Monica ne se déplaçait jamais sans sa cour, et aujourd'hui encore elle était flanquée de ses Monickettes, Jennifer et Gina, ainsi que d'une flopée de types bodybuildés. Ils dépassaient tous Claire de plusieurs centimètres.

— Fais attention, la minus ! lança Monica en la fusillant du regard.

Un sourire illumina soudain son visage. Il n'atténuait pas la menace dans ses beaux yeux.

— Oh, c'est toi… Tu devrais regarder où tu marches, dit-elle avant de se tourner vers sa petite foule d'admirateurs. Pauvre Claire… Elle est atteinte d'un syndrome rare. Elle tombe dans les escaliers, elle se cogne la tête… Elle a même failli faire brûler sa maison.

Elle reporta son attention sur elle avant d'ajouter, au son des gloussements de Jennifer et de Gina :

— Je n'ai pas raison ? Un incendie a bien ravagé ta maison, non ?

— En partie, répondit Claire.

Au fond d'elle, elle était terrorisée, mais elle savait que, si elle montrait un signe de faiblesse, les représailles n'en seraient que pires. Elle se força donc à poursuivre :

— Mais on m'a raconté que ce n'était pas la première fois que ça arrivait à l'issue d'une de tes visites.

Les courtisans de Monica poussèrent un « ooooohhhh ! » étouffé : Claire avait réussi à susciter leur admiration et à exciter leur curiosité. Le regard de Monica se fit glacial. Encore plus glacial.

— Ne t'aventure pas sur ce terrain, ma petite. Ce n'est pas ma faute si tu vis avec une bande de gros nazes. Je parie que la pouffe gothique passe son temps à allumer des bougies. Une vraie pyromane ambulante, sans parler de son sens désastreux de la mode.

Claire se mordit l'intérieur de la lèvre pour ravaler une réplique cinglante, qui aurait souligné que la pouffe de l'histoire n'était pas celle qu'on croyait. Elle se contenta de lever ses sourcils, bien consciente qu'ils n'étaient pas parfaitement épilés, et de sourire d'un air mystérieux.

— Ça vous fait un point commun, alors. Ce haut vient du centre commercial, non ? De la collection Camping, il me semble…

Claire tourna les talons comme les amis de Monica s'exclamaient de nouveau – leur « ooooohhhh ! » trahissait un léger amusement cette fois.

Monica la déséquilibra en la retenant par son sac à dos. Claire sentit son haleine brûlante sur son oreille.

— Dis bonjour à Shane de ma part. Dis-lui aussi que je me fous de savoir qui a déclaré la trêve… Je vous aurai, lui et toi, et il va bientôt regretter d'avoir déconné avec moi.

Claire se libéra des griffes manucurées de Monica et répliqua :

— Il ne voudrait rien avoir à faire avec toi, même si tu étais la dernière fille vivante sur terre et que c'était une question de survie de l'espèce.

Persuadée que Monica allait lui arracher les yeux avec ses ongles parfaits, elle recula aussitôt. Bizarrement, Monica la laissa partir, un petit sourire aux lèvres. Si étrange, ce sourire, que l'estomac de Claire se serra.

— Salut, la tocarde !

Le cours de chimie avait déjà commencé lorsque Claire se glissa, haletante, sur un siège vide. En sortant son cahier et son manuel, elle scruta la salle à la recherche de Monica, Gina ou Jennifer et veilla à ce qu'aucun produit chimique n'atterrisse sur elle. La voie était libre et le resta pendant les deux heures suivantes. En milieu d'après-midi, Claire avait mal partout à force d'être sur le qui-vive, mais elle avait retrouvé son rythme cardiaque normal et prêtait à nouveau une oreille attentive aux profs. Elle n'avait pas perdu son avance sur les autres étudiants (elle avait pour habitude de lire intégralement les manuels en début d'année), mais les enseignants apportaient toujours des précisions absentes des livres. Même les cours qu'elle n'aimait pas beaucoup réussirent à l'intéresser, au moins un peu. En histoire, elle vint à bout du Q.C.M. en cinq minutes et s'échappa avec l'aval silencieux de son enseignant.

L'après-midi touchait à sa fin. Dans la cour carrée devant le bâtiment des sciences, la foule d'étudiants était moins dense – la plupart s'arrangeaient pour finir tôt et s'occuper de leur intense programme de festivités. L'université Texas Prairie ne jouait pas exactement dans la même catégorie que Harvard : l'essentiel des élèves étaient là pour effectuer, tant bien que mal, les deux années requises avant de pouvoir demander leur transfert dans une université plus renommée. Et leur devise aurait pu être : « S'éclater un max dans les fêtes pour finir le premier la tête dans la cuvette. »

Maintenant que Claire connaissait mieux Morganville, elle voyait la fac d'un autre œil. Elle mesurait combien c'était un îlot préservé : elle aurait été prête à parier que quatre-vingt-dix pour cent des étudiants ignoraient ce qui se passait réellement en ville, et ne le sauraient jamais. L'université Texas Prairie était comme une réserve naturelle, et ceux-ci les animaux qui la peuplaient. Et, parfois, se faisaient massacrer.

Claire réprima un frisson, observa les alentours pour vérifier que Monica n'était pas tapie dans l'ombre, puis prit le chemin de la maison. Le trajet n'était pas long, mais il la forçait à quitter les pelouses du campus, soigneusement entretenues bien que brûlées par le soleil, pour traverser le centre-ville qui n'en était pas vraiment un. Il avait pour principal objectif d'attirer les étudiants avec ses cafés, ses librairies et ses boutiques de vêtements à la mode. Les bâtiments arboraient les couleurs de l'université (le vert et le blanc) et la plupart des vitrines comportaient un panneau délavé indiquant : RÉDUCTION POUR LES ÉTUDIANTS.

Un type malingre vêtu de noir était posté à l'angle d'une rue et la fixait de son regard sombre et pénétrant. Claire l'avait déjà vu, mais elle n'aurait su dire où… en cours peut-être ? Il était flippant, en tout cas. Et pourquoi la dévisageait-il ainsi ? Il y avait beaucoup d'autres filles dans la rue. Plus jolies qu'elle, en prime.

Claire pressa le pas. Lorsqu'elle risqua un regard par-dessus son épaule, il avait disparu. Son cœur balançait entre trouver ça rassurant ou encore plus inquiétant. Rentrer le plus vite possible lui semblait une idée de génie à présent. En longeant le Starbucks, Claire se demanda à qui ce pauvre fou d'Oliver avait refilé le tablier d'Eve. Elle jeta un coup d'œil à l'intérieur et repéra un visage connu… Mais qu'est-ce que le père de Shane fabriquait là ? En plein jour ? On ne pouvait pas dire qu'il se fondait dans la population étudiante, et tous les flics de la ville devaient être à sa recherche. Bien décidée à décamper, elle se ravisa pourtant en songeant que, si elle réussissait à découvrir la raison de sa présence, elle serait sans doute en mesure d'aider Michael et Shane à avoir un coup d'avance. Sans oublier qu'elle ne risquait pas grand-chose au beau milieu de l'après-midi, en présence de nombreux témoins.

Claire se glissa donc à l'intérieur du café et se cacha derrière deux types athlétiques encombrés de gros sacs à dos (lesquels devaient contenir des ordinateurs portables), qui débattaient avec animation de résultats sportifs. Oui, il s'agissait bien du père de Shane, sirotant une boisson dans un coin. Au vu et au su de tous.

« Bordel, qu'est-ce que… »

Elle retint son souffle en voyant Oliver s'installer sur le siège face à lui. Oliver était un grand type dégingandé, légèrement voûté, aux longs cheveux bouclés, clairsemés et grisonnants. Rien de très menaçant en apparence. Sauf qu'il lui arrivait de révéler sa véritable personnalité et de sortir les crocs. Oliver était terrifiant, et Claire n'avait pas la moindre envie de se retrouver face à lui.

Elle tourna les talons pour partir et se heurta à un torse puissant. Levant les yeux, elle découvrit un garçon qu'elle ne connaissait pas, plus âgé que Shane peut-être, mais pas de beaucoup. Il avait des cheveux roux coupés court, la peau claire et des taches de rousseur. De grands yeux bleus, d'un bleu évoquant un ciel dégagé ou la haute mer. En résumé, il était… beau. Et apaisant. Bien bâti, il portait une veste en cuir marron vieilli (ce qui était on ne peut plus surprenant avec la vague de chaleur tardive qui frappait Morganville). Il n'avait pas de sac à dos, mais ressemblait à un étudiant.

Il lui sourit. Elle s'attendait à ce qu'il s'écarte pour libérer le passage, mais il ne bougea pas. Non, il lui prit même la main en disant :

— Bonjour, Claire. Je suis Sam. J'aimerais discuter un peu avec toi.

Le contact de ses doigts froids évoquait celui de l'argile. Et Claire réalisa soudain que, sous ses taches de rousseur, sa peau était un peu trop pâle. Sans parler du mélange de tristesse et de clairvoyance dans son regard.

Un vampire.

Elle tenta de se dérober mais il la retint sans effort. Il aurait pu lui briser les os s'il l'avait voulu mais se contenta de serrer juste ce qu'il fallait pour l'empêcher de partir.

— S'il te plaît, poursuivit-il, j'ai des choses à te dire. Je suis inoffensif, tu as ma parole. Asseyons-nous, tu veux bien ?

— Mais…

Claire promena un regard affolé autour d'elle. Les deux armoires à glace se dirigeaient vers le comptoir pour commander des boissons. Le café était bondé d'étudiants, qui discutaient, riaient, jouaient, tapaient sur leurs ordinateurs ou parlaient au téléphone. Personne ne s'intéressait à elle, bien sûr. Elle pourrait toujours faire une scène, mais elle attirerait l'attention d'Oliver, et celle du père de Shane, ce dont elle n'avait aucune envie. Raser les murs restait le mot d'ordre de cette journée.

La gorge serrée, Claire laissa le vampire l'entraîner vers une table isolée près de la vitrine. Il s'assit loin de la bande blanc vif que le soleil découpait sur le plancher. Quelques rares rayons filtraient par l'auvent, qui protégeait par ailleurs les clients.

Sam lui tenant toujours la main, elle dit, d'une voix qu'elle s'efforçait de garder calme et posée :

— Ça t'embêterait de me lâcher ? Maintenant que je suis assise ?

— Comment ? Oh… bien sûr.

Il la libéra avec un sourire, et même l'esprit partial et soupçonneux (pour ne pas dire paranoïaque) de Claire ne put s'empêcher de le trouver… doux.

— Désolé, ajouta-t-il. Tu as la peau si chaude… c'est agréable.

Son ton était empreint de regret. Claire ne devait pas s'apitoyer sur le sort de ce type. Elle ne devait pas.

— Comment connais-tu mon nom ?

— Tu te fiches de moi ? répliqua-t-il, hilare. Tout le monde connaît ton nom. Le tien et celui de Shane, d'Eve, de Michael. La Fondatrice a publié une directive. Pour la première fois depuis… quelque chose comme trente, voire quarante ans. Ça a eu son effet. Nous nous tiendrons tous à carreau en votre présence, ne t'inquiète pas.

Il observa les clients, aperçut Oliver puis reporta son attention sur Claire.

— Enfin, à l'exception des personnes qui ne connaissent pas la signification de cette expression, ajouta-t-il.

— Les personnes… répéta-t-elle en croisant les bras (dans l'espoir que ça lui donnerait l'air d'une dure à cuire, même si elle le faisait surtout parce qu'elle avait froid). Vous n'êtes pas des personnes.

— Tu es sévère, Claire, constata Sam, visiblement froissé. Bien sûr que nous sommes des personnes. Simplement, nous sommes… différents.

— Non, vous tuez des êtres humains. Vous êtes… des parasites !

Elle aurait été incapable d'expliquer pourquoi elle se lançait dans un tel débat avec un parfait inconnu. Vampire, de surcroît. Au moins, contrairement à Brandon, il n'avait pas usé de son pouvoir d'hypnotiseur sur elle, lui. D'autant qu'elle avait complètement oublié d'éviter son regard. Il fallait dire que Sam avait l'air… eh bien… normal. Et qu'il avait de jolis yeux.

— C'est la chaîne alimentaire… répliqua-t-il en réponse aux paroles de Claire, comme s'il s'agissait d'un débat sérieux.

— Quoi ?

— Eh bien, du point de vue des légumes, les humains sont également des parasites et des tueurs en série.

L'argument tenait la route. Presque.

— Je ne suis pas une carotte, riposta-t-elle. Qu'est-ce que je peux faire pour toi ? En dehors de ça, ajouta-t-elle en plaçant deux doigts sur son cou pour mimer des crocs.

Il paraissait légèrement contrit.

— Je voudrais te demander un service. Accepterais-tu de remettre quelque chose à Eve de ma part ?

Claire ne voyait pas ce qui ferait moins plaisir à sa colocataire qu'un cadeau venant d'un vampire.

— Non, rétorqua-t-elle. C'est tout ? Je peux y aller ?

— Attends ! Mes intentions ne sont pas mauvaises, je t'assure. Je l'ai toujours trouvée très drôle. Je vais regretter sa présence, elle illuminait cet endroit.

Il sortit de sa poche une petite boîte noire et la lui tendit. Se renfrognant, Claire joua avec celle-ci pendant un instant avant d'ouvrir le couvercle... Il contenait un collier. Joli, en argent, avec un médaillon en forme de cercueil. Claire leva les yeux vers Sam avant de se rappeler qu'il ne fallait pas et de les poser quelque part au milieu de son torse (il était bien bâti, plutôt musclé).

— Qu'est-ce qu'il contient ? demanda-t-elle.

— Ouvre, répondit-il en haussant les épaules. Je n'ai rien à cacher. Je te l'ai dit, ce n'est pas dangereux.

Claire souleva le couvercle du cercueil : il contenait la statuette d'une fille, les bras croisés sur la poitrine. Flippant mais chouette. Eve adorerait probablement ce collier.

— Écoute, je ne la harcèle pas, reprit Sam. Nous sommes juste... amis. Grâce à cet abruti de Brandon, elle ne nous porte pas dans son cœur, je le sais. Et je n'essaie pas de sortir avec elle. Mais j'ai pensé que ça lui plairait.

Claire ne parvenait pas à faire entrer Sam dans la case « Vampire = attention danger » et encore moins dans celle « Vampire = mal absolu ». Pourtant, elle ne disposait que de ces deux cases pour classer les buveurs de sang. Sam n'était qu'un type au regard triste et au sourire doux, à qui un peu de soleil aurait profité. Un mec normal, qui lui aurait sans doute donné des palpitations s'il lui avait adressé la parole au lycée. Mais il piégeait peut-être ses victimes ainsi. Elle referma le médaillon, puis la boîte qui le contenait et la repoussa vers Sam.

— Désolée, je ne peux pas te rendre ce service. Donne-lui toi-même si tu y tiens. Même si je ne pense pas qu'elle remettra jamais les pieds ici.

Décontenancé, Sam rangea la boîte dans la poche de sa veste en cuir.

— Entendu, dit-il. Merci de m'avoir écouté, Claire. J'aimerais te demander autre chose. Pas un service cette fois, mais une information.

Elle acquiesça, même si elle n'était pas certaine de vouloir répondre.

— C'est au sujet d'Amelie, poursuivit-il en baissant la voix.

Son regard s'était illuminé d'un éclat fervent, qui lui ôtait toute normalité. Cette question était la véritable raison de sa présence, bien plus que le cadeau pour Eve.

— Tu lui as parlé, à ce que j'ai entendu dire. Comment va-t-elle ?

— Pourquoi ?

Sans baisser les yeux, il répliqua :

— Elle ne m'adresse plus la parole. Comme tout le monde. Je me fiche des autres, mais… je m'inquiète pour elle.

Claire n'en croyait pas ses oreilles. Un vampire l'interrogeait, elle, sur Amelie ? Elle n'avait jamais rien entendu de plus étrange.

— Euh… elle m'a paru… en forme… Elle ne te parle plus ? Pourquoi ?

— Aucune idée, répondit-il en se carrant dans son siège. Je n'ai pas entendu le son de sa voix depuis cinquante ans, à quelques mois près. Et je ne compte plus le nombre de fois où j'ai réclamé un entretien en vain. Personne n'accepte de lui transmettre un message.

Son regard innocent se voila, blessé.

— Après m'avoir créé, elle m'a abandonné. Elle n'a fait aucune apparition publique depuis longtemps. Et subitement elle vient te trouver. Je m'interroge…

« Cinquante ans. » Elle discutait avec un type d'au moins soixante-dix ans, avec une peau aussi lisse que la sienne. Et avec des yeux qui avaient vu… eh bien… plus qu'elle n'en verrait jamais, selon toute probabilité. « Cinquante ans ? »

— Quel âge as-tu ? bredouilla-t-elle sous l'effet de la panique.

— Soixante-douze ans. Je suis le plus jeune.

— À Morganville ?

— Sur terre.

Il jouait avec le sucrier sur la table.

— Les vampires sont une race en voie d'extinction. C'est pour cette raison que nous sommes ici, à Morganville. Partout ailleurs, on nous traque, on nous tue. Même ici, Amelie n'en a créé que deux au cours des cent cinquante dernières années.

Il redressa lentement la tête et croisa le regard de Claire : cette fois, elle sentit qu'il exerçait sur elle la même contrainte que Brandon, l'empêchant de bouger.

— Je sais ce que tu ressens, j'ai été à ta place, Claire. Je suis né à Morganville, j'ai grandi sous la Protection de quelqu'un. Ce n'est pas une vie... Vous êtes réduits en esclavage. Vous ne portez peut-être pas de chaînes, vous n'êtes peut-être pas marqués au fer rouge, mais vous n'en êtes pas moins des esclaves.

Elle visualisa aussitôt la mère de Shane, morte dans sa baignoire.

— Et si nous prenons la fuite, vous nous tuez, murmura-t-elle.

Elle s'attendait à ce qu'il réagisse, d'une façon ou d'une autre, à ses propos, mais il ne broncha pas.

— Parfois, convint-il. Mais ne crois pas que nous le faisons de gaieté de cœur, Claire. Nous essayons simplement de survivre. Tu comprends ?

Claire l'imagina planté devant la baignoire, regardant la mère de Shane se vider de son sang. Avec ces mêmes yeux doux et tristes. Molly Collins pareille à un animal familier dont la disparition, nécessaire, ne l'aurait pas empêché de dormir, ne serait-ce qu'une seule nuit. À supposer que les vampires dorment. Ce dont Claire commençait à douter.

Elle se leva si vivement que sa chaise heurta le mur derrière elle avec fracas. Sam se recula, étonné.

— Je comprends parfaitement, dit-elle, les dents serrées, en ramassant son sac à dos. Je ne peux avoir confiance en aucun d'entre vous. Tu veux savoir comment va Amelie ? Demande-lui toi-même ! Elle a sans doute une excellente raison de ne plus t'adresser la parole !

— Claire !

Elle ouvrit la porte d'un coup de coude et sentit le soleil sur sa peau. Elle jeta un œil par-dessus son épaule et découvrit Sam à la lisière de la bande de lumière. Il la considérait avec une expression grave, comme s'il venait de perdre son meilleur et unique ami.

Bon sang, elle ne serait jamais amie avec un vampire. Elle ne pouvait pas se le permettre. Et ça n'arriverait jamais. Jamais.

6.

Claire se fit la réflexion, sur le chemin de la maison, qu'il ne serait pas très adroit de vider son sac devant Shane, de lui parler de Monica, de son père ou de Sam le vampire. Elle s'attela donc à la préparation du dîner (des tacos) et attendit le retour de Michael parmi les vivants. Il réapparut dès que le soleil eut entièrement disparu derrière la ligne d'horizon, l'air angélique comme toujours.

Claire lui fit comprendre qu'elle souhaitait lui parler seule à seul, et il la rejoignit dans la cuisine pour essuyer la vaisselle pendant qu'elle la lavait – elle ignorait comment elle s'était retrouvée à accomplir cette corvée alors que ce n'était pas son tour, mais ça leur fournissait une occasion idéale pour discuter.

— Tu as raconté à Shane que tu avais vu Monica ? demanda Michael lorsqu'elle eut terminé le récit des événements de la journée.

Il ne semblait pas particulièrement inquiet, mais il en fallait beaucoup pour dérouter Michael.

— Non, répondit Claire. Ses réactions la concernant sont toujours un peu excessives.

— Ouais, je sais. Bon… Tu dois être prudente, hein ? Je chargerais bien Shane de t'accompagner en cours, mais…

— Mais c'est sans doute ce qu'elle espère, compléta Claire en lui tendant une nouvelle assiette. Nous attaquer ensemble, pour nous affaiblir.

Michael acquiesça en haussant un sourcil.

— Il suffit que Monica s'en prenne à toi pour avoir de l'emprise sur Shane. Alors, sois vigilante. Je… je ne suis pas d'une grande utilité en dehors d'ici. Autrement dit, je ne suis pas d'une grande utilité tout court.

La lueur de colère qui illumina le regard de Michael la fit aussitôt culpabiliser, même si celle-ci n'était pas dirigée contre elle. Il détestait la situation. Il détestait être prisonnier de la maison alors que ses amis avaient besoin de lui.

— Il ne m'arrivera rien, le rassura-t-elle. J'ai un nouveau téléphone portable, mes parents me l'ont envoyé.

— Bien. Tu utilises la numérotation rapide ?

— Vos numéros correspondent aux touches un, deux et trois. Et les secours à la touche quatre.

— Tu es mignonne, lança-t-il en lui donnant une bourrade. Comment se passent les cours ?

— Bien, assura-t-elle sans enthousiasme. On ne parle pas du père de Shane ?

— Il n'y a rien à dire. Tu ne t'approches ni du Starbucks ni d'Oliver. Le père de Shane se trouvait probablement là-bas pour repérer les lieux. Et Oliver a sans doute donné le change sans problème. Il joue le mec normal à la perfection.

Michael était bien placé pour le savoir. Oliver jouait tellement bien le mec normal qu'il avait réussi à convaincre Michael de l'inviter à entrer chez lui. Une fois à l'intérieur, il avait tué celui-ci, puis tenté de le transformer en vampire. La maison avait, en partie, sauvé Michael. Façon, sans doute, pour la force surnaturelle qui animait celle-ci de s'excuser de ne pas avoir réussi à le protéger complètement. La maison faisait des choses de ce genre. Flippantes, pour ne pas dire carrément terrorisantes, mais elle avait le mérite de demeurer loyale envers ses résidents.

Oliver, quant à lui... Oliver n'était dévoué qu'à lui-même.

— Alors on ne fait rien ? insista Claire.

— Rien du tout, répondit Michael en rangeant la dernière assiette et en jetant le torchon sur son épaule, comme un serveur s'apprêtant à prendre sa pause. Et toi non plus, Claire, tu ne fais rien. C'est un ordre.

Mimant un salut militaire, elle répliqua :

— Chef ! Oui, chef ! Chef ! Désolée, chef !

— Je préférais quand tu étais une gamine réservée, soupira-t-il. Qu'est-ce qui t'est arrivé ?

— Je me suis installée avec vous.

— Ah, mais oui...

Il lui ébouriffa les cheveux en souriant, puis se dirigea d'un pas décontracté vers le salon.

— Soirée jeux de société, ajouta-t-il. J'ai fait promettre à Shane de ne pas toucher à la télé ce soir. Il doit être en train de dépoussiérer le Monopoly.

— J'ai un nouveau boulot, lança subitement Eve.

Ils étaient tous les quatre installés en tailleur autour du plateau de jeu, décoloré et irrégulier. Shane menait largement, mais Michael possédait toutes les gares. Quant à Claire et Eve, elles se contentaient pour ainsi dire de regarder leurs piles de billets diminuer. « Pas étonnant que les gens adorent ce jeu, songeait Claire. Il ressemble à la vie. »

— Déjà ? protesta Shane tandis que Michael faisait rouler les dés. Purée, Eve, tu ne pourrais pas mettre la pédale douce ? À côté de toi, je passe pour un gros naze incapable de dégoter du travail.

— Shane Collins, tire-au-flanc de première classe. Si tu postulais plus d'une fois par mois et que tu te présentais aux entretiens, tu réussirais à décrocher un poste, toi aussi.

— Parce que, maintenant, tu vas me donner des conseils en plus ?

— La ferme, Shane ! Personne ne me demande où je vais travailler, alors ?

— Si, si… Où ? s'enquit Michael en déplaçant son canon de quatre cases. Oh, non !

— Cinq cents, mon pote. Et les serviettes propres sont en supplément, lança Shane en tendant la main.

— J'ai été embauchée à la fac, expliqua Eve en regardant Michael déposer des billets dans la paume de son ami. À la cafét. Pour un meilleur salaire.

— Félicitations ! s'écria Claire. Et tu ne bosses plus pour un vampire diabolique. Ce qui constitue un net progrès.

— Question patron j'ai gagné au change, sans hésitation. Bon, c'est un naze à l'air débile, qui pue de la gueule et boit, mais l'ensemble de la population masculine de Morganville répond à cette description.

— Eh ! s'écrièrent comme un seul homme Shane et Michael.

— À l'exception des deux beaux gosses que nous côtoyons, répliqua-t-elle en souriant à pleines dents. Et réjouissez-vous, les gars, cette description s'applique également à la majorité de la population féminine. Bref. Les horaires sont meilleurs : je travaille de jour, donc plus d'inquiétude côté vampires. Sans oublier que je pourrai garder un œil sur le campus. J'ai entendu dire que les étudiants étaient de sacrés fêtards.

— Derrière ton comptoir, tu ne verras que des gens qui te parleront mal et se plaindront du service, dit Shane sans relever la tête. Méfie-toi, Eve. Certains trouducs se figurent que, parce que tu portes un badge avec ton nom, ils peuvent te traiter comme leur toutou.

— Ouais, je sais. J'ai appris pour Karla.

— Karla ? répéta Claire.

— Elle travaille à la fac, répondit Eve. Karla Gast. On était à l'école ensemble. (Michael et Shane redressèrent tous deux la tête et opinèrent.) C'était une fêtarde au lycée. Et très jolie, en plus. Elle a été embauchée sur le campus, je ne sais plus pour quoi faire… bref, quoi qu'il en soit, elle a disparu.

— C'était dans le journal, ajouta Michael. Enlevée la nuit dernière, alors qu'elle regagnait sa voiture.

Claire se renfrogna.

— Pourquoi les journaux en parlaient-ils ? D'habitude, ils ne s'intéressent pas aux trucs de ce genre, si ? Il me semblait qu'à Morganville le meurtre était en quelque sorte légitimé.

— Ils s'y intéressent quand les vampires ne sont pas mouillés, rétorqua Eve, qui grignotait un bâtonnet de carotte tout en lançant les dés. Oh, oh ! Donnez-moi mes deux cents billets, monsieur le banquier. Si elle avait été attaquée par des vampires, même des méchants, ils auraient noyé le poisson comme d'habitude. La famille aurait touché une pension, et personne n'en aurait plus parlé. Là, c'est différent.

— Tu veux dire que… la criminalité est inhabituelle ? La criminalité humaine, s'entend.

— Ouais, répondit Eve. Pourtant, Morganville a tendance à avoir une influence néfaste sur ses citoyens. Ils deviennent agressifs, alcooliques ou craintifs. L'un des trois.

— Tu te ranges dans quelle catégorie ? s'enquit Shane.

Eve montra les dents en grognant.

— Hou ! J'ai peur !

— Sinon, Eve… j'ai entendu dire que ton frère était sorti de prison, enchaîna Michael.

Claire n'eut pas le temps de retenir les dés qu'elle venait de lancer, et le bruit du plastique heurtant le carton parut plus fracassant qu'une pile d'assiettes volant en éclats sur un carrelage. Pas un son. Pas une respiration. À en juger par l'expression de son visage, Michael se demandait s'il avait eu une bonne idée de mettre le sujet sur le tapis. Quant à Eve, ses traits durcis étaient empreints de férocité… et de peur. Shane se contentait d'observer la scène sans broncher.

— Euh… fit Claire en poussant son chien de six cases. C'est vrai, tu n'as rien dit.

La réaction d'Eve avait aiguisé sa curiosité : à l'évidence celle-ci en voulait à Michael d'avoir mentionné son frère.

— Je n'en parle jamais, riposta-t-elle sèchement. En tout cas plus. Il s'appelle Jason, c'est un tocard de première et le sujet est clos, d'accord ?

— D'accord, convint Claire avant de s'éclaircir la gorge. Shane ? l'apostropha-t-elle en lui indiquant le plateau.

— Quoi ? s'étonna-t-il avant de comprendre : Ah, oui. Tu me dois trois cents.

Elle lui tendit en silence ses derniers billets et Shane ramassa les dés.

— Eve, tu n'as pas oublié pour quelle raison il a été emprisonné. Tu ne crois pas… continua Michael, d'une voix douce.

— La ferme ! Est-ce qu'il se peut qu'il soit derrière cette histoire ? Oui. Si j'étais la police, je ne négligerais pas cette piste, mais il a été libéré hier matin. Ce serait du rapide, même pour Jason.

Sous son masque farouche, elle semblait bouleversée. Et plus pâle qu'à son habitude.

— Vous savez quoi ? ajouta-t-elle. Je dois me lever tôt. Alors bonne nuit.

Elle bondit sur ses pieds et se dirigea vers l'escalier. Sa jupe en soie noire délavée se soulevait à chacun de ses pas.

— Eve…

Michael la suivait deux marches en arrière. Claire les regarda disparaître à l'étage, les sourcils levés, pendant que Shane faisait rouler les dés dans sa paume.

— On dirait que la partie est terminée, dit-il en les lançant malgré tout. Eh eh ! La Cinquième Avenue ! Voilà qui vient parachever l'empire de Shane Collins. Merci d'avoir joué et bonne fin de soirée !

— De quoi parlait Michael ? demanda-t-elle. Il pense que le frère d'Eve pourrait avoir enlevé cette fille ?

— Non, il pense que le frère d'Eve pourrait l'avoir tuée. Et les flics sont probablement du même avis. S'il est coupable, ils l'attraperont et, cette fois, il finira ses jours au trou. À moins qu'il atteigne jamais la case prison. L'un des frères de Karla bosse dans la police.

— Oh… lâcha Claire à voix basse (elle percevait les murmures d'une conversation à l'étage). Je… je devrais sans doute aller me coucher, moi aussi. J'ai cours de bonne heure, demain.

Elle croisa le regard de Shane.

— Il vaudrait mieux leur laisser un peu d'intimité…

— Ah oui. D'accord.

Elle glissa son pied sous le plateau et entreprit de rassembler les billets et les cartes éparpillés dessus. Ses mains effleurèrent celles de Shane, qui abandonna aussitôt les cartes qu'il avait ramassées pour lui serrer les doigts.

Sans qu'elle ait le temps de comprendre ce qui se passait, elle se retrouva sur ses genoux à l'embrasser. Ce n'était pas ce qu'elle avait prévu, mais… ce changement de programme ne la dérangeait pas vraiment, tant les baisers de Shane étaient délicieux, ses lèvres douces et ses mains puissantes…

Il se recula, les yeux mi-clos, en souriant. Shane ne souriait pas souvent, et chaque fois qu'il le faisait Claire en avait le souffle coupé. Ses sourires avaient quelque chose de secret, comme s'il les réservait pour elle. C'était… merveilleux.

— Claire, tu es prudente, hein ?

Il chassa une mèche de cheveux de son visage, avant d'ajouter :

— Je suis sérieux. Tu me le dirais si tu avais des ennuis ?

— Je n'en ai pas, mentit-elle en songeant aux menaces à peine voilées de Monica et en revoyant le père de Shane assis face à Oliver. Aucun ennui !

— Bien, souffla-t-il avant de l'embrasser à nouveau, sur la bouche puis dans le cou.

Waouh ! ces baisers lui collaient des frissons. Elle ferma les paupières et glissa les doigts dans les cheveux de Shane pour lui faire sentir combien elle aimait ses caresses, combien elle l'aimait, lui…

Les mains de Shane descendirent sur son buste, effleurant une nouvelle fois ses seins, courant sur sa gorge jusqu'à ce que son tee-shirt les empêche d'aller plus bas. Il se mit alors à jouer avec l'encolure, tirant dessus pour la faire descendre d'un centimètre, de deux…

Subitement, au grand dam de Claire, il retira ses mains et se pencha en arrière. Il se passa la langue sur les lèvres avant de la gratifier d'un de ses sourires irrésistibles.

— Va au lit avant que je sois incapable de résister à l'envie de t'accompagner.

Claire n'était pas certaine que ses jambes pourraient la porter, pourtant, elle réussit à se lever. Au premier, par la porte ouverte de la chambre d'Eve, elle les aperçut, Michael et elle, assis sur le lit. Michael, si lumineux avec ses cheveux dorés et ses yeux bleus qu'il jurait dans le décor rouge et noir. On aurait dit un ange tombé en enfer. Il tenait Eve dans ses bras et la berçait tendrement, d'avant en arrière. En passant, Claire croisa le regard de Michael, qui lui fit signe de fermer la porte.

Elle s'exécuta, puis se glissa dans son propre lit.

Seule, malheureusement.

Songeant qu'il serait judicieux de découvrir à quoi ressemblait Jason Rosser – afin de pouvoir l'éviter –, Claire avait néanmoins l'intuition que demander à Eve de jeter un œil à l'album photo de famille ne serait pas une bonne idée. Eve réagissait vivement au sujet de son frère… ce qui, si le jugement sévère de Shane n'avait rien d'excessif, était sans doute justifié.

Claire entreprit donc d'enquêter. Pas à la bibliothèque de la fac, laquelle, en dépit d'un fonds correct, ne contenait pas beaucoup d'informations sur Morganville : on y trouvait essentiellement des ouvrages historiques soigneusement expurgés et des journaux archivés. Mais Morganville comptait également une société historique. Après avoir cherché son adresse dans l'annuaire, Claire la repéra sur une carte et calcula le temps qu'il lui faudrait pour parcourir la distance à pied. En marchant d'un bon pas, elle pourrait s'y rendre et arriver à temps à son cours de midi.

Claire prit une douche, enfila un jean et un des tops qu'elle avait achetés à la friperie, noir avec une fleur. Sans oublier son sac à dos, elle partit d'un bon pas et s'enfonça dans un dédale de rues inexplorées, dans la direction opposée à celle de la fac. Elle s'était munie de la carte, qui se révéla très utile dès qu'elle eut perdu de vue la maison Glass. Le tracé des rues de la ville manquait singulièrement de logique. Les impasses pullulaient, tout comme les zones désertes et mal éclairées. Ce qui, à la réflexion, devait répondre à une autre logique. Celle des vampires. Malgré le soleil de plomb, Claire frissonna et accéléra en longeant un terrain vague jonché de déchets et de gravats. Une odeur de charogne empestait l'air, une odeur nauséabonde de cadavres se décomposant dans la chaleur. Avoir une imagination débordante se révélait parfois un handicap. « Au moins, il fait jour… » Rien ne la forcerait jamais à venir ici de nuit.

Les zones résidentielles de Morganville, anciennes, tombaient pour la plupart en décrépitude ; l'été les avait recouvertes d'une couche de poussière. Les températures ne tarderaient pas à baisser, mais, pour l'heure, l'été indien battait son plein et le Texas cuisait. Dans les herbes comme dans les arbres, les cigales poussaient leur plainte monotone, et le vent apportait une odeur de poussière et de métal chauffé. De tous les endroits de la ville où Claire se serait attendue à croiser des vampires, celui-là était le dernier. Pas assez… gothique. Trop délabré.

D'après la carte, elle devait tourner dans la rue suivante. Elle s'y engagea, puis s'immobilisa à l'ombre d'un chêne et sortit la bouteille d'eau qu'elle avait apportée pour se désaltérer, tout en calculant la distance qui lui restait à parcourir. Plus beaucoup, apparemment. Tant mieux, elle n'avait pas l'intention de rater un autre cours. Elle n'en raterait plus jamais aucun.

Il s'agissait d'un cul-de-sac. Claire s'arrêta net et consulta la carte en se renfrognant : d'après celle-ci, la rue avait pourtant une issue. Poussant un soupir de frustration, Claire s'apprêtait à rebrousser chemin lorsqu'elle hésita subitement : elle venait d'apercevoir un passage étroit dans la palissade qui bloquait la rue. Apparemment, celui-ci menait à une autre rue.

« Abandonner ou tenter le coup. » Elle avait toujours appartenu à la première catégorie, celle des êtres prudents, mais peut-être que la vie dans la maison Glass l'avait transformée. Et puis, il faisait une chaleur à crever dehors. Elle se dirigea vers l'entrée du passage.

— À ta place, mon enfant, je n'irais pas plus loin.

La voix provenait d'une véranda plongée dans l'ombre, sur la droite de Claire. La maison semblait mieux entretenue que la moyenne à Morganville : récemment repeinte en turquoise, ses embrasures étaient en brique et son jardinet soigné. Plaçant une main en visière au-dessus de ses yeux, Claire finit par distinguer une minuscule vieille dame perchée sur une balancelle. Aussi brune qu'une brindille, elle avait des cheveux pâles évoquant les aigrettes d'un pissenlit. Comme elle flottait dans une robe vert clair, elle ressemblait à un esprit sylvestre, à une fée tout droit sortie d'un vieux livre de contes pour enfants.

Sa voix, elle, était aussi onctueuse que du miel.

Claire recula aussitôt de quelques pas.

— Je suis désolée, madame, j'ignorais qu'il s'agissait d'une propriété privée.

— Oh, non, mon enfant, ce n'en est pas une, caqueta-t-elle. Tu t'apprêtes à commettre une folie. As-tu déjà entendu parler des fourmis-lions ? Ou des mygales ? Si tu t'engages sur ce chemin, tu n'en verras jamais le bout. Pas dans ce monde en tout cas.

En proie à un accès de panique, Claire entendit le rugissement victorieux de la petite voix raisonnable dans sa tête : « Je le savais bien ! »

— Mais… mais il fait jour !

— En effet, rétorqua la vieille femme en se balançant doucement. En effet… Le jour comporte certains dangers à Morganville. Tu devrais le savoir. Maintenant, sois sage, retourne d'où tu viens et ne reviens plus jamais ici.

— Oui, madame, dit Claire en rebroussant chemin.

— Mamie, à qui… oh, bonjour !

La moustiquaire de la maison livra passage à une version plus jeune de la femme brindille – vraisemblablement sa petite-fille. Grande et jolie, celle-ci avait la peau plus claire, couleur chocolat plutôt que bois sombre. Ses cheveux étaient tressés et elle sourit à Claire en posant une main sur l'épaule de sa grand-mère.

— Mamie aime s'installer sur la véranda et apostropher les gens. Je m'excuse si elle t'a embêtée.

— Non, non, pas du tout, s'empressa de répondre Claire en jouant nerveusement avec l'une des sangles de son sac à dos. Elle m'a… euh… mise en garde contre cet endroit.

Les yeux de la jeune femme naviguèrent rapidement de Claire à la vieille dame avant de se reposer sur Claire.

— Vraiment ? s'enquit-elle d'une voix qui n'avait plus rien de chaleureux. Mamie, je te l'ai déjà dit, arrête d'effrayer les gens avec tes histoires.

— Ne fais pas l'imbécile, Lisa. Il ne s'agit pas simplement d'histoires, et tu le sais très bien.

— Il n'y a pas eu d'ennuis ici depuis vingt ans !

— Ce qui ne signifie pas pour autant que ça ne pourrait pas se reproduire, s'entêta la vieille dame en pointant un index fin et tremblant sur Claire. Ne t'aventure pas par là ! Je suis sérieuse !

— Oui madame, répondit-elle d'une petite voix en hochant la tête. Eh bien... merci.

En tournant les talons pour repartir, Claire remarqua une plaque fixée au mur à côté de la balancelle. Une plaque qui comportait le même symbole que celui à l'entrée de chez elle : la marque de la Fondatrice. En observant la maison, elle remarqua des traits communs entre les deux bâtisses, qui devaient dater de la même époque. Un sourire contrit aux lèvres, Claire s'approcha des deux femmes.

— Je suis confuse d'avoir à vous demander une chose pareille, mais pourrais-je utiliser vos toilettes ? Je bois beaucoup avec cette chaleur...

Elle crut que Lisa allait refuser, pourtant, après avoir plissé le front, elle lâcha en descendant les marches du perron pour lui ouvrir la porte de la barrière :

— Entre. C'est la deuxième porte dans le couloir.

— Offre-lui de la limonade, Lisa.

— Elle ne reste pas, mamie !

— Comment peux-tu le savoir si tu ne lui poses pas la question ?

Claire les laissa se prendre le bec. En franchissant le seuil, elle guetta les signes trahissant la présence d'un champ magnétique – même si elle ne ressentait rien dans la maison de Michael – et identifia immédiatement une caractéristique particulière... Cette demeure possédait le même calme, la même pesanteur. Elles différaient grandement du point de vue de la décoration en revanche : Lisa et sa mamie aimaient beaucoup les meubles, elles les adoraient même, surtout lorsqu'ils étaient recouverts d'un tissu à fleurs tarabiscoté, ainsi que les tapis, les rideaux et la dentelle. Claire s'avança prudemment dans le couloir, en effleurant du bout des doigts les lambris. Le bois était tiède, mais c'était toujours le cas du bois, non ?

« Zarbi », pensa-t-elle en poussant la porte des toilettes.

Sauf qu'elle pénétra dans un immense bureau, qui n'aurait pas pu trancher davantage avec les froufrous du salon… parquet ciré austère, table de travail massive, portraits sévères. Des rideaux en velours rouge foncé empêchaient les rayons du soleil de filtrer. Les murs étaient dissimulés derrière des rayonnages de livres, vieux pour l'essentiel, et une vitrine contenait une sorte de casier à bouteilles qui accueillait… des rouleaux.

Assise derrière le bureau, Amelie signait des papiers avec un stylo en or. L'un de ses assistants, un vampire également, se tenait à côté d'elle, récupérant les feuilles dès qu'elle avait apposé son nom. Aucun d'eux ne tourna les yeux vers Claire.

— Ferme la porte, lui demanda Amelie d'une voix douce teintée d'un accent presque français. J'ai horreur des courants d'air.

Claire songea à prendre la fuite, mais elle n'avait pas la bêtise de s'imaginer qu'elle réussirait à aller suffisamment loin, ou suffisamment vite, pour leur échapper et, même si l'idée de ressortir et de claquer la porte en hurlant était tentante, elle ravala sa peur et obtempéra.

— On est chez vous ? s'enquit Claire, parce que c'était la seule question qui lui traversait la tête.

Amelie releva la tête, le regard aussi froid et intimidant que dans le souvenir de Claire. Un regard qui vous congelait sur place.

— Chez moi ? répéta-t-elle. Oui, bien sûr. Je suis partout chez moi. Ah, mais je comprends pourquoi tu t'interroges... Tu veux savoir si j'habite dans cette maison, en particulier. Non, petite Claire, ce n'est pas ici que je me cache de mes ennemis, quand bien même cela serait sans doute pratique. Très... ajouta-t-elle en souriant lentement. Très inattendu.

— Mais... comment... ?

— Tu apprendras, Claire, que j'ai le pouvoir de te convoquer à ma guise.

Amelie signa le dernier papier, qu'elle remit à son assistant, un jeune homme, grand et ténébreux, en costume et cravate noirs, qui s'inclina avant de quitter la pièce par une autre porte. Amelie se carra dans son énorme fauteuil en bois ouvragé, plus royale que jamais, d'autant que ses cheveux évoquaient une couronne dorée. Ses longs doigts tapotaient légèrement sur l'accoudoir à tête de lion.

— Tu n'es plus dans la maison dans laquelle tu te trouvais, ma chère. Vois-tu une explication ?

— La téléportation... Mais c'est impossible !

— Pourtant tu es là.

— C'est de la science-fiction !

Amelie agita sa main gracieuse.

— Je peine à comprendre les conventions littéraires de nos jours. Une impossibilité comme l'existence des vampires est acceptable, mais l'addition de deux impossibilités donne naissance à de la science-fiction ? Enfin, peu importe. Je ne suis pas en mesure d'expliquer comment cela fonctionne, c'est un sujet d'étude pour les philosophes et les artisans, et je ne suis ni l'une ni l'autre. En tout cas plus depuis des années.

Ses yeux couleur de glace se réchauffèrent une fraction de seconde.

— Pose ton sac, reprit-elle. J'ai vu des portefaix plus chargés que toi.

« Des quoi ? » s'interrogea Claire sans oser poser la question tout haut, de peur de passer pour une idiote.

— Merci, répondit-elle en déposant délicatement son sac sur le plancher. Madame, ajouta-t-elle en se glissant sur l'une des deux chaises face au bureau.

— Quelle politesse... À une époque où les manières sont négligées... Tu comprends la fonction des manières, n'est-ce pas, Claire ? Elles permettent aux humains de vivre ensemble sans s'entretuer. La plupart du temps.

— Oui, madame.

Le silence. Dans le dos de Claire, une grande horloge égrenait les secondes. Une goutte de sueur roula sur sa nuque avant d'être absorbée par son tee-shirt. Amelie la dévisageait sans ciller. C'était bizarre. Contre nature. Personne n'était capable d'une chose pareille. En même temps, Amelie n'était pas tout le monde. À vrai dire, de tous les vampires, elle était, à bien des égards, la moins commune.

— Sam m'a interrogée à votre sujet, bredouilla Claire, autant parce que cette pensée lui avait traversé l'esprit que parce qu'elle voulait qu'Amelie cesse de la fixer.

Ses paroles eurent l'effet escompté. Amelie cligna des paupières, puis elle se pencha en avant pour poser son menton pointu sur ses mains croisées, les coudes toujours en appui sur les bras du fauteuil.

— Sam, répéta-t-elle lentement en laissant ses yeux errer dans le vide.

Elle essayait sans doute de convoquer ses souvenirs. Claire avait remarqué que les gens, même les vampires, avaient ce regard flou lorsqu'ils le faisaient.

— Ah, oui. Samuel, dit-elle en reportant son attention sur Claire. Et comment t'es-tu retrouvée à discuter avec ce cher Samuel ?

— Il m'a abordée, il voulait me parler, répondit Claire en haussant les épaules.

— Te parler ?

— Il m'a interrogée sur vous. Je crois... qu'il se sent seul.

Amelie sourit. Ne cherchant pas à impressionner Claire avec ses pouvoirs vampiriques – elle n'en avait pas besoin ! –, ses dents demeuraient parfaitement lisses.

— Bien sûr qu'il se sent seul. Samuel est le plus jeune. Aucun vampire plus âgé ne lui fait confiance et il ne peut exercer son influence sur aucun jeune vampire. Il n'entretient pas de lien, ni avec la communauté des vampires, moi exceptée, ni avec le monde des humains. Tu ne rencontreras jamais personne de plus seul que lui, Claire.

— Vous dites ça comme si... vous le souhaitiez. Comme si vous souhaitiez sa solitude.

— En effet. J'ai mes raisons. Quoi qu'il en soit, il me semble intéressant d'observer les réactions de quelqu'un dans sa situation. Samuel est un être fascinant. Alors que la majorité auraient choisi la barbarie et l'indifférence, il continue à chercher du réconfort auprès des autres. À solliciter leur amitié. Il me surprend.

— Vous l'utilisez comme cas d'étude !

Claire n'en revenait pas. Les sourcils blond platine d'Amelie s'arquèrent au-dessus de ses prunelles froides, allumées par l'amusement.

— Tu es futée, Claire. Mais n'oublie pas qu'un rat conscient de courir dans un labyrinthe n'est plus un cobaye fiable. Tu vas donc suivre mon conseil et garder tes distances avec ce cher Samuel. Revenons à nos moutons, maintenant. Pourquoi es-tu venue me voir aujourd'hui ?

— Pourquoi je suis… commença Claire avant de s'éclaircir la gorge. Je crois que vous faites erreur. Je… enfin… je me rendais aux toilettes.

Amelie l'observa avant de rejeter la tête en arrière et d'éclater de rire. Une hilarité ample, vivante, chaude et pleine d'une joie inattendue. Lorsqu'elle s'éteignit, Amelie en conserva les traces sur les traits de son visage et dans son regard. Elle en paraissait presque… humaine.

— Des toilettes, répéta-t-elle en secouant la tête. Mon enfant, j'ai entendu beaucoup de choses dans ma vie, mais sans doute rien d'aussi drôle. Si tu as besoin d'aller te soulager, je t'en prie, franchis cette porte. Tu trouveras ton bonheur.

Puis son sourire s'évanouit et elle ajouta :

— Mais je crois que tu es venue me demander autre chose.

— Je ne suis pas venue ici ! Je cherchais la société historique de Morganville…

— Je suis la société historique de Morganville ! Que veux-tu savoir ?

Claire aimait les livres. Les livres ne parlaient pas. Ils ne trônaient pas sur des fauteuils chicos en vous toisant de leur supériorité royale et terrifiante, et ils n'avaient ni crocs ni gardes du corps. Les livres étaient inoffensifs.

— Eh bien… je voulais juste vérifier quelque chose…

Amelie perdait déjà patience.

— Dépêche-toi, Claire, j'ai d'autres affaires à régler.

Celle-ci s'éclaircit la gorge avec nervosité et toussa avant de répondre :

— Je voudrais des informations sur le frère d'Eve, Jason. Jason Rosser.

— Et voici, dit Amelie.

Elle ne fit aucun geste, ne souleva même pas le petit doigt, pourtant une porte s'ouvrit sur le côté, livrant passage à son assistant, séduisant mais cadavérique.

— Le dossier de la famille Rosser, lui demanda Amelie.

Il acquiesça et disparut aussitôt.

— Tu aurais gaspillé ton temps. Le bâtiment de la société historique ne contient aucun document de cet ordre. Il sert uniquement de vitrine, et les informations qu'il propose sont, au mieux, inexactes. Si tu veux connaître la vérité de l'histoire, ma petite, viens trouver ceux qui l'ont vécue.

— Mais je suis à la recherche de faits, pas d'interprétations.

— Tous les faits sont interprétations. Ah, merci, Henry, poursuivit-elle en prenant le dossier des mains de son assistant, qui repartit sans un bruit.

Elle le feuilleta, étudia son contenu, puis le tendit à Claire en lâchant :

— Une famille exceptionnelle. Étonnant qu'elle ait engendré la jeune Eve et son frère.

La vie de tous les membres de cette famille était réduite à une suite de renseignements rébarbatifs, manuscrits. Dates de naissance, informations tirées des dossiers scolaires... rapports de la main de Brandon, le vampire qui assurait leur Protection. Même ceux-ci étaient succincts.

À une exception près : entre l'âge de seize et dix-huit ans, Eve avait changé. Du tout au tout. Sur sa photo de classe de seconde, elle apparaissait comme une jolie jeune fille délicate au style classique – Claire aurait pu porter les mêmes vêtements. Sur celle de première, en revanche, elle était devenue la reine des gothiques. Elle avait teint ses cheveux foncés en noir jais, elle s'appliquait du fond de teint blanc sur le visage et du noir autour des yeux, façon raton laveur. Et elle affichait une moue boudeuse. Enfin, arrivée en terminale, elle s'était fait faire plusieurs piercings – dont l'un dans la langue, qu'elle tirait au photographe.

Les clichés suivants évoquaient des images tirées de caméras de surveillance : ils représentaient Eve au Starbucks en train de préparer des cafés et de discuter avec les clients. Eve et Oliver.

« Tu es ici pour Jason », se rappela à l'ordre Claire, passant aussitôt à la page suivante. Jason ressemblait à sa grande sœur, en plus jeune. Il était devenu gothique en même temps qu'elle, bien que chez lui ce changement parût s'apparenter moins à un changement de style qu'à une volonté de rejoindre le côté obscur. La lueur de malice et d'espièglerie dans le regard d'Eve ne s'était jamais éteinte. Rien ne venait éclairer celui de

Jason. En dépit de sa maigreur, il semblait puissant et dangereux.

Claire réalisa alors avec un frisson glacial qu'elle l'avait déjà croisé… C'était lui qui l'observait dans la rue, la veille, lorsqu'elle s'était rendue au Starbucks. Jason Rosser connaissait son identité.

— Jason a une passion pour les couteaux, si mes souvenirs sont bons, dit Amelie. Il se prend parfois pour un vampire. Je resterais sur mes gardes, à ta place. Il n'a aucune raison de se montrer aussi… poli que mes gens.

Réprimant un frisson, Claire feuilleta les pages suivantes et lut en diagonale le compte rendu de ses résultats scolaires médiocres, puis les rapports de police. C'était Eve qui l'avait dénoncé. Elle l'avait vu enlever une fille, l'entraîner de force dans sa voiture – fille qui avait été découverte, plus tard, errant dans les rues en perdant son sang (elle avait reçu un coup de couteau). Celle-ci avait refusé de déposer plainte, mais Eve avait parlé à la police. Et Jason avait été enfermé.

Le dossier indiquait qu'il avait été libéré de prison la veille à neuf heures. Ce qui lui laissait tout le temps d'agresser Karla Gast sur le campus et…

« Arrête d'imaginer le pire, Claire. Ne tire pas de conclusion hâtive. »

Elle tourna d'autres pages et s'intéressa aux parents d'Eve. Ils avaient l'air… normaux. Un peu sinistres, peut-être, mais avec un fils comme Jason, qui aurait pu s'en étonner ? En tout cas, ils ne semblaient pas le genre de parents à virer leur fille et à ne plus prendre ou donner de nouvelles. Claire referma le dossier et le poussa à travers le bureau vers Amelie, qui le rangea dans une bannette à l'extrémité de la table.

— Es-tu satisfaite ?

— Je ne sais pas.

— Sage réponse, fit Amelie en hochant une fois la tête, comme une reine devant son sujet. Tu peux partir, maintenant. Utilise la porte qui t'a amenée ici.

— Euh… merci. Au revoir.

Claire se reprocha la bêtise de sa formule : on ne prenait pas congé ainsi de la femme âgée d'un milliard d'années qui contrôlait la ville et tout ce qui s'y trouvait. Amelie, pourtant, sembla s'en contenter. Claire ramassa son sac à dos et franchit la porte en bois verni…

… qui la mena dans une salle de bains tapissée d'un affreux papier peint à fleurs et envahie par la dentelle.

Le retour à la réalité frappa Claire de plein fouet. Elle rouvrit la porte. Sur le couloir. Elle hasarda un coup d'œil à droite, à gauche. La pièce avait même une odeur différente : un mélange de talc et de parfum pour vieille dame. Aucune trace d'Amelie, de ses serviteurs ou du bureau où ils s'étaient tenus.

— De la science-fiction, souffla Claire.

Elle se sentait perturbée et, bizarrement, rongée par le remords. Elle tira la chasse d'eau avant de sortir. Il faisait bon dans la maison, et la touffeur qui l'assaillit dehors lui donna l'impression d'être giflée avec une serviette de toilette passée au micro-ondes. Oh, elle avait bien l'intention de comprendre comment Amelie accomplissait ce tour. Elle ne supportait pas l'idée qu'il puisse s'agir de… magie. Bien sûr, elle acceptait, non sans réticences, l'existence des vampires… et le fait qu'ils soient capables de contrôler les esprits. Mais la téléportation instantanée, non !

Assise à côté de sa grand-mère sur la balancelle, Lisa sirotait de la limonade. Un troisième verre couvert de perles de condensation attendait Claire sur une table basse. Lisa le lui indiqua d'un signe de tête.

— Merci, répondit Claire en avalant goulûment une gorgée.

C'était bon, peut-être un peu trop sucré, mais rafraîchissant. Elle vida son verre en un temps record mais ne le reposa pas immédiatement, ne résistant à l'envie de croquer les glaçons que par crainte de paraître grossière.

— Depuis combien de temps vivez-vous ici ? demanda-t-elle.

— Mamie a vécu ici toute sa vie, répliqua Lisa en caressant le dos de la vieille dame. N'est-ce pas, mamie ?

— Je suis née ici, ajouta cette dernière avec fierté. Et je m'éteindrai ici, le moment venu.

— C'est l'idée, ajouta Lisa en remplissant le verre de Claire. Au fait, l'étudiante, si je me rends compte que quelque chose a disparu dans la maison de mamie, je te retrouverai où que tu te caches. Compris ?

— Lisa ! s'écria sa grand-mère. Je suis désolée, trésor. Ma petite-fille n'a jamais su apprendre les bonnes manières.

Elle tapa sur la main de la jeune fille en lui jetant un regard noir.

— Cette charmante demoiselle ne volerait jamais une vieille dame comme moi. N'est-ce pas, trésor ?

— Jamais, madame, répondit Claire en vidant la moitié de son verre (la limonade était tout aussi acidulée et rafraîchissante). Je m'interrogeais sur le symbole près de votre porte…

Lisa et sa grand-mère se renfrognèrent aussitôt. Et aucune d'elles ne prit la parole. Claire remarqua qu'elles portaient chacune un bracelet en argent massif orné du symbole de la Fondatrice sur une plaque métallique. Au bout de quelques secondes, Lisa finit par dire, d'une voix douce :

— Tu ferais mieux de partir, maintenant.

— Mais…

— Va-t'en ! s'écria Lisa en arrachant le verre des mains de Claire et en le replaçant brutalement sur la table. Ne me force pas à te chasser devant ma mamie !

— Du calme, Lisa, intervint la vieille dame en se penchant en avant au son d'un craquement provoqué soit par la balancelle en bois soit par ses articulations usées. Ma petite-fille n'a pas plus de cervelle qu'un moineau, que veux-tu ? Il s'agit du symbole de la Fondatrice, mon enfant, de sa maison, et nous sommes ses sujets. Comme toi.

Lisa la dévisagea, la mâchoire décrochée.

— Quoi ? lança-t-elle lorsqu'elle eut recouvré sa voix.

— Tu es donc aveugle ? demanda la grand-mère en agitant la main dans la direction de Claire. Tu ne vois pas son éclat, ma chérie ? Eux le voient, crois-moi. Ils ne poseront pas le petit doigt sur elle, marque ou pas. Ils y risqueraient leur vie.

— Mais…

Lisa semblait aussi impuissante que Claire.

— Mamie, tu as encore des visions.

— Absolument pas, jeune fille, et tu ferais bien de te rappeler que je suis la seule personne de cette famille encore en vie, dit-elle en posant ses prunelles délavées sur Claire, qui frissonna malgré la chaleur accablante. J'ignore pourquoi elle t'a marquée, mon enfant, mais c'est le cas. Tu vas devoir vivre avec. Maintenant, file. Rentre chez toi. Tu as obtenu ce que tu étais venue chercher.

— Ah bon ? s'étonna Lisa. Je jure devant Dieu que si tu as subtilisé quoi que ce soit chez nous…

— Chut ! Elle n'a rien volé. Mais elle a obtenu ce qu'elle voulait, n'est-ce pas ?

Claire acquiesça en se passant une main dans les cheveux. Elle suait à si grosses gouttes qu'elle avait l'impression d'avoir la tête trempée. Rentrer à la maison lui apparaissait soudain comme une idée de génie.

— Merci, madame, dit-elle en tendant la main.

La vieille dame l'observa un instant avant de la serrer d'une poigne ferme.

— M'autorisez-vous à revenir vous voir de temps à autre ? s'enquit Claire.

— Tant que tu apportes du chocolat, répondit la grand-mère en souriant. J'adore le chocolat.

— Mamie, tu es diabétique.

— Je suis vieille, ma chérie. Je mourrai bien de quelque chose. Autant être tuée par ma gourmandise.

Elles se chamaillaient encore après que Claire eut descendu les marches du perron, traversé le jardinet bien entretenu et franchi le portillon blanc. Son regard s'attarda sur l'ouverture dans la palissade par laquelle elle avait failli se faufiler et un frisson d'appréhension la parcourut. « Des mygales. » Non, elle n'avait plus aucune envie d'emprunter de raccourcis. Et elle en savait bien assez sur Jason Rosser. Au moins, s'il décidait de la suivre, elle serait capable de reconnaître son visage.

Claire redressa son sac à dos dans une position plus confortable et se mit en route.

7.

Aucun signe du père de Shane ou de ses motards. On pouvait même dire que le calme régnait à Morganville. Travis Lowe et Joe Hess passèrent le lendemain matin pour servir leur couplet « pas de nouvelles, bonne nouvelle » à Eve et ses colocataires : ils se montraient polis et affables (ils avaient même l'air de chics types pour des flics). Ils mettaient Claire mal à l'aise, même si elle supposait que n'importe quel officier dans l'exercice de ses fonctions lui aurait fait cet effet. Eve ne semblait pas le moins du monde gênée. Elle venait pourtant de se lever : les yeux encore gonflés de sommeil, elle bâillait à s'en décrocher la mâchoire et portait son peignoir Hello Kitty. Il était encore trop tôt pour le masque gothique. Sans grande surprise, Shane dormait toujours, et qui aurait pu dire où était Michael ? Probablement en train de les surveiller, à son habitude. Il le faisait en permanence. Ce qui aurait été flippant de la part d'un autre. Venant de Michael, c'était tout simplement… rassurant.

— Salut, les gars ! lança Eve en descendant dans le salon.

Elle s'affala sur le canapé et ajouta :

— Il me faut du café !

— J'en ai préparé, annonça Claire avant de se rendre dans la cuisine.

Travis Lowe la suivit sans un mot et rapporta des tasses. Son collègue et lui le buvaient noir ; Claire avait du mal à l'avaler même lorsqu'elle mettait plus de lait et de sucre que de café. Eve ajoutait seulement de la crème. Elle siffla le sien d'une traite, comme une boisson énergisante après une séance de gym, et se carra dans les coussins du canapé en poussant un soupir de contentement.

— Messieurs… lança-t-elle les yeux fermés. Il est trop tôt pour moi !

— On a appris que tu avais décroché un boulot sur le campus, lui dit Joe Hess. Félicitations, Eve.

— Hip, hip, hip hourra… répondit-elle en levant les bras mollement. Vous avez fait tout ce chemin pour me dire ça ?

— À Morganville rien n'est jamais loin, répliqua Joe Hess en haussant les épaules. Mais non. Comme je l'expliquais à Claire, les types qui se sont introduits ici par effraction n'ont donné aucun signe de vie, je pense donc que vous n'aurez pas de problème de ce côté-là. J'espère que vous en passerez une meilleure journée.

Eve jeta un regard hésitant à Claire.

— Ça, c'est sûr, fit-elle. Euh… et à propos de… l'autre chose… ?

— Je peux vous laisser discuter entre vous, si vous voulez, proposa Claire en se levant. Je dois me préparer pour aller en cours de toute façon…

— Rassieds-toi, l'interrompit Joe Hess. Tu n'iras nulle part pour le moment. Et tu ne sortiras pas seule.

— Je… quoi ?

— Nous vous emmenons à la fac, expliqua Travis Lowe en sirotant son café. Et nous vous raccompagnerons à la fin de la journée. Vous avez désormais des chauffeurs particuliers.

— Non ! Vous… vous ne pouvez pas ! bredouilla Claire, effrayée. Enfin, vous n'avez pas le temps de… Pourquoi ?

— Eve a la réponse, répliqua Joe Hess. N'est-ce pas ?

Eve posa sa tasse pour croiser les bras sur la poitrine. Elle paraissait étonnamment jeune dans son peignoir rose et blanc. Et terrorisée.

— Jason, lâcha-t-elle.

— Ouais, Jason.

Joe Hess s'éclaircit la gorge et considéra Claire avant de poursuivre :

— Nous avons retrouvé Karla Gast hier soir, tard. En réalité, ce sont nos collègues de nuit qui ont découvert son corps. Abandonné sur un terrain vague, à quelques pâtés de maisons d'ici, derrière un tas de gravats.

Claire se rappela soudain avoir longé le terrain vague en question pour se rendre à la société historique. Elle avait même noté la puanteur. Elle porta les deux mains à sa bouche et ravala un haut-le-cœur.

— Vous pensez… commença Eve, livide et décomposée.

Elle s'humecta les lèvres, déglutit et continua :

— Vous pensez que Jason est impliqué ?

— Ouais, répondit Joe Hess. Mais ce n'est qu'une supposition, nous n'avons pas de preuves. Ni témoins ni indices. Nous savons simplement que la victime n'a pas été tuée par un vampire. Écoute, Jason a été vu à proximité du terrain vague, alors je préfère ne pas vous savoir seules pour le moment, pigé ? Ni l'une ni l'autre.

— Vous parlez de mon frère !

La voix d'Eve tremblait à présent, trahissant sa colère.

— Comment a-t-il pu ? Quel genre de… de… reprit-elle.

— Tu n'y es pour rien, la coupa Travis Lowe. Tu as essayé de le faire aider. Mais son état a seulement empiré.

— C'est ma faute au contraire ! s'époumona-t-elle. C'est moi qui l'ai balancé ! Je n'ai pas su empêcher Brandon de…

— De quoi ? l'encouragea Travis Lowe.

Eve ne répliqua pas. Elle baissa les yeux sur ses ongles peints en noir et se mit à les gratter.

— De s'attaquer à une proie plus facile, répondit-elle. Après avoir réussi à me débarrasser de lui.

— Bon sang, grommela-t-il avec un dégoût las. Un jour, cette foutue sangsue paiera pour…

— Travis, l'interrompit son collègue, on n'est pas là pour laver notre linge sale en public.

— Ouais, je sais bien… Mais, bon sang, Joe, ce n'est pas la première fois…

Il fallut plusieurs secondes à Claire pour comprendre de quoi ils parlaient. Soudain, elle se souvint des poèmes qu'elle avait, par hasard, découverts sur l'ordinateur d'Eve… Des trucs romantiques expliquant combien les vampires étaient formidables. À l'âge de quinze ans environ, elle avait cessé d'écrire. Il avait dû se passer quelque chose avec Brandon à ce moment-là. Et Jason était plus jeune qu'elle.

— Qu'est-ce qu'il lui a fait ? demanda Claire d'une voix fluette. Brandon… il… il l'a mordu ?

Eve ne releva pas la tête, mais ses joues rosirent, s'accordant avec sa robe de chambre.

— De temps en temps, murmura-t-elle. Parfois, c'était pire. Nous ne sommes que des jouets pour lui, tu sais. Des poupées. Nous ne sommes pas réels. Les êtres humains n'ont aucune réalité à ses yeux.

— Je crains que cela ne s'applique également à Jason désormais, dit Joe Hess. Difficile de lui jeter la pierre, la vie ne lui a pas fait de cadeaux. Mais je te le répète, Eve, tu n'as aucun reproche à t'adresser. Tu as sauvé ta peau, c'était l'essentiel.

— Ouais, j'ai sauvé ma peau au détriment de mon frère. Tu parles d'une héroïne…

— Ne te laisse pas bouffer par la culpabilité, Eve, intervint Travis Lowe. Ce sont tes parents qui auraient dû intervenir, tu le sais pertinemment. Pour sauvegarder leur tranquillité, ils ont accepté de sacrifier leurs enfants…

Claire prit la main d'Eve, qui redressa la tête. Étonnamment, elle avait les yeux secs, elle qui n'était pourtant pas avare de larmes. Les yeux secs et le regard dur.

— Pourquoi je suis partie à votre avis ? lança-t-elle. Dès que j'ai pu, je me suis tirée. Entre mes parents et ce que Brandon infligeait à Jason…

Claire était à court de mots. Elle n'avait jamais rien traversé de tel… Entourée par l'amour de ses parents, elle n'avait connu que la chaleur d'un foyer rassurant. Dans une ville où il n'y avait pas de vampires, où on n'entendait parler de maltraitance et de viols qu'aux informations à la télé. Quant à avoir un frère tueur, ça n'arrivait qu'à des gens que Claire ne connaissait pas. Toutes ces nouvelles étaient… trop dures à digérer. Et trop pénibles.

— Ça va aller, finit-elle par marmonner.

Eve lui sourit tristement, mais ses yeux conservèrent leur éclat féroce.

— Non, démentit-elle. Je ne crois pas. Mais merci.

Elle inspira profondément, lâcha la main de Claire et se tourna vers les deux flics.

— Très bien, vous m'attendez ici le temps que je m'habille ?

— Bien sûr, affirma Joe Hess, un sourcil levé (ce qui donnait à son visage un air bancal, à moins que ce soit tout simplement dû à son nez). On n'a pas l'intention de te protéger vingt-quatre heures sur vingt-quatre.

— Vous n'êtes même pas en service, remarqua Eve.

— Démasqués ! répondit Travis Lowe en souriant. Nous sommes ici de notre propre chef. Dépêche-toi, sauterelle… J'aimerais bien dormir quelques heures avant de me remettre à défendre la vérité et la justice.

Eve monta l'escalier en traînant les pieds, et Claire ne libéra son souffle que lorsqu'elle eut disparu au premier. Son amie était une véritable bombe à retardement, et Claire avait beau crever d'envie d'arranger la situation, elle ne pouvait rien y faire…

Si seulement Shane pouvait se réveiller. Elle aurait bien besoin... de quelque chose. D'un câlin, peut-être. Ou d'un de ces baisers langoureux et réconfortants. Ou simplement de l'admirer avec ses cheveux ébouriffés et son air chiffon, sans oublier ses pieds mignons et doux... Elle ne se serait jamais imaginé fantasmer sur les pieds d'un mec avant. Pas même ceux d'un acteur. Mais tout en Shane était sexy.

— Il reste un peu de café ? demanda Joe Hess en agitant sa tasse vide.

En soupirant, Claire se rendit dans la cuisine pour la remplir. Elle venait de poser leurs tasses sur le comptoir lorsqu'une énorme main moite s'abattit sur sa bouche et l'attira en arrière. Elle voulut crier et se débattre, mais celui qui la tenait n'était pas près de la lâcher. Elle se tortilla, en vain.

— Tais-toi, lui chuchota une voix d'homme caverneuse. Sinon, ça se terminera mal pour toi.

Ça ne commençait pas très bien, du point de vue de Claire en tout cas. Elle s'immobilisa, et l'homme qui la maintenait dans ses bras la laissa retoucher terre. Il ne la libéra pas pour autant.

Elle avait déjà identifié l'autre homme, celui qui parlait, avant qu'il pénètre dans son champ de vision. Le père de Shane.

— Où est mon fils ? demanda-t-il en se rapprochant dangereusement d'elle.

Son haleine fétide puait l'alcool. Il avait dû prendre un sacré petit déjeuner.

— Réponds-moi d'un signe de tête. Il est dans la maison ?

Elle opina lentement.

— À l'étage ?

Nouveau hochement de tête.

— Ces types, dans le salon, ils sont flics ?

Elle acquiesça vigoureusement tout en réfléchissant au moyen d'attirer l'attention de l'inspecteur Joe Hess. Hurler ne servirait à rien : la porte de la cuisine était épaisse, sans parler de la main qui la bâillonnait. Si elle n'avait pas déjà déposé les tasses lorsqu'ils l'avaient attaquée, elle aurait pu les lâcher et…

— Mon gosse t'aime bien, poursuivit-il. C'est la seule raison pour laquelle je t'ai épargnée, pigé ? Mais ne tente pas le diable. Je pourrais toujours changer d'avis et t'enterrer dans le jardin avec ton copain Michael. Bien, mon pote va ôter sa main, et je te déconseille fortement de crier, parce que ça nous forcerait à tuer du monde, en commençant par toi et en finissant par les flics. Sans oublier ta copine fan de vampires. Pigé ? Mon fils est la seule personne qui m'intéresse ici.

Claire acquiesça, la gorge nouée. La main s'écarta lentement. Elle serra les lèvres de toutes ses forces pour s'empêcher de hurler.

— Bonne petite… Alors, tu vas m'expliquer ce que la police fabrique ici. Ils nous cherchent ?

Elle secoua la tête.

— Ils vous croient partis, déclara-t-elle. Ils sont ici pour nous emmener, Eve et moi, à la fac.

— La fac, répéta-t-il avec dédain. Tu veux dire l'abattoir, oui.

En se passant la langue sur les lèvres, Claire sentit le goût de la sueur de son agresseur. Beurk !

— Vous devez vous en aller, reprit-elle. Immédiatement.

— Sinon ?

— Vous ne pourrez pas mener à bien vos projets si tout le monde se lance à vos trousses.

Elle construisait son argumentaire au fur et à mesure, mais elle se débrouillait plutôt bien.

— Si vous nous tuez, moi et toutes les autres personnes de la maison, ils retourneront la ville pour mettre la main sur vous. Et ils colleront Shane en prison, ou pire. Si vous me laissez partir et que vous emmenez Shane, je leur raconterai tout et ils remueront ciel et terre pour vous attraper…

— Essaierais-tu de me faire peur, fillette ?

— Non, souffla Claire. Je vous dis juste ce qui risque de se passer. Ils ont abandonné l'idée de vous retrouver pour l'instant, alors si vous me tuez vous attirerez de nouveau leur attention. Et si vous me laissez la vie sauve, je leur dirai tout.

— Pourquoi je ne te tuerais pas, alors ?

— Parce que je vous promets d'être une tombe en échange de la garantie que vous ficherez la paix à Shane.

Il lui jeta un regard noir, mais elle lut sur son visage qu'il réfléchissait à sa proposition.

— Chef, intervint l'autre type d'une voix rocailleuse, comme si sa gorge était tapissée de gravier. Cette pétasse n'a aucune raison de tenir parole.

— Qu'est-ce qui vous permet de penser que j'ai plus d'affection que vous pour les vampires ? rétorqua-t-elle. Shane vous a parlé de Brandon ? Je vous ai vu au Starbucks. Vous le cherchiez ? Parce que si ce n'était pas le cas, vous devriez. C'est une sacrée enflure.

Frank Collins, qui la considérait les yeux mi-clos, lui rappela Shane. Beurk !

— Tu es en train de m'expliquer quels vampires tuer, maintenant ?

— Non.

Elle déglutit de nouveau, pleinement consciente que la porte de la cuisine pouvait s'ouvrir d'une seconde à l'autre et faire basculer la situation dans le chaos.

— Une simple suggestion, poursuivit-elle. Pour ma part, je n'en connais pas de pire. Mais vous n'en ferez qu'à votre tête, je le sais bien. J'essaie juste de vous convaincre de laisser mes amis en dehors de ça.

Le père de Shane lui sourit. Oui, il lui sourit. Et, pour la première fois, elle eut l'impression que cette expression trahissait une émotion parfaitement sincère et qu'elle ne s'apparentait pas à une grimace effrayante.

— Tu es plus coriace qu'il n'y paraît, la môme. Tant mieux. Ça te sera utile si tu restes dans le coin.

Il regarda l'autre motard (comme il se tenait toujours dans son dos, elle supposait du moins que c'en était un, car elle avait entendu du cuir craquer lorsqu'elle s'était débattue) et ajouta à son intention :

— Lâche-la, mon pote. J'ai confiance.

Dès qu'elle sentit l'étreinte se relâcher, Claire bondit en avant et fit volte-face, le dos appuyé contre le réfrigérateur. Elle chercha à tâtons un couteau dans le tiroir à côté d'elle, tomba sur un hachoir émoussé et le brandit en lançant :

— Partez maintenant. Et ne revenez pas ou, je le jure, je dirai tout.

Frank Collins ne souriait plus. Enfin plus autant. Le biker derrière lui était hilare, en revanche.

— Fillette, tu connais vraiment mal mon fils, hein ? Je n'aurai pas besoin de revenir. C'est lui qui viendra à moi. Je te le garantis.

Il fit signe au mètre quatre-vingts de graisse et de muscles qui l'accompagnait et ils sortirent par la porte de la cuisine. Claire se précipita pour la fermer derrière eux et tira les trois verrous. Ce qui l'amena à se demander pourquoi elle était ouverte… Ah, bien sûr ! Les flics étaient entrés par là.

Elle prit plusieurs inspirations profondes, s'essuya les lèvres pour chasser le goût immonde de la sueur et ramassa les tasses à café. Elle tremblait tellement qu'elle était dans l'incapacité totale de transporter du liquide. Elle les reposa et lança, en s'approchant de la porte du salon :

— Je refais du café !

Elle vida la fin de la cafetière dans l'évier et en prépara une nouvelle. Lorsque celle-ci fut prête, Claire s'était presque complètement ressaisie.

Presque.

Au milieu de la matinée, Claire profita d'une pause entre deux cours pour se rendre à la cafétéria de la fac. Grande et miteuse, elle possédait une moquette vieille et des meubles remontant aux années 1980, pour ne pas dire 1970. Elle consistait en un vaste espace ouvert encombré de canapés, de fauteuils et même d'un piano à queue repoussé dans un coin. Le faible souffle de l'air conditionné agitait les drapeaux aux couleurs des clubs étudiants, souvent peu soignés, suspendus au plafond. La plupart des places étaient déjà occupées par des étudiants qui discutaient ou travaillaient. Claire avait repéré une petite table dans un coin, mais elle devait se dépêcher, car elle n'était pas la seule à la recherche d'un siège.

Elle fonça au bar, tout au fond de la cafétéria, et sourit en apercevant Eve près de la machine à café. Celle-ci lui fit signe. La queue s'allongeait sur plusieurs mètres, ce qui laissait à Claire tout le loisir de repenser à ce qu'avait dit le père de Shane. Et à ce qu'il avait tu.

Quelle était la raison de sa venue aujourd'hui ? La vraie raison ? Peut-être voulait-il réellement emmener Shane, mais Claire en doutait. Frank Collins avait un plan, et elle ignorait en quoi il consistait. Si seulement elle osait interroger Shane, il aurait sans doute une idée… Michael. Elle dirait tout à Michael dès qu'il réapparaîtrait.

— Un grand Mocha, commanda Claire en extrayant trois dollars cinquante de la poche de son jean.

Cette somme entamait largement son budget, mais elle avait bien le droit de fêter le premier jour de travail d'Eve. Le caissier, un type qui semblait s'ennuyer ferme, encaissa son argent et lui fit signe d'avancer vers la queue des boissons.

Elle fut tirée de la lecture de son manuel de littérature anglaise, qu'elle feuilletait pour patienter, par des rires étouffés suivis d'un bruit d'éclaboussure. En relevant la tête, elle découvrit une bande de types qui regardaient une tasse renversée goutter de part et d'autre du comptoir.

— Eh, la reine des morts-vivants ! Tu nettoies, ou quoi ?

Le type avait apostrophé Eve, qui les ignorait ostensiblement. Elle contracta brièvement la mâchoire avant de se saisir d'une poignée de serviettes en papier pour éponger les dégâts. Après le comptoir, elle s'attaqua au sol.

Les gars continuaient à se bidonner.

— Tu as oublié un endroit, lança l'auteur des faits. Là !

Eve fut contrainte de se pencher pour atteindre la zone désignée, et il en profita pour se glisser derrière elle et mimer un geste obscène, redoublant l'hilarité de ses compagnons. Eve se redressa lentement, pivota et plongea ses yeux au fond des siens. Sans un mot.

— Pardon, dit Eve en écartant sans violence le malotru.

Elle repassa derrière le bar pour remplir un nouveau gobelet, qu'elle posa sur le comptoir après l'avoir fermé avec un couvercle.

— Tenez, cadeau de la maison.

Le type serra le poing sur le gobelet, faisant sauter le couvercle. Le café gicla partout, aspergeant Eve, le comptoir, le sol et l'abruti qui avait provoqué l'accident. Ses potes éclatèrent de rire lorsqu'il lâcha :

— Oups, j'ai du mal à maîtriser ma force, aujourd'hui.

Eve se tourna vers le caissier, qui se contenta de hausser les épaules. Elle inspira profondément et afficha un sourire – pas son sourire normal, oh non ! – avant de répliquer :

— Tu devrais consulter un médecin, Hulk. J'ai rarement vu quelqu'un accumuler autant de tares. Client suivant ! Un Mocha pour Claire ! s'écria-t-elle.

Elle récura vigoureusement le comptoir avant d'y déposer brutalement un nouveau gobelet. Claire se précipita.

— La vache ! murmura-t-elle. Je peux faire quelque chose, Eve ? Prévenir quelqu'un ?

— Qui ? demanda-t-elle en levant les yeux au ciel. J'ai commencé ce matin, il est un peu tôt pour chouiner comme une gamine. Oublie, Claire. Prends ton café et vas-y. Je m'en sortirai. J'ai un diplôme supérieur en emmerdes, spécialité gros lourds.

— Mais… et Shane ? Je pourrais appeler Shane.

— Si tu préfères éponger du sang plutôt que du café…

— Hé, toi, il vient mon café ?

La voix s'était élevée dans le dos de Claire. Presque aussitôt, le type la plaqua contre le bar.

— Oups, désolé, la petite, je t'avais pas vue.

Sans s'écarter d'un centimètre, il ajouta :

— Depuis quand on accepte les maternelles, ici ?

Dans la bousculade, le gobelet avait, naturellement, échappé à Claire et son contenu se déversait sur le comptoir.

— Eh ! s'écria-t-elle sans réussir à se dégager.

Eve redressa le gobelet, puis fusilla le type du regard et lâcha, en indiquant Claire :

— Recule, trouduc, ou j'appelle les flics !

— Ouais, je suis sûr qu'ils rappliqueront aussi sec.

Il fit cependant un pas en arrière, permettant à Claire de s'échapper de quelques mètres, son Mocha à la main. Il ne lui accorda pas un seul regard. Il était grand, aussi grand que Shane, il coiffait sa chevelure noire avec du gel et ses yeux bleus luisaient d'un éclat féroce. Il avait une belle gueule, avec des lèvres pleines et des pommettes hautes. Autrement dit, il n'avait pas la tête de l'emploi.

— Sers-moi ce foutu café, ajouta-t-il. Y en a qui vont en cours, figure-toi.

Claire prit plusieurs serviettes en papier pour nettoyer le comptoir et éviter à Eve de le faire. Celle-ci lui adressa un regard reconnaissant avant de préparer un nouveau café en un temps record. Elle le tendit à son persécuteur, qui le goûta avec un rictus puis le reposa sur le comptoir.

— Dégueu ! Tu peux le garder.

Il topa avec ses potes avant de s'éloigner.

— Quel abruti ! commenta Claire.

— Non, il a raison, répliqua Eve en vidant le café dans l'évier, il est dégueu. Mais comme il a quand même craché trois dollars, j'ai gagné ! Comment est ton Mocha ?

Claire avala une gorgée avant de dresser le pouce.

— Désolée, j'aurais voulu t'aider…

— Je dois me débrouiller seule, Claire. Vas-y, je suis sûre que tu as des trucs à réviser.

Elle abandonna Eve à son percolateur, alors que la file continuait à s'allonger devant la caisse. Le client suivant, un grand type dégingandé au visage rond et aux grands yeux marron, remercia poliment Eve, qui lui fit un clin d'œil. Il était beaucoup plus charmant que les gros nazes bodybuildés qui venaient de partir, même s'il portait le tee-shirt d'une fraternité.

— « *Epsilon Epsilon Kappa* » ? lut-elle à haute voix. EEK[1] ?

— Ouais, c'est une blague, répondit-il avec un sourire gêné. Sur Morganville. La capitale de l'horreur… Je m'appelle Ian,

1. En anglais, interjection utilisée pour caractériser une situation déplaisante. *(N.d.T.)*

ajouta-t-il comme son sourire s'épanouissait. Ian Jameson, de... Reno.

— Tu es sacrément loin de chez toi, Ian Jameson, rétorqua Claire en lui tendant la main. Claire Danvers. De Longview.

— Je te dirais bien que tu es sacrément près de chez toi, mais tout est loin d'ici. Alors, tu es... en première année ?

— Oui, répliqua-t-elle en sentant le rouge lui monter aux joues. J'ai un peu d'avance.

— Ah ouais ? Combien ?

— Un ou deux ans, fit-elle avec un air détaché. Rien de fou.

— Tu étudies quoi ? demanda Ian en retirant le couvercle de son gobelet pour souffler sur sa boisson avant de la goûter. Mmm, délicieux... ajouta-t-il à l'intention d'Eve.

— Contente que ça te plaise.

Elle semblait avoir oublié l'incident et tendit avec affabilité leurs cappuccinos allégés aux membres d'une sororité. Personne n'avait jamais demandé à Claire quelle était sa spécialité. Les étudiants en première année changeaient souvent trois ou quatre fois d'avis avant d'arrêter leur choix définitif ; Claire, quant à elle, avait toujours été très décidée dans ce domaine.

— J'étudie la physique, répondit-elle.

— Sérieux ? s'étonna-t-il. Waouh, carrément costaud ! Tu dois être bonne en maths.

— Pas mauvaise.

Elle jouait la modestie à la perfection alors qu'elle n'avait jamais eu moins de 18.

— J'imagine que tu comptes poursuivre tes études ailleurs. Un diplôme en physique de la Fac La Plus Inconnue des États-Unis ne te serait pas d'une grande utilité, si ?

— J'espère entrer au MIT. Et toi ?

— J'aimerais travailler dans le génie civil. J'ai quelques heures de physique, moi aussi, mais il faudrait me payer pour en faire davantage ! Plus qu'un semestre et je pars à Austin.

Beaucoup d'étudiants allaient à l'université du Texas, située là-bas. Claire l'avait envisagé, également, mais… si elle pouvait entrer au MIT ou à Caltech, elle n'hésiterait pas.

— Alors… EEK ? C'est une fraternité professionnelle ?

Il y en avait certaines sur le campus : une fois la cotisation acquittée, on pouvait se rendre à des réunions pour les faire figurer sur son C.V. plus tard.

— Non, plutôt une bande de gars qui aiment la fête, expliqua Ian d'un air contrit. Je suis devenu membre parce que j'y ai quelques amis… Bref, ils organisent une soirée chaque année, une méga fiesta. La Nuit des Zombies. Inspirée des films d'horreur, tu vois le genre ? demanda-t-il en jetant un coup d'œil à Eve. Ta copine se fondrait parfaitement dans le décor. La plupart des invités viennent déguisés.

Était-il en train de lui proposer de sortir avec lui ? Non, impossible. Primo, ils venaient juste de se rencontrer. Secundo… eh bien personne ne voulait jamais sortir avec elle. C'était comme ça.

— Ça a l'air chouette, répondit-elle, pensant aussitôt : « Claire, tu viens d'utiliser le mot chouette dans une conversation avec un mec mignon, va immédiatement te pendre. »

— Elle aura lieu à la maison de la fraternité, demain soir. Écoute, si tu me files ton numéro, je t'enverrai les détails par texto…

— Euh… bien sûr.

Personne ne lui avait jamais demandé son numéro de téléphone. Il pianota sur le clavier de son portable en lui souriant. Il avait un joli sourire. Un très joli sourire.

— Euh… je ne suis pas sûre de pouvoir venir, cela dit, ajouta-t-elle.

— Tu me sauverais la vie. Je ne suis pas du genre à me mettre la tête à l'envers et je risque de me sentir un peu seul au milieu de tous ces fêtards… Alors à demain, j'espère. Vingt heures !

— Entendu… euh… j'essaierai de me libérer. Merci… euh, Ian, c'est ça ?

— Oui, Ian.

— Claire, répliqua-t-elle en pointant un index sur sa poitrine. Je l'ai déjà dit ?

Il éclata de rire et s'éloigna en sirotant son café.

Elle réalisa seulement alors qu'elle venait d'accepter un rancard. Un vrai rancard. Avec un autre que Shane. Que s'était-il passé ? Dans un premier temps, elle avait seulement voulu se montrer amicale, parce qu'il semblait sympa, puis elle l'avait carrément trouvé charmant, surtout en comparaison des autres lourdauds, et… elle avait un rancard. Avec un mec qui n'était pas chez Shane. Très mauvaise idée.

— Eh ! l'interpella Eve en lui signifiant d'approcher. Ça va ? Il t'a embêtée ?

— Euh… répliqua-t-elle à court de mots avant de se ressaisir : Non, il voulait juste… Laisse tomber.

Une lueur malicieuse s'alluma dans le regard d'Eve.

— Il te draguait ?

Ignorant la réponse à cette question, Claire éluda :

— Je crois qu'il essayait d'être gentil.

— Les mecs ne sont jamais gentils. Il t'a demandé quoi ?

Eve était extralucide ou quoi ? Elle avait deviné presque instantanément ce qui était arrivé. Claire passait d'un pied sur l'autre et jouait avec son sac à dos.

— Eh bien, je lui ai dit que je viendrais peut-être à la fête dont il m'a parlé. Mais ce n'est pas un rancard, je t'assure.

— Bien sûr, railla Eve en levant les yeux au ciel. Client suivant ! Latte à la vanille ! Je n'en ai pas fini avec toi, Claire.

— Je… euh… je m'installe là-bas… pour bosser.

Les commandes affluaient, empêchant Eve de la retenir. Par miracle, la table que Claire avait repérée était encore libre. Elle lâcha son lourd sac à dos sur le bois abîmé et s'assit. Tout en sirotant son Mocha, elle se fit la réflexion que la cafétéria était l'un des endroits les plus rassurants de Morganville… Un endroit avec autant de gens plongés dans des livres ne pouvait pas être dangereux. Ça ressemblait presque à une vraie université.

Une ombre tomba soudain sur la page du cours d'histoire que Claire relisait. Elle releva la tête et découvrit une fille qu'elle croisait quand elle habitait sur le campus, à Howard Hall. Une première année comme elle. Lesley ? Un nom dans le genre.

— Hello ! lança celle-ci.

Claire indiqua du menton la chaise vide en face d'elle, mais Lesley resta debout.

— La gothique derrière le bar, celle qui travaillait au Starbucks… c'est ton amie ?

Les nouvelles allaient vite. Claire opina.

— Tu devrais peut-être lui filer un coup de main, alors. Elle vient juste de dégoupiller la grenade Monica.

Claire referma son cahier avec une grimace et consulta sa montre : il ne fallait pas qu'elle tarde pour son prochain cours, de toute façon. C'était mal, et égoïste, de penser une chose pareille, mais elle aurait préféré que Lesley ne joue pas les bons Samaritains. Elle aurait volontiers quitté la cafétéria sans une nouvelle crise.

Après avoir rangé ses affaires, Claire se dirigea vers le comptoir tout en se répétant qu'elle se contenterait de saluer Eve. Tout simplement. Elle ne s'attirerait pas d'ennuis, non.

Accoudées au bar, Monica, Gina et Jennifer empêchaient les autres clients de récupérer leur commande. Eve les ignorait alors que seul un parallélépipède en bois les séparait.

— Eh, la morte-vivante, je te parle ! l'apostropha Monica. Dis-moi, ton frère a vraiment tenté de te tuer ?

— C'était avant ou après avoir essayé de te sauter ? ajouta Jennifer à grand renfort de gestes obscènes.

Le coup était bas, même venant d'elle.

— Essayé ? railla Gina. On ne m'a pas raconté ça, à moi. Ils auraient couché ensemble pendant tout le lycée. Pas étonnant qu'ils soient devenus de vrais monstres.

Si le visage d'Eve était un masque blanc d'impassibilité, ses yeux brûlaient d'une lueur de folie. Elle gardait son sang-froid, mais avec difficulté. Elle prépara leur commande sans trembler et déposa leurs trois boissons sur le comptoir en lançant :

— Si vous ne partez pas, j'appelle le manager.

— Ooooh ! ricana Monica. Ton manager ? J'ai peur… Tu crois qu'un crétin suffisamment débile pour bosser ici pour un salaire de misère m'impressionne ? Franchement ?

Elle se pencha sur le côté pour essayer d'accrocher le regard d'Eve avant de poursuivre :

— Eh ! Je te parle, face de zombie !

Ayant repéré Claire à quelques mètres de là, Gina attira l'attention de Monica :

— Deux tarées pour le prix d'une. Il doit y avoir une promotion.

— Claire, s'exclama Monica avec un sourire éclatant. Évidemment ! Pourquoi n'y avais-je pas pensé ? Tu n'es pas contente que je taquine ta copine lesbienne ?

— Faudrait savoir, riposta Claire d'une voix étonnamment placide et cassante.

Peut-être se sentait-elle plus à l'aise en public. À moins qu'elle ne commence à s'habituer à ces confrontations avec Monica.

— On est gays, ajouta-t-elle sur le même mode, ou elle a couché avec son frère ? Parce que tu n'es pas très cohérente, tu sais.

Monica cligna des paupières sans répondre. La logique n'était pas son point fort – Claire voyait presque le panneau « Ne m'embrouille pas avec des arguments rationnels » s'allumer dans son cerveau.

— Tu te fous de moi ? demanda-t-elle.

— Ouais, répondit Claire, un peu.

Le sourire de Monica s'élargit encore.

— Incroyable ! Claire n'est plus une mauviette. Je suppose que jouir de la Protection d'une grosse huile te donne des ailes… Ça ne durera pas, ajouta-t-elle en jetant un coup d'œil à Eve. Ma famille a beaucoup compté dans l'histoire de Morganville. Vous n'êtes pas destinées à durer. Pauvres taches…

Elle rabattit ses cheveux sur son épaule, récupéra son cappuccino sur le comptoir et s'éloigna, suivie de sa mafia manucurée. Tous les mecs tournèrent la tête sur son passage.

— Eh ben, souffla Eve en essuyant le percolateur avec un peu plus d'énergie que nécessaire. Elle ne lâche pas l'affaire aussi vite, habituellement.

— Elle a peut-être cours.

— Crois-moi, Claire, rétorqua-t-elle d'un ton sarcastique, cette fille n'a jamais cours.

— Tu ne trouves pas ça bizarre d'avoir des chauffeurs, policiers en prime ? demanda Eve.

Claire et elle faisaient le pied de grue sur le trottoir devant la cafétéria, dans un campus quasiment désert – il était dix-neuf heures et le ciel avait déjà pris une teinte bleu nuit. Quelques étoiles précoces apparaissaient même. Le soleil venait de se coucher et une lueur orangée embrasait l'horizon à l'ouest.

— En plus, j'ai une voiture, continua Eve. Je suis capable de conduire !

— C'est temporaire. Ils cesseront dès qu'ils auront attrapé… l'assassin de cette fille.

Eve soupira en guise de réponse. Une voiture bleue apparut au détour d'un virage et fit le tour de la place avant de venir se garer devant elles. Joe Hess était au volant, et Travis Lowe descendit leur ouvrir la portière arrière avec une révérence outrée. Ils étaient touchants. Claire grimpa la première sur la banquette et se poussa pour permettre à Eve de la rejoindre.

— Salut, les filles, lança Joe en se tournant vers elle.

Des cernes sombres soulignaient ses yeux, il n'avait visiblement pas réussi à dormir.

— Merci pour le café, ajouta-t-il.

— Désolée, répliqua Eve, je n'ai pas pensé à vous en apporter. Si vous voulez, j'y retourne et…

— Hors de question, l'interrompit Travis en s'installant à la place du mort. Il est déjà tard, on vous ramène à la maison. On ira prendre un café après.

— Merci, dit Claire. De nous raccompagner.

Aucun des deux flics ne répondit. L'inspecteur Hess remit le contact et s'engagea dans l'artère principale du campus ; ils quittèrent celui-ci quelques mètres plus loin et s'enfoncèrent dans la nuit noire de Morganville. La plupart des magasins étaient déjà fermés à double tour. Lorsqu'ils passèrent devant le Starbucks, Claire et Eve observèrent toutes deux la vitrine : le café, bondé à son habitude, formait une oasis de lumière dans la rue obscure et déserte. Aucun signe d'Oliver. Ni de Frank Collins. Claire ressentit un pincement au cœur : « Je dois en parler à Shane. Sans tarder. » S'en ouvrir à Eve ne lui serait d'aucun secours et servirait seulement à l'inquiéter. Si Claire se fiait à son expression pensive, celle-ci avait largement du grain à moudre dans ce domaine.

Ils n'étaient plus qu'à une rue de la maison lorsqu'une voiture noire, évoquant un requin avec ses ailerons, les doubla et se plaça en travers de leur route. Joe pila et les pneus crissèrent. Il réussit à immobiliser le véhicule avant de heurter l'autre, mais de justesse. Plaquée contre le dossier en vinyle, le souffle coupé par le choc, Claire échangea un regard avec Eve.

Devant, Joe et Travis se tournèrent également l'un vers l'autre. L'air grave.

— Qu'est-ce qui se passe ? demanda Eve en se penchant vers eux. Inspecteurs ?

— Ne bougez pas, répondit Joe en ouvrant sa portière. Travis, reste avec elles.

— Joe…

— Ne t'inquiète pas pour moi.

Il claqua la portière et s'approcha de l'autre voiture. Une vitre tintée se baissa et Claire reconnut aussitôt le visage livide qui apparut dans la lumière blafarde des phares.

— Hans, murmura-t-elle.

L'inspecteur vampire. Elle reporta son attention sur Travis et fut surprise de ce qu'elle découvrit : il avait dégainé son arme, posée sur ses genoux, et tenait une croix dans la main gauche.

— C'est bien Hans ? demanda-t-elle plus fort.

— Ne bougez pas, les filles, répliqua Travis, qui ne quittait pas la scène des yeux. Un contrôle de routine.

Claire ne connaissait pas grand-chose aux procédures de police, mais elle aurait été prête à parier que couper la route de ses collègues n'avait rien d'habituel. Même à Morganville. Tout comme sortir son flingue en présence d'autres flics.

Quelle qu'ait été la teneur de ses brefs échanges avec Hans, Joe ne semblait pas satisfait de leur issue. Il secoua la tête à plusieurs reprises avant d'opiner, une seule fois, et de retourner vers sa voiture. Claire eut un très mauvais pressentiment. Les traits de Joe semblaient trop crispés pour que les nouvelles soient bonnes. « Shane… Oh, mon Dieu, il est peut-être arrivé quelque chose à Shane… » L'inspecteur ouvrit la portière de Claire et passa la tête à l'intérieur de l'habitacle.

— Les filles, vous allez devoir me suivre.

— Quoi ? aboya Travis. Je croyais qu'on les ramenait chez elles.

— Changement de programme, répondit Joe, qui s'efforçait de ne pas laisser transparaître colère et inquiétude, lesquelles se lisaient parfaitement dans son regard. Vous êtes attendues en centre-ville. Je vous accompagne. Travis, tu ramènes la voiture au poste.

Les deux inspecteurs échangèrent un regard chargé de signification, puis Lowe poussa un long soupir.

— Très bien… entendu. Veille sur elles.

— Tu sais bien que je le ferai.

Claire descendit la première, se sentant plus vulnérable que jamais. La présence de Joe avait beau la rassurer, elle fut parcourue d'un frisson glacial lorsque Hans posa les yeux sur elle. Sa collègue, Gretchen, descendit du côté passager et fit le tour pour ouvrir la portière arrière.

— En voiture ! ordonna-t-elle sèchement.

Claire marqua un temps avant d'obtempérer et Eve la devança. Joe monta le dernier : ils étaient serrés comme des sardines sur la banquette.

— Interdiction d'ouvrir la bouche tant qu'on ne vous y aura pas autorisés, intima Hans.

Il replaça la voiture dans la bonne direction et appuya sur l'accélérateur. Une odeur de caoutchouc brûlé envahit l'habitacle. Ils dépassèrent le 716 West Lot Street. Les lumières étaient allumées et la porte d'entrée ouverte : la personne qui se tenait sur le perron suivit le véhicule du regard. Hans roulait trop vite pour que Claire et Eve puissent voir s'il s'agissait de Shane ou de Michael. Claire espérait que c'était Shane. S'il lui arrivait quelque chose, elle l'aurait au moins revu une dernière fois.

— Je croyais qu'on allait au commissariat, chuchota Eve tandis qu'ils naviguaient dans le dédale de rues.

— Ce n'est pas le cas ? s'étonna Claire à voix basse.

— On vient de passer devant. Ils doivent nous emmener ailleurs.

Eve semblait terrifiée ; Claire lui prit la main, celle-ci était froide et tremblante. La voiture ralentit soudain, ils avaient atteint une sorte de barrage.

— Oh, non… Nous allons sur la place.

— La place ?

— La place de la Fondatrice. À cette heure de la nuit, ça grouille de vampires, expliqua Eve en lui broyant la main. Je ne vois pas ce que ça pourrait avoir de bon pour nous.

— Chut, leur souffla l'inspecteur Hess. Vous êtes en sécurité, faites-moi confiance.

Si Claire le croyait volontiers, elle doutait des deux vampires assis devant, en revanche. Or, ils avaient vraisemblablement davantage le contrôle de la situation. La barrière se souleva, et Hans conduisit l'immense voiture jusqu'à un parking plongé dans le noir. Une fois garé, il se retourna pour toiser ses passagers : Claire d'abord, Eve ensuite. Joe en dernier.

— On veut vous montrer quelque chose, expliqua-t-il.

Gretchen descendit pour ouvrir la portière d'Eve.

— Dehors !

Une brise avait rafraîchi l'air. La lune, haute dans le ciel, éclairait faiblement les ténèbres de sa lueur blafarde. Un liseré indigo soulignait l'horizon. Il ne faisait pas encore complètement nuit… Une main froide et puissante se referma sur le bras de Claire. Elle étouffa un cri au moment où Eve grognait de surprise : Gretchen s'était faufilée entre elles deux et les tenait chacune par le bras.

— Reste près de la voiture, lança Hans à l'intention de Joe.

— J'accompagne les filles.

— Non, tu vas obéir aux ordres comme un bon petit soldat. À moins que tu tiennes à ce que vous sortiez, ton collègue et toi, de la neutralité. On ne parle pas d'un incident mineur mais d'un événement qui a retenu l'attention des Anciens. Si les filles ne font pas d'histoires, elles reviendront entières. En attendant, tu restes ici.

— Non, Hans, intervint Gretchen, laisse-le nous escorter.

Hans se renfrogna avant de céder.

— Très bien. Mais si je te trouve en travers de mon chemin, Joe Hess, tu finiras en pâtée pour chien.

Gretchen poussa les filles en avant.

— Qu'est-ce qui se passe ? demanda Eve sans obtenir de réponse.

Gretchen les conduisit le long d'une bâtisse en brique, au détour de laquelle s'ouvrait… un parc. Claire n'en crut pas ses yeux tant cet endroit était plaisant. Une pelouse verte, de grands arbres bruissant dans l'obscurité. Des guirlandes lumineuses accrochées aux branches éclairant fleurs, buissons et allées.

Les alentours du parc étaient plus animés qu'aucun autre quartier de Morganville. Alors que les magasins à proximité du campus étaient mal entretenus, ceux qui entouraient la place semblaient d'un autre temps avec leurs magnifiques façades en pierre et leurs piliers de marbre. Sans oublier les gargouilles sur les toits, qui servaient d'évacuation. Ce décor rappela à Claire les villes européennes qu'elle avait vues en photo. Mais en mieux.

Toutes les boutiques étaient encore ouvertes. Des odeurs de viande grillée et de pain frais s'élevaient des terrasses de deux restaurants. Claire en eut l'eau à la bouche. Elle n'avait rien avalé d'autre qu'un café, et ça remontait à plusieurs heures maintenant.

Soudain, elle se souvint des paroles d'Eve. Si le centre-ville était le domaine réservé des vampires la nuit, pourquoi ces restaurants ? Elle eut la réponse en longeant l'un d'eux : des humains et des vampires étaient attablés ensemble, et ces derniers dévoraient la nourriture avec autant d'appétit que leurs compagnons.

— Vous mangez ! s'étonna Claire.

Gretchen la dévisagea de son regard froid et étrange.

— Naturellement. Nous n'en tirons aucun bénéfice nutritif, mais nous y prenons tout de même du plaisir. Pourquoi ? Le poison ne te sera d'aucune utilité si tu cherches un moyen de nous tuer.

Claire n'avait pas poussé la réflexion aussi loin, elle était simplement... intriguée.

Les vitrines étaient plus incroyables les unes que les autres : bijouteries exposant des pièces en or et des pierres précieuses ; librairies proposant des ouvrages anciens et des best-sellers récents ; boutiques de prêt-à-porter aux mannequins vêtus avec goût et élégance. Claire avait l'impression de traverser le quartier chic d'une grande ville comme Dallas, Houston ou Austin.

Le tout tenu par des vampires. À dire vrai, ceux-ci étaient partout, plus nombreux que Claire ne l'avait imaginé. Plus elle en croisait, plus sa terreur croissait. Ils les dévisageaient, Eve et elle, les considérant comme des bêtes menées à l'abattoir, et un sentiment de solitude effroyable la terrassa. « Je veux rentrer. Je jure que, si je m'en sors, je retournerai vivre chez mes parents. Je ne les quitterai plus jamais... » Gretchen les dirigea vers une bâtisse en marbre noire au fronton orné d'une inscription en lettres d'or : CONSEIL DES ANCIENS.

— Ne vous inquiétez pas, souffla Joe dans leur dos. Tout ira bien si vous vous montrez coopératives. Ne leur mentez surtout pas.

Engourdie, comme dans un rêve, Claire ne se rendit même pas compte qu'elle gravissait les marches en marbre poli. Pourtant, la poigne de Gretchen était bien réelle, elle. Et ferme. Elle aurait de sacrés bleus !

Hans poussa la grande porte. Claire ignorait à quoi elle s'était attendue, mais certainement pas à un poste de télévision. Branché sur une chaîne d'information en continu, il diffusait des images de guerre – explosions de bombes, tirs de soldats –, sans le son. Devant lui, les bras croisés, se tenait Oliver. Il ne portait pas ses habituelles frusques de hippie, mais un costume noir, bien coupé. Il avait ramené ses cheveux grisonnants en queue-de-cheval et il arborait une cravate. Non, une sorte de foulard plutôt, maintenu en place grâce à une épingle surmontée d'un diamant. Probablement une tenue à la mode dans sa jeunesse.

— Certaines choses sont immuables, dit-il sans quitter l'écran des yeux. Les gens continuent à s'entretuer pour les raisons les plus imbéciles qui soient. Et on nous traite, nous, de monstres.

Sur ce dernier mot, il se tourna vers Claire, qui frissonna. Oliver avait un regard doux, plus effrayant d'une certaine façon que celui, glacial, de Gretchen. Plus effrayant parce que, en dépit de ce qu'il avait fait, il lui demeurait sympathique. « Il a quasiment tué Michael ! » se rappela-t-elle.

— Bonsoir, reprit-il en hochant la tête avant de poser les yeux sur Eve. On te regrette, au café.

— Va…

Eve ravala les mots qui lui brûlaient les lèvres, ce qui témoignait d'une prudence rare pour elle. Si quelqu'un avait bien été étonné et déçu de découvrir qu'Oliver se rangeait dans la catégorie des buveurs de sang, c'était Eve.

Il traversa l'immense hall désert – à l'exception de la télévision et d'une épaisse moquette marron –, pour aller ouvrir une grande porte à double battant. Gretchen fit avancer Claire et Eve. Les pieds de Claire s'enfoncèrent dans la moquette, et un parfum de fleurs en train de faner lui chatouilla les narines. Des roses. Des roses en quantité.

Le parfum était nettement plus prononcé dans la pièce suivante, grande et circulaire, entièrement tapissée d'immenses rideaux en velours bordeaux séparés par des colonnes. Un lustre sobre diffusait une pâle lumière. La moquette était identique à celle du hall, cependant il y avait des meubles ici : des chaises bien alignées, réparties en trois blocs. Il fallut une seconde à Claire pour comprendre qu'elle venait d'entrer dans un dépôt mortuaire. Elle ralentit mais fut tirée en avant par Gretchen, qui la força à dépasser les rangées de chaises pliantes vides pour rejoindre Oliver, posté devant un autre rideau en velours.

— Monsieur, lança Joe en doublant Claire et Eve. Je suis l'inspecteur Hess.

— Je vous connais.

— Ne devrait-il pas y avoir d'autres membres de votre communauté ?

La tension que trahissaient les intonations du policier, et la position de son corps, alarma Claire : un interrogatoire mené par Oliver seul serait donc une très mauvaise chose.

— En effet, inspecteur Hess.

La voix douce et froide s'était élevée d'un coin de la pièce, pourtant vide la seconde précédente. Claire retint son souffle en découvrant Amelie : elle se tenait là, pareille à une sculpture autour de laquelle le bâtiment aurait été érigé. Ses gardes du corps – ou ses serviteurs – l'entouraient. Claire se demanda si leur nombre, quatre, signifiait qu'Eve et elle allaient avoir des ennuis.

— Nous attendons le troisième membre, poursuivit Amelie en s'asseyant sur une chaise comme s'il s'agissait d'un trône en or massif. Elle était habillée en noir, comme Oliver, mais portait, sous son élégant tailleur en daim, une chemise blanche stricte. Elle croisa ses jambes pâles et parfaites, puis les mains.

— Qui attendons-nous ? s'enquit Oliver, visiblement contrarié.

— Tu connais les lois, Oliver, même si tu choisis de ne pas les respecter. M. Morrell nous rejoint.

Ils n'eurent pas à patienter longtemps : une minute plus tard à peine, Claire entendit des éclats de voix et le cliquetis d'un trousseau de clés. Elle n'avait jamais vu l'homme qui pénétra dans la pièce, flanqué de deux policiers en uniforme, mais elle connaissait un de ceux-là : Richard Morrell, le frère de Monica. Le type corpulent et dégarni à l'air hautain devait donc être son père. Le maire de Morganville. Il était également en costume : bleu, à fines rayures et larges revers. Ça faisait un peu nouveau riche, impression soulignée par le pantalon trop long et les nombreuses bagues en or qui ornaient ses doigts. Il souriait.

— Oliver ! s'exclama-t-il.

Sa joie retomba dès qu'il aperçut Amelie, installée discrètement sur le côté, et sa garde rapprochée. Il se composa aussitôt une expression plus… respectueuse.

— Madame la Fondatrice.

— Monsieur le Maire, répondit-elle en opinant. Bien, nous pouvons commencer.

Gretchen lâcha le bras de Claire, qui sentit le sang affluer de nouveau et frictionna sa peau meurtrie. Pas de doute, elle aurait des bleus. Elle risqua un regard dans la direction d'Eve, qui avait l'air terrifiée.

Oliver tira sur une cordelette dissimulée dans les plis du velours, et le rideau derrière lui s'ouvrit. Plusieurs vases de roses rouges entouraient un corps exposé sur une estrade en marbre. La dépouille était d'une pâleur bleutée et d'une rigidité cadavérique. Les oreilles de Claire se mirent à bourdonner mais, par miracle, elle réussit à ne pas s'évanouir.

— Oh, mon Dieu, murmura Eve en se couvrant la bouche des deux mains.

— Brandon… lâcha Claire en regardant Oliver. C'est bien lui ?

Elle avait du mal à reconnaître ce visage livide et figé, à l'associer au vampire qu'elle avait tant craint. Au vampire qui l'avait menacée, l'avait poursuivie jusque chez elle et avait manqué de les tuer, Eve et elle…

Oliver opina. Il tira le tissu qui recouvrait Brandon du menton jusqu'aux pieds, dévoilant des blessures noires et béantes. Certaines d'entre elles fumaient encore. Une odeur de viande brûlée se dégagea et, cette fois, les genoux de Claire cédèrent. L'inspecteur Hess la rattrapa par le bras et l'aida à conserver son équilibre.

— Il a été torturé, expliqua Oliver d'un ton neutre, presque indifférent. Ça a duré longtemps. Quelqu'un y a pris beaucoup de plaisir. À croire qu'il s'agissait… d'un règlement de comptes.

Le maire poussa son fils en avant. Richard n'était pas aussi tordu que sa sœur. En vérité, Claire l'appréciait, du moins pour autant qu'elle pouvait apprécier quelqu'un qui travaillait pour les vampires. Il semblait avoir un sens de la justice… infaillible. Richard examina les blessures du cadavre de Brandon. Il alla même jusqu'à les toucher, provoquant un haut-le-cœur de Claire.

— Apparemment, l'arme a été plongée directement dans le cœur. Sans doute un pieu, conclut Richard avant de se tourner vers son père. Celui qui a fait ça ne plaisantait pas. Les coups n'ont pas été portés au hasard, ils ont été administrés lentement. J'ignore ce qu'ils espéraient tirer de lui, mais ils ont dû l'obtenir. J'aperçois des traces de blessures qui s'étaient refermées avant qu'il succombe. Ça a duré plusieurs heures au moins.

Le silence. Un silence profond, inquiétant. Richard se redressa et considéra Claire et Eve. S'il les reconnaissait, il n'en laissa rien paraître.

— Ces deux filles ont quelque chose à voir avec cette affaire ?

— Peut-être, répliqua Oliver.

Claire ne l'avait pas vu bouger, pourtant il se retrouva soudain devant elle, la toisant.

— Elles savent peut-être quelque chose. Tu n'aimais pas beaucoup Brandon, je me trompe, Claire ?

— Je…

Elle ignorait quelle réponse apporter. « Ne leur mentez surtout pas », avait dit Joe. Les vampires possédaient-ils un pouvoir leur permettant de détecter les mensonges ? Voire même de lire dans les pensées des humains ?

— Non, je ne l'aimais pas beaucoup. Mais je ne souhaiterais un sort pareil à personne.

« Pas même à toi », ajouta-t-elle à part elle. Il avait un regard si bon. C'était ce qu'il y avait de terrible : il lui donnait l'impression qu'elle pouvait lui faire confiance, qu'elle devait lui faire confiance, et même que sa défiance était une forme de trahison… Claire sursauta en sentant Eve lui pincer le bras.

— Claire ! lui dit-elle sèchement. Ne le regarde pas dans les yeux.

— Eve, soupira Oliver, tu me déçois terriblement. Ne comprends-tu donc pas qu'il est de ma responsabilité, en tant que patron de Brandon, d'aller au fond des choses ? D'identifier le responsable ? Claire est peut-être naïve, mais pas toi : tu connais le prix à payer pour avoir tué l'un des nôtres. Et tu sais quels moyens nous sommes prêts à mettre en œuvre pour découvrir la vérité. Si je peux l'obtenir sans la torturer, c'est préférable, tu ne penses pas ?

Eve conserva le silence. Elle fixait un point au milieu de la poitrine d'Oliver.

— Je pense que tu n'en feras qu'à ta tête. Comme tous les vampires. Tu ne m'as pas posé la question, mais je suis contente que Brandon soit mort. Et je suis contente qu'il ait souffert également. S'il avait enduré un calvaire de plusieurs années, je trouverais encore que ce n'est pas assez.

Le gentil Oliver disparut aussi sec. Claire perçut à peine l'ombre d'un mouvement : en un éclair il avait agrippé les cheveux noirs d'Eve et lui tirait la tête en arrière, dans une position douloureuse. Ses yeux n'avaient plus rien d'humain. Ils brûlaient d'une rage sauvage, violente.

— Merci, murmura-t-il à son oreille. Grâce à toi, je ne suis plus tenu de maîtriser mes impulsions.

L'inspecteur Hess fit un pas en avant, les poings serrés, Richard Morrell se plaça en travers de son chemin.

— Du calme, Joe, la situation est sous contrôle.

Claire n'avait pas la même impression. Sa respiration était précipitée, la tête lui tournait, et elle voyait les genoux d'Eve se dérober. La tension dans la pièce, le cadavre sur l'estrade, c'en était trop. « C'est le père de Shane qui l'a tué... » Cette pensée accentua le malaise de Claire, et sa terreur, parce qu'elle savait qu'elle devait la garder pour elle-même. Et qu'ils finiraient par lui poser la question.

Oliver promena son nez sur le cou d'Eve.

— Tu as bossé dans un café. Sur le campus, je suppose. Bizarre... Personne ne m'a appelé pour me demander une recommandation.

— Lâche-moi, souffla Eve faiblement.

— Oh, mais je ne peux pas. Comment voudrais-tu que je te fasse mal, sinon.

Oliver sourit puis ouvrit la bouche, et ses crocs au tranchant mortel, pareils à ceux d'un serpent, jaillirent. Ils ne ressemblaient pas à des dents, mais plutôt à des lames puissantes. Il promena sa langue sur une des jugulaires d'Eve.

— Oh, mon Dieu, exhala-t-elle. Ne fais pas ça, je t'en prie. Ne le laissez pas faire ça, je vous en prie.

— Interroge-la, Oliver. Nous perdons du temps, lâcha le maire Morrell avec lassitude, comme s'il avait d'autres affaires plus importantes à régler. Avançons un peu, ajouta-t-il en inspectant ses ongles manucurés et en les frottant sur le revers de sa veste.

— Je suis protégée, répliqua Eve. Tu ne peux pas me toucher.

Sa voix manquait d'assurance, cependant. Claire lorgna du côté d'Amelie, qui n'avait pas décroché un mot ni esquissé le moindre geste : elle assistait à la scène comme s'il s'agissait d'un spectacle monté à son intention. Son expression était affable, mais froide. « Aidez-nous, je vous en prie », songea Claire. Les sourcils blond pâle d'Amelie se soulevèrent très légèrement. « Vous pouvez m'entendre ? » Si c'était le cas, elle n'en donna aucun signe, demeurant aussi impassible qu'une statue.

— Disons qu'Amelie et moi avons un arrangement pour les cas de ce genre, reprit Oliver. Et pour ta gouverne, Eve chérie, cet arrangement est le suivant : j'ai l'autorisation d'user des méthodes de mon choix pour contraindre à parler les humains qui ont rompu la paix. Même s'ils sont protégés. Quelle que soit la personne qui les protège. Maintenant, j'aimerais que nous discutions un peu des individus qui se sont introduits chez vous par effraction.

— Qui… quoi ?

Eve se débattait pour éviter de croiser le regard d'Oliver, mais sa proximité rendait l'exercice quasiment impossible.

— Je ne connais pas leur identité, s'entêta-t-elle.

— Vraiment ? Tu en es certaine ?

La voix d'Oliver n'était plus qu'un souffle rauque à vous glacer les sangs. Claire cherchait désespérément quelque chose à dire, quelque chose à faire pour aider Eve. De toute évidence, celle-ci ne s'en sortirait pas seule, et Claire ne pouvait pas rester les bras croisés pendant que son amie souffrait.

— Moi, je sais, intervint-elle, attirant l'attention de tous sur elle.

Claire s'éclaircit la gorge avant de poursuivre :

— Il s'agissait de motards.

— Des motards… répéta Oliver en libérant Eve. Je vois. Tu essaies de gagner du temps, Claire… Mauvaise idée. Très mauvaise idée. Nous savons déjà tout ça. Nous savons pourquoi ils sont venus en ville. Nous savons même qui les a appelés.

Le sang de Claire se figea, son estomac se mit à bondir. Oliver s'éloigna d'Eve pour actionner une autre cordelette. Un rideau s'ouvrit à côté du cadavre de Brandon, dévoilant deux hommes à genoux, attachés et bâillonnés, sous la haute garde de vampires à la mine effrayante. L'un des prisonniers était un homme de Frank Collins.

Le second était Shane.

Claire hurla.

8.

Ils finirent par l'asseoir, de force, sur une chaise. Maintenue par la poigne de fer de Gretchen, Claire continua à se débattre, mais la peur prit progressivement le dessus sur la colère. Shane ne bougeait pas. Il l'observait, mais il ne pouvait rien dire avec son bâillon. Claire réalisa qu'elle n'obtiendrait rien en luttant. La gifle qu'Eve donna alors à Oliver résonna comme un coup de feu dans la pièce. Tous retinrent leur souffle.

— Sale raclure ! cracha-t-elle. Libère Shane ! Il n'a rien à voir avec ça !

— Vraiment.

Le mot ne sonnait pas comme une question. Le visage d'Oliver ne conservait aucune trace du coup qu'il venait de recevoir, alors qu'Eve n'y avait pas été de main morte. On aurait dit qu'il avait à peine senti le contact de sa paume.

— Assieds-toi, Eve, poursuivit-il, pendant que je t'explique à quel point ta vie est misérable.

Elle ne s'exécuta pas. D'une poussée, il la contraignit à obéir, et elle le fusilla du regard.

— Inspecteur Hess, je vous conseille d'expliquer à ma chère ex-employée les risques qu'elle encourra la prochaine fois qu'elle me touchera. Qu'elle agisse ou non sous le coup de la colère.

Joe s'était déjà glissé sur la chaise à côté d'Eve. Claire n'entendait pas les mots pressants qu'il lui susurrait à l'oreille. Eve secoua énergiquement la tête. Un filet de sueur roulait le long de sa joue, dévoilant sa peau rosée sous l'épaisse couche de maquillage blanc.

— Bien, reprit Oliver une fois que Joe se fut tu et Eve immobilisée. Nous ne sommes pas des imbéciles, Eve. Apprends que nous contrôlons les lignes téléphoniques de la ville, et les fournisseurs de téléphones mobiles. Shane a appelé depuis chez vous un numéro qui, à notre grande surprise, appartenait à M. Wallace ici présent. Le GPS est une invention merveilleuse, je tiens à le souligner. L'humanité a déployé des trésors d'ingéniosité pour concevoir cet engin permettant de suivre les déplacements de tout un chacun, et nous lui en sommes très reconnaissants. Grâce à lui, nous retrouvons la trace des gens beaucoup plus facilement qu'autrefois.

— Shane n'a rien fait, lança Claire. Je vous en prie. Vous devez le libérer.

— Shane a été arrêté sur les lieux du crime, rétorqua Oliver. Là où le cadavre de Brandon a été découvert. Et je vois mal comment nous pourrions considérer qu'il n'est pas impliqué alors qu'il a le numéro de téléphone de M. Wallace.

— C'est impossible !

Elle ne vit pas la gifle venir. Le monde entier fut repeint en rouge, et elle dut se retenir de frapper Oliver en retour, comme le réclamait la moindre parcelle de son corps. La brûlure du choc avait probablement laissé une empreinte sur sa joue.

— Tu vois, Eve ? fit Oliver. Œil pour œil. Naturellement, mon interprétation des Écritures saintes est on ne peut plus libre.

Shane hurlait à travers son bâillon, à présent, et il se débattait, mais les vampires le maintenaient à genoux sans le moindre effort. Joe Hess devait retenir Eve sur sa chaise : elle avait les yeux exorbités.

— Oliver, intervint Amelie d'une voix douce et aimable. Avez-vous une question à poser aux enfants ? Ou êtes-vous seulement là pour prendre du bon temps ? Vous avez dit avoir déjà établi que le garçon avait appelé cet homme. Quelle autre information vous intéresse ?

— Je veux savoir où se cache son père. Ils ont la réponse.

— Certainement pas les filles, répliqua Amelie en secouant la tête. Il me semble peu probable que quelqu'un comme M. Collins se fie à l'une d'elles.

— Le garçon, alors.

— C'est possible, en effet.

Elle se tapota les lèvres d'un doigt pâle.

— Malgré tout, reprit-elle, je doute qu'il vous le dise. Et il me paraît inutile d'employer la cruauté pour découvrir la vérité. Je ne crois pas à ses vertus.

— Que dois-je comprendre ? demanda Oliver en la jaugeant, les bras croisés.

— Qu'il viendra à nous, Oliver. Je ne vous apprends rien : il viendra à nous pour sauver le garçon. Il ne permettra pas qu'il paie à sa place.

— Vous lui retirez donc votre Protection ?

Amelie baissa les yeux sur le cadavre. Après un instant de silence, elle se leva avec grâce et s'approcha de la dépouille de Brandon.

— Il était né avant Jean sans Terre, le saviez-vous ? lança-t-elle en passant un doigt à la pâleur fantomatique sur son visage. Né de sang princier. Finir ainsi après toutes ces années… Je pleure la perte de ce qu'il a vécu et du témoignage qu'il ne pourra jamais nous apporter. Des souvenirs dont nous ne nous enrichirons jamais.

— Amelie…

Oliver perdait patience.

— Amelie, nous ne pouvons pas laisser ses motards circuler librement. Vous le savez.

— Il était votre sujet, Oliver. Vous devriez prendre le temps de faire son deuil avant d'assouvir votre soif de sang.

Se tenant dos à Oliver, elle ne pouvait pas voir la haine qui embrasait son regard, qui déformait les traits de son visage, et que Claire, elle, percevait parfaitement. Il se ressaisit avant qu'Amelie se retourne.

— Brandon avait ses défauts, répondit-il. De nous tous, il était celui qui se délectait le plus de la traque. Il n'a sans doute jamais accepté les lois de Morganville, mais ce sont elles que nous devons appliquer aujourd'hui. En punissant ces criminels.

Les punir ? Sans procès ? Claire s'apprêtait à poser la question, mais une main glaciale la bâillonna : Gretchen était penchée au-dessus d'elle, tous crocs dehors, un index posé sur ses propres lèvres. Hans muselait Eve. Quant à l'inspecteur Hess, visiblement décontenancé, il ne pipait mot.

Amelie considéra Oliver un instant avant de s'intéresser à Shane.

— Je t'avais prévenu, dit-elle de sa voix douce. Ma Protection n'est pas infinie. Tu as trahi ma confiance, Shane. Par bonté, je ne briserai pas mon accord avec tes amis, ils resteront sous ma Protection.

Elle posa son regard délavé sur Oliver et inclina lentement la tête dans un mouvement royal.

— Il est à vous. Je lui retire ma Protection.

La main de Gretchen étouffa les protestations de Claire. Amelie se pencha pour déposer un baiser sur le front cireux de Brandon.

— Au revoir, enfant. En dépit de tes défauts, tu étais l'un des Éternels. Nous ne t'oublierons pas.

Soudain, dehors, quelqu'un cria ; Amelie pivota si rapidement que ses contours se troublèrent, puis elle bondit… à la seconde où une bouteille heurtait la colonne de marbre devant laquelle elle se tenait. Celle-ci explosa. Claire sentit une odeur de gaz avant d'entendre un sifflement strident. Les rideaux s'enflammèrent.

Amelie n'avait plus rien d'humain. Elle fut aussitôt encerclée de gardes du corps qui l'entraînèrent en la protégeant. Des coups de feu éclatèrent, et quelqu'un (l'inspecteur Hess ?)

plaqua Claire sur la moquette. Eve était à terre également, recroquevillée, les mains sur la tête.

Le combat faisait rage : grognements, coups, meubles en bois projetés contre les murs et éclatant en morceaux. Claire ne parvenait pas à suivre la scène. La lutte, d'une brutalité extrême, fut brève. Lorsque l'épaisse fumée commença à se dissiper, Joe se releva, permettant à Claire de s'asseoir.

Deux hommes gisaient sur le seuil de la pièce. Des types costauds, en cuir. L'un d'eux bougeait encore, l'autre était mort. Amelie écarta ses gardes du corps et passa devant Claire, comme si celle-ci était invisible. Elle glissa le long de l'allée pour rejoindre le survivant, qui s'échinait, avec le peu de forces lui restant, à prendre la fuite. Dans son sillage, il laissait une traînée sombre sur la moquette marron. Claire se releva lentement, soutenue par Joe, et échangea un regard proprement terrifié avec Eve.

Amelie n'atteignit jamais le biker : Oliver la devança. Il fondit sur le blessé, le remit sur pieds et lui brisa la nuque avec un bruit sec avant que Claire ait le temps de détourner les yeux. Le cadavre s'effondra comme une poupée de chiffon. Claire enfouit son visage dans la veste de Joe, ravalant un haut-le-cœur. Lorsqu'elle se risqua à relever la tête, elle vit qu'Amelie fixait Oliver. Il soutenait son regard.

— À quoi bon prendre des risques inutiles, dit-il en découvrant lentement ses dents dans un sourire cruel. Il aurait pu vous tuer, Amelie.

— Oui, répliqua-t-elle sans se départir de son calme. Et ça n'aurait été dans l'intérêt de personne, n'est-ce pas, Oliver ? J'ai bien de la chance que vous ayez été là pour… me sauver.

Elle n'esquissa pas le moindre geste, mais ses gardes du corps l'encerclèrent aussitôt et ils s'éloignèrent d'un bloc, enjambant le cadavre pour quitter la pièce. Oliver promena son regard sur l'assemblée restante et l'arrêta sur Shane.

— Ton père pense que ses actes resteront impunis, à ce que je constate. Quel dommage pour toi… Mettez ces deux individus en cage.

Le motard et Shane furent entraînés, à genoux, derrière le rideau. Claire voulut s'élancer, mais Gretchen la retint en lui tordant le bras dans le dos et la bâillonna. La douleur la fit pleurer et elle eut du mal à reprendre son souffle à cause de la pression que la main exerçait sur sa bouche. Eve ne versait pas une larme. Elle toisait Oliver et demeura parfaitement immobile lorsque Joe la libéra.

— Qu'est-ce que vous allez leur faire ? demanda-t-elle d'une voix au calme artificiel.

— Tu connais les lois, Eve, je me trompe ?

— Vous ne pouvez pas. Shane est innocent.

— Je ne discuterai pas de mon jugement avec toi, rétorqua-t-il en secouant la tête. Maire ? Les papiers sont prêts à recevoir votre signature. Si vous n'avez plus peur, bien sûr.

M. Morrell, qui s'était accroupi derrière une urne pour se protéger, se redressa, rouge de colère.

— Naturellement, naturellement. Je n'en reviens pas du toupet de ces salopards ! Lancer une attaque ici ? Menacer…

— Oui, c'est absolument traumatisant. Les papiers…

— J'ai amené un notaire afin de procéder dans la légalité.

Sentant que la résistance de Claire s'émoussait, Gretchen la lâcha.

— La légalité ? s'étouffa Claire. Mais… il n'y a même pas eu de procès ! Vous avez déjà entendu parler des jurys ?

— Un jury a été réuni, l'informa Joe d'un ton doux qui détonnait avec la teneur de ses propos. Un jury composé de pairs de la victime. Ainsi va la loi ici. C'est pareil pour les humains. Si un vampire était traduit devant la justice pour meurtre, des humains décideraient de sa sentence.

— Sauf qu'aucun vampire n'a jamais été convoqué devant un tribunal, riposta Eve, plus pâle qu'un buveur de sang. Et ne le sera jamais. Ne te berce pas d'illusions, Joe. Les humains sont les seules victimes de cette pratique.

Elle posa les yeux sur les deux cadavres jonchant la moquette.

— Ils ont vous foutu une sacrée trouille, non ? poursuivit-elle.

— Ne leur donne pas plus d'importance qu'ils n'en ont. Leurs chances de réussite étaient nulles… Je n'ai plus besoin d'elles, ajouta Oliver à l'intention de Hans.

— Attendez ! Je veux parler à Shane ! hurla Claire.

Gretchen la poussa violemment vers la porte. Si Claire n'avançait pas, elle s'écroulerait sur les deux motards ensanglantés. Elle se dirigea vers la sortie et entendit qu'Eve lui emboîtait le pas. S'essuyant rageusement le visage, pour refouler les larmes qui menaçaient, elle réfléchissait à la suite des événements. « Le père de Shane… Son père le sauvera. » Les cadavres qu'elle enjambait étaient malheureusement l'illustration que sa première tentative de sauvetage n'avait pas été couronnée de succès. Sans oublier que Frank Collins n'en avait peut-être rien à faire de Shane. Elle était peut-être la seule à s'en soucier.

— Calme-toi, lui souffla Joe en lui prenant le bras. Nous avons encore du temps. D'après la loi, les condamnés doivent être exhibés sur la place publique pendant deux nuits pour que tous puissent les voir. Ils seront en cage, donc en sécurité. Ce n'est pas le Ritz, mais ça empêchera les amis de Brandon de les mettre en pièces sans autre forme de procès.

— Comment…

Claire avait la gorge nouée. Elle toussa avant de retenter de poser la question qui la taraudait :

— Comment vont-ils…

Joe lui tapota la main. Il avait l'air harassé.

— Tu n'y assisteras pas. Alors n'y pense pas. Si tu veux lui parler, tu peux. Ils sont en train de les enfermer dans les cages, au centre du parc.

— Oliver a dit de les ramener, intervint Gretchen dans leur dos.

Joe haussa les épaules.

— Il n'a pas précisé quand.

La place de la Fondatrice était circulaire et traversée par des allées convergeant vers son centre, comme autant de rayons d'une roue. En son milieu, deux cages. Tout juste assez grandes pour permettre à un homme d'y tenir debout, pas assez larges pour qu'il puisse s'allonger. Shane devrait dormir assis, s'il réussissait à fermer à l'œil, ou recroquevillé en position fœtale.

Eve et Claire le trouvèrent assis, les genoux ramenés contre la poitrine, la tête posée sur les bras. Le motard s'époumonait en s'agrippant aux barreaux. Pas Shane. Shane se murait dans le silence.

Claire traversa presque en courant la partie de la place à découvert pour rejoindre Shane, elle passa le visage entre deux barreaux. L'acier était glacial.

— Shane !

Il releva la tête. Il avait les yeux rouges, mais il ne pleurait pas. Du moins, plus. Il réussit à se mouvoir dans la cage exiguë pour venir s'asseoir plus près d'elle. Il lui caressa la joue à l'endroit où Oliver l'avait giflée. Claire se demanda si sa peau était toujours rouge.

— Je suis désolé, dit Shane. Mon père... il fallait que j'intervienne. Je ne pouvais pas le laisser faire ça. Je devais essayer de l'empêcher, Claire, je devais.

Elle s'était remise à sangloter en silence. Il essuya une larme de son pouce. Elle sentit qu'il tremblait.

— Dis-moi que tu ne lui as rien fait... Dis-moi que tu n'as rien fait à Brandon...

— Je n'aimais pas ce sale con, mais je ne l'ai pas touché et encore moins tué. Il était déjà mort à mon arrivée, conclut-il avec un rire forcé. Je suis un petit veinard, non ? J'essaie de jouer les héros et je finis arrêté comme un méchant.

— Ton père...

— Il va nous sortir de là. Ne t'inquiète pas, Claire, tout va s'arranger.

Au ton qu'il employait, elle comprit qu'il n'en croyait pas un mot, lui non plus. Elle se mordit la lèvre pour retenir une nouvelle vague de sanglots et déposa un baiser au creux de la paume de Shane.

— Eh, murmura-t-il en se rapprochant encore pour passer son visage entre deux barreaux. Tu vois, j'avais tort quand je disais que je risquais d'aller en prison à cause de toi.

Elle essaya de rire, de toutes ses forces.

— Je n'ai qu'à m'imaginer qu'on m'a enfermé pour m'empêcher de faire une plus grosse bêtise, ajouta-t-il avec un sourire brisé. Je ne commettrai pas de vrai crime, comme ça.

Elle se pencha pour l'embrasser : ses lèvres étaient toujours aussi douces, Claire aurait voulu prolonger ce baiser éternellement. Shane se déroba le premier, la laissant frissonnante. « Bon sang ! Shane ne pouvait pas être condamné pour ce crime, c'était trop injuste ! »

— Je vais en parler à Michael, lança-t-elle.

— Ouais, dis-lui que… dis-lui que je suis désolé, O.K. ? Et qu'il peut garder la PlayStation.

— Arrête ! Tu ne vas pas mourir, Shane, tu m'entends ?

Il plongea ses yeux dans les siens, et Claire y lut de la peur.

— Ouais, répondit-il doucement. Tu as sans doute raison…

Claire serra les poings à en avoir mal, puis se tourna vers Eve qui se tenait en retrait. Alors que celle-ci s'approchait de la cage, Claire rejoignit Joe.

— Comment ? lui demanda-t-elle à nouveau. Comment vont-ils le tuer ?

Après avoir tergiversé, il finit par répondre :

— Ils les brûlent toujours.

Elle faillit éclater en sanglots. Faillit. Shane était déjà au courant, tout comme Eve. Ils le savaient depuis le début.

— Vous devez l'aider, inspecteur ! Il n'a rien fait ! Rien !

— J'ai les mains liées, désolé.

— Mais…

— Claire, reprit-il en l'attirant vers lui.

Elle se rendit compte qu'elle était secouée de violents sanglots. Elle enfouit son visage dans sa veste et versa toutes les larmes de son corps. Joe lui caressa les cheveux.

— Apporte-moi la preuve qu'il n'est pas impliqué dans la mort de Brandon, et je te jure de faire tout ce qui est en mon pouvoir. Sans preuve, je suis impuissant.

La perspective de voir Shane brûler dans cette cage était la pire qui soit. « Ressaisis-toi ! Il ne lui reste que toi ! » Elle inspira plusieurs fois profondément, essuya ses larmes avec la manche de son tee-shirt. Joe lui tendit un mouchoir qu'elle accepta. Elle sentit la main d'Eve sur son épaule alors qu'elle ne l'avait pas entendue approcher.

— Allons-y, dit celle-ci. Nous avons du pain sur la planche.

C'était Michael qui se tenait sur le seuil du 716 West Lot Street lorsqu'elles étaient passées devant en voiture. Il s'y trouvait toujours lorsqu'elles rentrèrent.

— Inspecteur ? s'étonna Claire en voyant que Joe Hess ne descendait pas.

Eve avait déjà remonté l'allée menant au perron – Claire connaissait la règle de base à Morganville (« Ne jamais s'attarder après la tombée de la nuit »), pourtant elle attendit une réponse.

— Je retourne au commissariat, répondit-il. Hans et Gretchen me déposeront, ne t'inquiète pas.

Elle n'aimait pas imaginer quiconque seul avec les deux vampires, mais il était grand, non ? Elle recula en opinant, puis courut jusqu'à la maison.

Michael avait déjà attiré Eve à l'intérieur, mais ils s'étaient arrêtés dans l'entrée, et Claire faillit les percuter en franchissant le seuil. Elle claqua la porte et la verrouilla à double tour – Shane ou Michael avait remplacé les verrous et en avait même ajouté un supplémentaire. En se retournant, elle découvrit que Michael serrait Eve dans ses bras et lui jetait, à elle, un regard désespéré.

— Qu'est-ce qui s'est passé ? Où est Shane ?

Oh, bon sang ! Il ne savait pas ! Comment était-ce possible ?

— Quoi ? Pourquoi l'as-tu laissé partir ? bredouilla-t-elle.

— Shane ? Comment voulais-tu que je l'en empêche ? De la même façon que je t'interdis d'aller en cours… Son père a appelé. Et il est… parti. En plein jour. J'étais impuissant…

Michael s'écarta légèrement d'Eve pour l'observer.

— Qu'est-il arrivé ? insista-t-il.

— Brandon est mort, répondit Eve d'une voix cinglante. Ils ont enfermé Shane dans une cage sur la place de la Fondatrice pour le punir.

Michael s'effondra contre le mur comme s'il venait de recevoir un coup de poing dans le ventre.

— Oh, non… souffla-t-il.

— Ils vont le tuer, ajouta Claire. Le brûler vif.

— Je sais. Je me souviens, répliqua Michael en fermant les paupières.

Bon sang, il avait déjà assisté à ce spectacle. Eve aussi ! Michael conserva le silence quelques secondes avant d'ajouter :

— On doit le tirer de là.

— Ouais, convint Eve, on y avait pensé. Mais par « on », tu entends Claire et moi, non ? Parce que tu ne nous es absolument d'aucune utilité.

Elle aurait aussi bien pu lui décocher un vrai coup de poing. Les yeux de Michael trahissaient le calvaire qu'il vivait. Insensible à sa douleur, Eve tourna les talons et s'éloigna d'un pas décidé.

— Claire ! lança-t-elle. Dépêche-toi ! On a du boulot !

Claire considéra Michael avec commisération.

— Je suis désolée. Elle ne s'est pas rendu compte…

— Bien sûr que si, répliqua-t-il faiblement. Et elle a raison. Je ne peux pas vous aider. À quoi je sers ? Autant être mort…

Il conclut ses paroles en écrasant son poing contre le mur, assez fort pour se briser les os. Claire étouffa un cri et courut rejoindre Eve. Michael la terrorisait quand il se mettait en pétard. Et il préférait sans doute se défouler sans témoins.

— Attends, Eve ! l'apostropha Claire, depuis le pied de l'escalier. Michael… On ne devrait pas…

— Oublie Michael. Tu veux sauver Shane ou pas ?

Bien sûr qu'elle voulait. Claire jeta un dernier regard en direction de l'entrée, où des bruits de coups continuaient à lui parvenir. Michael ne pouvait pas se faire mal, du moins pas de façon permanente, mais sa souffrance était sincère. Sa souffrance physique et morale.

Dans sa chambre, Eve explorait le contenu de ses tiroirs, écartant les froufrous, dentelles noires, hauts en maille et autres bas résille.

— Ah ! s'écria-t-elle en sortant une énorme boîte noire, apparemment lourde, qui produisit un bruit creux lorsqu'elle la posa sur le dessus de sa commode, faisant tomber une partie de sa collection de figurines diaboliques. Approche.

Claire s'avança d'un pas incertain ; elle n'avait jamais vu Eve sous ce jour et n'était pas sûre d'apprécier cette révolution. Elle aimait son amie quand elle était vulnérable, quand elle fondait en larmes pour un rien. La nouvelle Eve était dure et distribuait volontiers des ordres.

— Donne-moi ta main.

Claire s'exécuta en hésitant. Eve lui remit un objet en bois pointu. Un pieu.

— Le meilleur ami des tueurs de vampires, poursuivit Eve. J'en avais fabriqué quelques-uns quand Brandon me causait des ennuis. Je l'avais prévenu que, la prochaine fois qu'il me chercherait, je le planterais. Avec un pieu.

— Je croyais que c'était... illégal.

— Oui. Et ils pourraient te jeter en prison ou te tuer et abandonner ta dépouille sur un terrain vague. Alors ne te fais pas prendre avec.

Elle en sortit plusieurs autres qu'elle étala sur le dessus de sa commode. Elle ajouta également d'immenses croix, grossièrement façonnées à la main. Elle en donna une à Claire, qui la saisit entre des doigts gourds.

— Mais... Eve, qu'est-ce qu'on fabrique exactement ?

— On sauve Shane. Quoi, tu n'as plus envie ?

— Bien sûr que si ! Mais…

Eve continuait à déballer le contenu de la boîte sur la commode : du liquide d'allumage et un briquet.

— Écoute, Claire, l'heure est venue de passer aux choses sérieuses. Si on veut tirer Shane de là, il va falloir tuer des vampires. Autrement dit, commencer une guerre que personne ne souhaite, mais a-t-on le choix ? Je ne resterai pas les bras croisés pendant que Shane grille, tu m'entends ? C'est ce qu'Oliver veut ? Eh bien je peux te dire qu'il va l'avoir. À ses risques et périls.

Claire lâcha la croix et le pieu pour la secouer.

— Eve ! Tu ne peux pas faire une chose pareille ! C'est du suicide, et tu le sais ! Tu me l'as dit toi-même… Ça ne sert à rien de tuer des vampires ! Tu réussiras juste à finir dans une cage à côté de…

Claire réalisa soudain ce qui avait changé en Eve : son regard avait perdu tout éclat.

— Tu es prête à mourir, articula-t-elle lentement. Dis-moi que je me trompe, Eve ?

— Ça ne me fait pas peur. Quelle importance, de toute façon ? Pouf ! je monterai au paradis, comme mes parents me l'ont toujours répété, dans une grande prairie. Et puis, personne ne nous aidera, Claire. On doit se serrer les coudes, on ne peut compter que l'une sur l'autre.

— Et si je réussissais à dégoter une preuve ? L'inspecteur Hess a dit…

— Joe était là et il n'a pas levé le petit doigt. Ils resteront tous les bras croisés, comme Michael.

— Bon sang, Eve, arrête ! Tu es injuste. Michael ne peut pas quitter la maison ! Tu le sais !

— Ouais… un vrai bon à rien ! s'exclama-t-elle ironiquement en entreprenant de fourrer son arsenal de tueuse de vampires dans un sac de gym noir. L'heure est venue de régler certains comptes. On n'est pas les seules à en avoir assez de lécher les bottes des sangsues. Je me tournerai vers d'autres alliés si tu te débines. J'ai besoin de gens de confiance.

— Eve !

— Ou tu joues le jeu, ou tu dégages.

Claire recula jusqu'à la porte, où elle percuta… Michael. Son visage était un masque plâtreux, et ses yeux agrandis par la souffrance et la colère. Il prit Claire par la main et l'attira dans le couloir, puis il lança à Eve :

— Tu n'iras nulle part. Pas tant que je pourrai t'en empêcher.

Il claqua la porte et la verrouilla avec une vieille clé. Une seconde plus tard, Eve tambourinait sur le battant en secouant la poignée.

— Eh ! hurla-t-elle. Ouvre-moi ! Immédiatement !

— Non. Je suis désolé, Eve. Je t'aime, je ne te laisserai pas faire ça.

Ses cris et ses coups redoublèrent.

— Tu m'aimes, trouduc ? Libère-moi !

— Tu peux vraiment la tenir enfermée dans sa chambre ? l'interrogea Claire, non sans inquiétude.

— Pour ce soir, oui, répondit Michael, les yeux rivés sur la porte, qui vibrait sous la violence des coups décochés par Eve. Les fenêtres lui résisteront aussi, elle est prisonnière. Mais dès que le soleil se lèvera… Tu dis que, si tu lui fournis une preuve, l'inspecteur Hess interviendra en faveur de Shane ?

— C'est ce qu'il m'a promis.

— Ça ne suffit pas. Il faut rallier Amelie à sa cause. Et Oliver.

— Shane est dans une cage à cause de lui ! Et Amelie… est partie sans un mot. À mon avis, on ne pourra rien tirer d'elle, Michael.

— Essaie quand même, Claire.

Elle le dévisagea sans comprendre.

— Tu veux que je… sorte ? De nuit ?

Michael paraissait épuisé soudain. Et très jeune.

— Je suis coincé. Je n'ai pas suffisamment confiance en Eve pour la laisser sortir de sa chambre et encore moins pour aller trouver les vampires les plus puissants de la ville. Appelle l'inspecteur Hess, ou Lowe. N'y va pas seule… mais, Claire, je compte sur toi. J'ai besoin de toi. Je ne peux pas…

Sa détresse se lisait sur ses traits : il était brisé à force de se heurter à ses propres limites.

— Je sais, dit-elle. Je vais essayer.

Elle était à Morganville, il faisait nuit et elle n'avait que seize ans. Autrement dit, sortir n'était pas la meilleure idée de l'année. Claire enfila pourtant son jean le plus foncé et un tee-shirt noir. Elle se munit d'une des croix d'Eve, mais hésita à emporter un pieu. En s'imaginant attaquer un vampire avec, son hésitation s'accrut. « Je suis toujours protégée, Amelie l'a dit. » Il ne restait plus qu'à espérer qu'il ne s'agissait pas de paroles en l'air.

Claire trouva le numéro de l'inspecteur Hess sur le tableau de la cuisine : Eve y avait accroché sa carte. Il décrocha à la deuxième sonnerie, la voix lasse et abattue.

— J'ai besoin que vous me déposiez quelque part, expliqua Claire. Si vous voulez bien. Je dois parler à Amelie.

— Moi-même, j'ignore comment la contacter. Le secret le mieux gardé de Morganville. Désolée, la môme, mais…

— Moi, je sais, l'interrompit Claire. Mais je n'ai aucune envie de marcher… vu l'heure avancée.

Après une seconde de silence, le grattement caractéristique d'un stylo glissant sur une feuille de papier se fit entendre.

— Tu ne devrais pas sortir. De toute façon, je doute que tu arrives à quoi que ce soit. Il te faut quelqu'un pour confirmer les dires de Shane. Soit, un des potes motards de son père. Un ou deux sont peut-être encore en liberté, mais je te vois mal réussir à les convaincre.

— Et son père ?

— Crois-moi, tu ne mettras jamais la main sur Frank Collins. Pas avant les autorités, du moins. Tous les vampires sont de sortie ce soir, ils passent la ville au peigne fin. Ils arriveront à leurs fins. Il ne pourra pas se cacher longtemps si tout le monde le cherche.

— Mais… ce serait plutôt une bonne chose qu'ils l'attrapent ! Il leur confirmerait l'innocence de Shane !

— En effet, convint Joe. Mais Frank Collins est suffisamment taré pour s'imaginer que brûler dans une cage avec son fils constituerait une sortie brillante. Ou une sorte de victoire. Il serait capable de prétendre que Shane a participé au meurtre pour le punir. Comment savoir ?

Sans argument à lui opposer, Claire reprit, d'une voix hésitante :

— Alors… vous acceptez de m'emmener ou pas ?

— Tu es décidée à sortir, de nuit ?

— Oui. Et je marcherai, s'il le faut. Mais j'aimerais autant éviter.

Son soupir résonna dans le combiné.

— Entendu. Donne-moi dix minutes. Ne sors pas tant que je n'ai pas klaxonné.

Claire raccrocha et bouscula Michael en se retournant. Elle s'étonna, une nouvelle fois, qu'il paraisse si réel, fait de chair et de sang, alors qu'il ne l'était pas vraiment. En tout cas, pas en permanence. Il souhaitait apparemment lui dire quelque chose, mais les mots lui manquaient sans doute. Il finit par détourner le regard.

— L'inspecteur Hess arrive ?

— D'ici dix minutes.

Michael acquiesça.

— Tu vas voir Amelie ?

— Je vais essayer. Et si ça ne marche pas… ajouta-t-elle en écartant les bras. Si ça ne marche pas, il ne me restera plus qu'à aller solliciter Oliver.

— Si… tu vois Amelie, dis-lui que j'ai besoin de lui parler. Tu peux me rendre ce service ?

Prise au dépourvu, Claire mit une seconde à répondre :

— Bien sûr, mais… pourquoi ?

— Pour discuter de quelque chose. Comme je suis dans l'incapacité de sortir, j'ai besoin qu'elle vienne ici, précisa-t-il avec un sourire en coin. Rien de grave, rassure-toi.

Une petite lumière rouge s'alluma sous le crâne de Claire.

— Michael, tu ne vas pas faire quelque chose… d'irréfléchi, hein ?

— Me demande la fille de seize ans qui s'apprête à sortir de nuit pour rencontrer un vampire ? Non, Claire, je serai raisonnable.

Une lueur farouche éclairait pourtant son regard quand il ajouta :

— Je hais cette situation. Ça me rend dingue d'avoir à t'envoyer dans la gueule du loup. Ça me rend dingue que Shane soit prisonnier. Toute cette situation me rend dingue…

En réalité Michael tentait d'exprimer un dégoût de lui-même. Elle le comprenait. Elle éprouvait régulièrement le même sentiment.

— Ne casse rien, d'accord ? Veille sur Eve et ne la laisse pas péter les plombs. Entendu ? Si tu l'aimes, tu dois t'occuper d'elle. Elle a besoin de toi.

Son regard s'adoucit, et Claire se sentit fondre.

— Je te le promets, répondit-il en lui caressant les bras. Et dis à Joe Hess que s'il t'arrive quelque chose, n'importe quoi, je le tue.

— Ça ne rigole plus, riposta-t-elle avec un pauvre sourire.

— Pas sur certains sujets. J'ai oublié de te poser la question tout à l'heure… Shane va bien ?

— Comment ça, bien ? Ah, tu veux savoir s'ils l'ont amoché ? Non, il était entier. Mais ils l'ont enfermé dans une cage, Michael. Avec l'intention de le tuer. Alors, non, il ne va pas bien.

— Claire, c'est pour cette raison que je t'autorise à sortir. Si j'avais le choix…

— Tu l'as. Rester assis là en attendant la mort de Shane. Ou libérer Eve pour qu'elle mène sa mission suicide à bien et se fasse tuer en essayant de sauver Shane. Ou envoyer la sage et raisonnable Claire négocier.

Il secoua la tête. Ses mains fines et élégantes, qui semblaient tellement à leur place sur une guitare, se serrèrent.

— Autrement dit, je n'ai pas le choix.

— En effet. Je t'ai menti.

— C'est l'adresse de la vieille Day, s'étonna Joe Hess quand Claire lui indiqua où elle souhaitait se rendre. Elle y vit avec sa petite-fille. Qu'espères-tu trouver là-bas ? À ce que j'en sais, elles ne sont pas impliquées dans cette affaire.

— Je dois y aller, s'entêta Claire.

Elle ignorait où se cachait la maison d'Amelie, mais elle connaissait une des portes qui y menaient. Elle avait réfléchi aux moyens d'expliquer comment, en ouvrant la porte d'une salle de bains, elle avait atterri dans une maison qui devait être à des kilomètres de là, mais elle ne voyait rien à part les failles temporelles – et même les physiciens les plus échevelés prétendaient qu'une telle chose était impossible. Malgré tout, elle préférait toujours ça à la magie vampirique.

— Tu as ce qu'il faut en cas d'ennui ? demanda-t-il.

Face au mutisme de Claire, il sortit une petite boîte à bijoux de la boîte à gants.

— Tiens, j'en ai toujours d'avance.

À l'intérieur, elle découvrit une jolie croix en argent sur une longue chaîne. Elle l'attacha autour de son cou et la dissimula sous son tee-shirt. Elle avait déjà celle d'Eve, mais ce pendentif semblait… plus efficace, d'une certaine façon.

— Je vous la rendrai, Joe.

— Inutile. Comme je te le disais, j'en ai plusieurs.

— Je n'accepte jamais les cadeaux d'hommes plus âgés.

Il éclata de rire.

— Je t'ai prise pour une petite souris fragile la première fois que je t'ai vue, Claire. Je m'étais trompé, n'est-ce pas ?

— Oh, je suis une petite souris… Une petite souris si terrifiée qu'elle rêverait de se terrer au fond d'un trou. Mais je ne sais pas rester sans rien faire. Les souris mordent, n'oubliez pas.

Joe acquiesça et son sourire s'évanouit.

— Alors, je vais tâcher de te fournir l'occasion de montrer les dents.

Il parcourut, sur un kilomètre environ, des rues plongées dans l'obscurité totale. Claire apercevait des silhouettes pâles se déplaçant à une vitesse surhumaine dans les ténèbres. Il avait vu juste : les vampires étaient en force. Au détour d'une rue, elle distingua même l'éclat d'un regard, les yeux des buveurs de sang réfléchissaient la lumière comme ceux d'un chat.

Joe se gara devant la vieille bâtisse de style victorien.

— Tu veux que je t'accompagne ?

— Vous ne feriez que les effrayer, répondit Claire. Elles me connaissent. Et puis, je ne suis pas très impressionnante.

— Tant qu'on ne te connaît pas vraiment, du moins. Ne t'aventure pas au-delà de cette palissade.

Claire se figea, la main sur la poignée de la portière.

— Pourquoi ?

— Un vampire crèche là-bas, un vieux fou. Il ne sort jamais. Et ceux qui s'y sont risqués n'en sont jamais revenus. Alors sois prudente.

Elle opina avant de descendre. À l'extérieur, les ombres de la ville semblaient animées d'une vie propre. Le quartier, qui, à la lumière du jour, paraissait mal entretenu, devenait franchement épouvantable à la lueur argentée de la lune. Les ténèbres étaient si denses et profondes qu'on aurait dit autant de trous noirs. Claire observa la maison et sentit sa présence dans la nuit. Elle possédait une âme, comme celle de Michael.

Réprimant un frisson, Claire poussa le portillon et se précipita à la porte d'entrée. Elle tambourina frénétiquement jusqu'à ce qu'une voix s'élève de l'autre côté du battant :

— Non mais, je rêve ! Qui est-ce ?

— Claire ! Claire Danvers ! Je suis déjà venue, vous vous souvenez ? Vous m'aviez offert une limonade ?

Aucune réponse.

— S'il vous plaît, madame ! Ouvrez-moi s'il vous plaît ! J'ai besoin de votre salle de bains !

— Quoi ? Ma cocotte, je te conseille de déguerpir !

— Je vous en supplie ! Je vous en supplie, madame, ne me laissez pas dehors de nuit !

Elle se forçait à peine pour en rajouter. Après tout, les ténèbres, de plus en plus épaisses, se refermaient sur elle, et Claire ne réussissait pas à chasser de son esprit l'image inquiétante du vampire fou terré derrière la palissade, telle une gigantesque mygale attendant sa proie… Elle faillit hurler lorsque la porte s'ouvrit et qu'une main se referma sur son bras.

— Entre, au nom de Dieu !

Lisa semblait irritée, fatiguée et chiffonnée : Claire l'avait tirée du lit. Elle portait un pyjama en satin rose et des chaussons en peluche, ce qui ne la faisait pas paraître moins féroce. Elle attira Claire à l'intérieur et claqua la porte sur elle, avant de refermer les nombreux verrous.

Puis elle croisa les bras et considéra Claire de son air renfrogné.

— Qu'est-ce que tu fiches ici ? Tu as une idée de l'heure qu'il est ?

Claire inspira profondément avant d'ouvrir la bouche… et de la refermer aussitôt : la grand-mère de Lisa se tenait dans le couloir, en compagnie d'Amelie.

Le contraste n'aurait pas pu être plus frappant. La moindre parcelle d'Amelie rayonnait de perfection royale et glaciale, de sa chevelure soigneusement tressée et enroulée sur son crâne à son visage lisse en passant par la robe blanche immaculée – contre laquelle elle avait troqué son tailleur noir. Elle ressemblait à ces statues grecques en marbre. À côté d'elle, la vieille femme paraissait usée, éreintée et fragile.

— La visiteuse est ici pour moi, dit calmement Amelie. Je l'attendais. Je vous remercie, Katherine, pour votre gentillesse.

Katherine ? Claire regarda autour d'elle avant de réaliser qu'il s'agissait de la grand-mère de Lisa. Curieusement, elle ne se serait jamais figuré que la vieille dame pouvait avoir un prénom ; Lisa partageait apparemment son étonnement.

— J'apprécie votre vigilance, Lisa, mais vous n'avez aucune inquiétude à vous faire. Je vous en prie, retournez…

Amelie marqua une brève hésitation, dont Claire ne s'expliqua pas la cause avant de remarquer que son regard était rivé sur les chaussons en forme de lapins. L'espace d'un éclair, le marbre se fissura et les lèvres d'Amelie s'incurvèrent. « Elle a de l'humour ! » Cette pensée, plus qu'aucune autre, perturba Claire.

— Retournez vous coucher, reprit Amelie qui avait retrouvé une contenance et inclina gracieusement la tête à l'intention de Lisa et de sa grand-mère. Claire, si tu veux bien me faire l'honneur…

Elle n'attendit pas la réponse de celle-ci et disparut aussitôt dans le couloir. Claire échangea un regard avec Lisa, qui semblait soucieuse à présent, et emboîta le pas à Amelie. Cette dernière ouvrit la porte de la salle de bains, donnant sur le même bureau que lors de sa précédente visite. Cette fois-ci, cependant, un feu brûlait dans l'immense cheminée et réchauffait la pièce glaciale. Ses épais murs en pierre semblaient anciens, tout comme les tapisseries décolorées et en lambeaux, pourtant leur splendeur demeurait. Aucune lumière n'éclairait les lieux à part les flammes dans la cheminée, et les étagères remplies de livres ne parvenaient pas à atténuer l'atmosphère glaçante.

Amelie prit place dans un fauteuil près de l'âtre et indiqua d'un geste gracieux celui voisin.

— Assieds-toi, Claire, mais je te préviens. Si je ne me trompe pas sur tes intentions, je ne serai pas en mesure de t'accorder ce que tu es venue chercher ici.

Claire s'installa sans oser se mettre à l'aise pour autant.

— Vous connaissez donc la raison de ma présence.

— Je serais une imbécile d'imaginer une autre raison à ta présence que le jeune Shane, répliqua-t-elle avec un sourire triste. Je sais reconnaître la loyauté quand j'y suis confrontée. Elle émane si fortement de vous deux... C'est d'ailleurs pour cette raison que je me suis fiée à vous alors que nous nous connaissions à peine.

Elle se départit de son sourire et ses yeux pâles recouvrèrent leur teinte glaciale lorsqu'elle ajouta :

— Et voilà pourquoi je ne peux pas pardonner à Shane ses actes. Il a trahi ma confiance, Claire, ce qui est intolérable. Morganville s'est construite sur cette valeur. Sans elle, il ne nous reste que le désespoir et la mort.

— Mais il n'a rien fait !

Claire avait conscience de se conduire comme une petite fille pleurnicheuse, mais elle ignorait quelle autre réaction adopter. Cela valait toujours mieux que fondre en sanglots.

— Il n'a pas tué Brandon, insista-t-elle. Il a essayé de le sauver. Vous n'avez pas le droit de le punir parce qu'il s'est retrouvé au mauvais endroit au mauvais moment !

— Nous n'avons aucun témoignage venant corroborer les dires de Shane. Et ne te fais aucune illusion, mon enfant, je sais très bien ce qui l'a ramené à Morganville en premier lieu. Il est regrettable que sa sœur ait été la victime d'une telle brutalité injustifiée. Nous avons tenté de dédommager sa famille, comme nous en avons l'habitude. Nous leur avons même permis de quitter Morganville, ce qui, je ne te l'apprends pas, est exceptionnel. Nous avons agi ainsi dans l'espoir que Shane et ses parents pourraient faire leur deuil dans un environnement… plus propice. Mais ils n'ont pas surmonté leur chagrin. Et la mère de Shane a brisé les digues qui la protégeaient de ses souvenirs.

Claire s'agita sur le fauteuil, trop haut pour elle – ses orteils touchaient à peine par terre. Elle agrippa les accoudoirs en se répétant qu'elle était forte et courageuse, qu'il fallait l'être pour Shane.

— Vous l'avez tuée ? La mère de Shane ? demanda-t-elle sans détour.

Sa timidité restait perceptible, mais elle avait posé la question. L'espace d'une seconde, elle crut qu'Amelie n'allait pas lui répondre. Celle-ci dirigea son regard vers le feu dans la cheminée. Ses yeux brillaient d'un éclat orangé, et de petites flammes jaunes se reflétaient dans ses pupilles. Elle haussa les épaules, si discrètement que Claire distingua à peine le geste.

— Je n'ai pas porté la main sur un humain depuis des siècles, petite Claire. Mais là n'est pas le sens de ta question, je me trompe ? Suis-je responsable de la mort de sa mère ? En un sens, je suis responsable de tout ce qui se produit à Morganville, et même au-delà de ses frontières dès qu'un vampire est impliqué. Mais je crois que tu veux savoir si j'ai donné un ordre explicite.

Claire opina. Sa nuque était raide, et ses mains auraient tremblé si elles n'avaient pas serré les accoudoirs au point de faire blanchir ses articulations.

— Oui, reprit Amelie en tournant la tête pour soutenir de son regard implacable, dénué de toute compassion, celui de Claire. Bien sûr que je l'ai fait. La mère de Shane était l'une des rares personnes ayant réussi, en se concentrant sur un événement du passé, à surmonter le filtre psychique auquel sont soumis tous ceux qui quittent la ville. Elle s'est souvenue de la mort de sa fille et, partant, d'autres choses. Ses souvenirs étaient dangereux. Dès que nous l'avons découvert et que ce fait a été porté à notre attention, j'ai ordonné son exécution. Celle-ci devait être rapide et indolore, il s'agissait d'un acte de clémence, Claire. La mère de Shane souffrait depuis si longtemps, comprends-tu ? Certaines blessures ne guérissent pas.

— Surtout pas quand on est mort, murmura Claire.

Elle revoyait Shane leur confiant toutes les horreurs qu'il avait traversées.

— Vous ne pouvez pas agir ainsi ! s'exclama-t-elle. Vous n'êtes pas Dieu !

— Au regard de la sécurité des habitants de cette ville ? Je le peux, Claire. Je le dois. Je suis désolée que mes décisions ne te conviennent pas, mais elles m'appartiennent, tout comme leurs conséquences. Shane est une conséquence. Mes informateurs m'ont prévenue à l'époque qu'ils craignaient que le garçon ait été contaminé par sa mère, que sa barrière psychique soit fissurée, mais j'ai choisi de ne pas accroître la tragédie en tuant un garçon qui n'était peut-être pas une menace… Toutes mes décisions ne sont pas dictées par la cruauté, vois-tu. Mais celles qui ne le sont pas se révèlent généralement mauvaises. Si j'avais tué Shane à l'époque, et son père, nous n'assisterions pas à cette farce sanglante et douloureuse.

— Parce qu'il serait mort ! s'écria Claire, sentant les larmes lui brûler les yeux et la gorge. Je vous en prie ! Je vous en supplie, ne laissez pas une chose pareille se produire. Vous avez le moyen de découvrir la vérité, non ? Vous êtes si puissante, je suis sûre que vous avez le pouvoir de savoir qu'il n'a pas tué Brandon…

Amelie conserva le silence et reporta son attention sur les flammes. Claire l'observa pendant quelques secondes, la mine défaite, avant que les larmes se mettent à rouler sur ses joues. Elles paraissaient glaciales dans l'atmosphère surchauffée de la pièce.

— Pourquoi n'essayez-vous même pas ? Simplement parce que vous êtes en colère contre lui ?

— Ne te montre pas puérile, rétorqua Amelie d'une voix distante. Mes actes ne sont jamais inspirés par la colère. Je suis trop vieille pour tomber dans le piège des émotions. Mes décisions sont toutes politiques. J'agis en vue de l'avenir.

— Shane est l'avenir ! Il est mon avenir ! Et il est innocent !

— Je le sais pertinemment. Et ça n'a aucune importance.

La surprise pétrifia Claire.

— Quoi ?

— Shane n'a pas commis le crime dont on l'accuse. Et oui, je pourrais m'opposer à Oliver. Mais je ne le ferai pas.

— Pourquoi ?

Dans la tête de Claire, la question était un hurlement, pourtant lorsqu'elle franchit ses lèvres elle n'était plus qu'un gémissement, dépourvu de toute hargne.

— Je ne te dois aucune explication. Je me contenterai donc de te répondre que j'ai décidé d'enfermer Shane dans un but précis. Il survivra, ou il mourra. Son sort n'est plus entre mes mains, économise donc ta salive et tes prières, je ne surgirai pas de façon théâtrale au moment où le bûcher s'enflammera pour sauver ton amant. S'il devait périr ainsi, Claire, il faudrait te préparer à la dure réalité : le monde est injuste et tu n'y changeras rien. Il n'y a aucun espoir, soupira-t-elle. J'ai appris cette leçon il y a longtemps, très longtemps, lorsque les océans étaient encore jeunes, avant que la pierre devienne sable. Je suis issue de temps anciens, enfant. Plus anciens que ton esprit ne peut se le figurer. Suffisamment anciens pour disposer des vies comme de pions sur un échiquier. Je souhaiterais qu'il en aille autrement, mais que je sois maudite si je peux changer ma nature. Et le cours de l'univers.

Claire ne dit rien. Il n'y avait rien à ajouter, il n'y avait que des larmes à verser, silencieuses et désespérées. Amelie tira un mouchoir en soie blanche de sa manche et le lui tendit avec grâce. Claire sécha son visage et se moucha avec. Elle ne sut que faire du bout de tissu chiffonné ensuite. Elle était habituée aux mouchoirs en papier et n'avait jamais utilisé un mouchoir en tissu, encore moins orné d'un monogramme brodé. On ne les jetait pas, si ? Les lèvres d'Amelie s'étirèrent en un de ces sourires distants qui la caractérisaient.

— Quand tu l'auras lavé, tu me le rendras. Un jour. Pour l'heure, rentre. La fatigue m'envahit, et tu es incapable de me changer les idées. Pars.

Une fois debout, Claire se retourna et manqua de s'étouffer. Elle n'avait même pas remarqué la présence de deux gardes du corps d'Amelie postés dans un coin de la pièce. Si elle avait tenté quoi que ce soit…

— Va te coucher, Claire, laisse les choses suivre leur cours. Nous verrons comment le hasard distribuera les cartes…

— Ce n'est pas un jeu. Il s'agit de la vie de Shane, riposta Claire. Et je ne dormirai pas.

— Alors poursuis ta quête, rétorqua Amelie avec un mouvement d'impatience. Mais ne reviens pas me trouver, petite Claire. Je ne serai pas dans d'aussi bonnes dispositions la prochaine fois.

Claire ne jeta pas un seul coup d'œil par-dessus son épaule, mais elle sentit que les gardes du corps l'escortaient jusqu'à la porte.

— N'y avait-il pas un autre sujet dont tu souhaitais m'entretenir ? lança Amelie au moment où Claire franchissait le seuil de la porte.

Claire fit volte-face et vit que celle-ci avait toujours les yeux rivés sur le feu.

— Une autre requête ? ajouta-t-elle.

— J'ignore de quoi vous voulez parler.

Amelie poussa un soupir avant de répondre :

— Quelqu'un t'a demandé un service.

Michael.

— Michael veut vous voir, lâcha Claire, la gorge serrée.

Restant de marbre, Amelie acquiesça.

— Qu'est-ce que je lui dis, alors ?

— Cela te regarde. Pourquoi pas la vérité ? À savoir que tu ne t'es pas donné la peine de transmettre son message. Va-t'en, ajouta-t-elle en agitant la main sans même se tourner vers elle.

Lisa attendait Claire dans le salon, les bras croisés, toujours aussi maussade. Elle se leva pour déverrouiller la porte d'entrée. Malgré ses chaussons en peluche, elle avait tout d'une guerrière. On devait apprendre à être dur dès son plus jeune âge, à Morganville, surtout si l'on vivait dans une maison où Amelie pouvait apparaître à sa guise.

— Mauvaise nouvelle, je me trompe ? lança Lisa.

Ça se voyait tant que ça ?

— Mauvaise nouvelle, confirma Claire en se tamponnant une nouvelle fois les yeux avec le mouchoir avant de le fourrer dans sa poche en reniflant. Mais je ne baisse pas les bras.

— Bien… Dès que j'aurai ouvert la porte, fonce. Rejoins la voiture qui t'attend devant en regardant droit devant toi.

— Pourquoi ? Il y a quelque chose…

— Les règles de Morganville, Claire ! Apprends-les, vis selon elles et survis-leur ! Maintenant fonce !

Lisa poussa Claire sur le perron du plat de la main. L'instant suivant, elle claquait la porte. Au son des verrous qui cliquetaient, Claire dévala les marches et fonça à la voiture. Elle ne se détendit qu'après avoir verrouillé la portière derrière elle.

— Tout va bien, dit-elle en se tournant vers Joe.

Il n'était pas là. Le siège conducteur était vide. Les clés se trouvaient toujours sur le contact, le moteur ronronnait et la radio diffusait une musique douce. Pourtant, il n'y avait qu'elle dans la voiture.

— Oh, non, murmura Claire. Oh non, oh non, oh non…

Elle savait conduire, mais ça signifiait laisser Joe en plan. L'abandonner sans son collègue pour lui venir en secours. Elle avait vu suffisamment de séries policières pour savoir que c'était une très mauvaise idée. Peut-être était-il juste sorti parler à quelqu'un, peut-être reviendrait-il d'un instant à l'autre… ou peut-être avait-il été enlevé par un vampire assoiffé de sang. Mais ne jouissait-il pas d'une Protection ?

Alors qu'elle s'échinait à analyser la situation, elle entendit le murmure continu d'une discussion, sans éclats de voix. Il lui sembla identifier le timbre de l'inspecteur Hess. Elle baissa la vitre et tendit l'oreille : elle ne parvint pas à distinguer le moindre mot, mais elle acquit la certitude qu'il s'agissait bien de voix.

Elle déverrouilla sa portière et l'entrouvrit pour essayer de saisir des bribes de conversation, mais elle ne percevait qu'un bruit égal et constant. Après avoir hésité, elle se glissa dans la rue et se dirigea vers les voix. Oui, c'était bien l'inspecteur Hess, elle le reconnaissait. Sans le moindre doute.

Elle se concentrait tant sur les murmures qu'elle laissa ses pas la porter sans réfléchir. Soudain, elle réalisa que l'obscurité était devenue plus profonde, qu'elle ne distinguait toujours aucun mot et qu'elle n'était plus du tout aussi sûre qu'il s'agissait de la voix de Joe. Et qu'elle s'était engagée sur le chemin auquel on accédait en franchissant la palissade. Prise au piège.

Pourquoi avait-elle atterri là, bon sang ? Joe l'avait mise en garde. La grand-mère de Lisa aussi. Et elle ne les avait pas écoutés !

Claire voulut faire demi-tour, mais elle entendit à nouveau les chuchotements et elle eut la certitude d'identifier la voix de l'inspecteur Hess. Elle ne serait pas en sûreté dans la voiture, qui constituait un piège prêt à se refermer sur elle, et si elle atteignait le bout du chemin elle retrouverait Joe, qui veillerait sur elle, et...

— Claire.

La voix glaciale, qui s'abattit sur elle comme un couperet, la sortit de la transe dans laquelle elle était plongée. Claire se retourna. Une silhouette blanche était penchée à la fenêtre du premier étage de la maison de Mme Day. Amelie.

— Reviens sur tes pas, lui dit-elle avant de disparaître derrière les voilages soulevés par la brise dans l'embrasure.

Claire retint un hurlement et prit ses jambes à son cou. Elle sentait, dans son dos, que la chose continuait à essayer de l'attirer – il ne s'agissait pas d'un vampire comme ceux qu'elle avait croisés à Morganville, mais d'autre chose, bien plus terrible. Lisa et sa grand-mère avaient parlé de mygale. Avec la panique ses idées devenaient confuses, pourtant elle réussit, sans savoir comment, à rejoindre la rue.

Joe se tenait à côté de la voiture, face au chemin, pistolet au poing. Il se détendit en apercevant Claire et fit le tour pour lui ouvrir la portière.

— C'était complètement idiot, lâcha-t-il. Et tu as de la veine.

— J'ai cru vous entendre, rétorqua-t-elle d'une voix fluette.

— Comme je le disais : complètement idiot, fit-il en haussant les sourcils et en refermant la portière.

Il se glissa derrière le volant et enfonça l'accélérateur.

— Où étiez-vous parti ?

Il ne répondit pas. Claire regarda par la lunette arrière : elle aperçut une ombre aux contours indistincts dans les ténèbres. Une ombre dont les yeux reflétaient la lumière.

À cette heure avancée de la nuit, la plupart des gens sensés dormaient à poings fermés dans leur lit, les portes et les fenêtres verrouillées. Claire, quant à elle, tambourinait à la porte du Starbucks. Le panneau FERMÉ était affiché, mais il y avait toujours de la lumière au fond.

— Tu es sûre de vouloir faire ça ? demanda Joe.

— J'ai l'impression d'entendre ma conscience, répondit Claire sans cesser de frapper.

Les stores frémirent, les serrures cliquetèrent. Oliver ouvrit et des odeurs de café, de chocolat et de lait chaud assaillirent Claire. Des odeurs si rassurantes, si confortables et si trompeuses quand on connaissait le patron du café. Lequel était apparemment excédé par cette visite tardive.

— Qu'est-ce que tu veux ?

— J'ai besoin de vous parler de…

— Non. Inspecteur Hess, ajouta-t-il en reportant son attention sur celui-ci, ramenez cette petite chez elle. Elle a de la chance d'être encore en vie. Si elle n'a pas envie que ça change, elle devrait être plus prudente et éviter de se balader ici en pleine nuit.

— Cinq minutes, insista Claire, et ensuite, promis, je m'en vais. S'il vous plaît. Je n'ai jamais rien tenté contre vous, si ?

Il l'observa froidement pendant quelques secondes avant de reculer.

— Vous aussi, inspecteur. Je me sens le devoir d'abriter tout être pourvu d'un cœur qui bat, ce soir.

Le numéro de hippie prônant un message de paix et d'amour ne marchait plus sur elle. La fierté d'Amelie possédait une certaine noblesse qui rendait l'inquiétude feinte d'Oliver supportable. Il essayait d'imiter Amelie sans y parvenir.

« Et je parie que ça le met en pétard, d'ailleurs. »

Joe la poussa à l'intérieur. Oliver referma derrière eux et, sans un mot, se dirigea vers le bar pour leur préparer à boire : un chocolat pour Claire, un café noir pour Joe et un thé léger pour lui. Ses gestes étaient si précis et assurés, son attitude si normale que Claire s'autorisa à se relaxer un peu en s'installant à une table. Elle était courbaturée par l'épuisement et la tension qui ne l'avait pas quittée lors de son entretien avec Amelie.

— Tu n'es pas près d'être couchée, lui dit Oliver en lui apportant un mug. Tiens. Chocolat aux épices. J'ai même ajouté un peu de piment, tu verras, c'est délicieux.

Il posa une tasse devant l'inspecteur Hess avant de s'asseoir à son tour.

— Tu es venue me parler du garçon, je suppose, reprit-il en goûtant son thé avec une grimace. Je dois vraiment dégoter un autre fournisseur, ce thé est immonde. Les Américains n'y comprennent rien de rien.

— Le garçon a un nom, il s'appelle Shane. Et il est innocent, rétorqua Claire. Même Amelie le sait.

— Vraiment ? fit Oliver en soutenant son regard. C'est intéressant, parce que moi, je n'en sais rien. Brandon a été cruellement torturé, puis assassiné. Il avait peut-être des défauts…

— Comme le fait d'agresser des adolescents ?

— … mais il avait vu le jour à une autre époque, et certaines de ses habitudes étaient compliquées à réformer. Il avait ses bons côtés, Claire, comme nous tous. Et ils ont définitivement disparu avec le reste.

Oliver ne la laissait pas détourner le regard. Il poursuivit :

— Une mémoire vieille de plusieurs siècles, sans parler de son expérience, effacée pour toujours. Perdue. Crois-tu qu'il soit facile d'oublier une chose pareille pour moi ? Pour nous tous ? Le cadavre de Brandon nous rappelle que nous sommes à la merci des humains. À ta merci, Claire. Ou à la tienne, Joe, ajouta-t-il en lui jetant un coup d'œil. Et tu le reconnaîtras, c'est une perspective terrifiante.

— Alors, vous allez tuer tous ceux qui vous font peur ? Qui pourraient vous atteindre ?

— Eh bien… oui. Nous avons pris cette habitude en vous observant, tu sais. Les humains sont prompts à se débarrasser des innocents avec les coupables, et si tu avais vécu plus longtemps, Claire, tu le saurais. Joe, j'en suis certain, fait preuve de moins de naïveté.

— Je ne suis que le chauffeur, ceci ne me concerne pas, dit-il en sirotant son café.

— Ah, quelle générosité de ta part !

Ils échangèrent un regard que Claire ne sut interpréter. Colère ? Amusement ? Envie de s'étriper ?

— Est-elle au courant du tarif de tes services ?

— Il cherche à semer la confusion dans ton esprit, Claire, il n'y a pas de contrepartie.

— En voilà une nouvelle ! Et une entorse à tes principes…

Oliver reporta son attention sur Claire, qui s'empressa d'avaler une gorgée de chocolat. Waouh ! Une vraie explosion de saveurs ! Elle ne s'était pas attendue à ce qu'il soit aussi épicé. Elle inspira avant de prendre une nouvelle gorgée, moins goulûment.

— Je vois que tu aimes le chocolat, lâcha Oliver.

— Mmm… oui. Merci, monsieur.

Étonnamment, lorsqu'il se montrait civil, Claire éprouvait le besoin de lui donner du monsieur. Tu parles d'une éducation ! À cause de ses parents, elle était incapable d'être malpolie avec le méchant vampire qui avait enfermé son amoureux et se préparait à le faire rôtir vivant.

— Et Shane ? reprit-elle.

Oliver se carra dans sa chaise et ferma à demi les paupières.

— Le sujet a déjà été abordé, Claire. En détail. Je crois même que ta joue se rappelle mon opinion.

— Il est innocent !

— Tenons-nous-en aux faits. Fait numéro un, le garçon est revenu à Morganville dans le but évident, au mieux de rompre la paix, au pire de tuer des vampires, ce qui mérite la peine capitale. Fait numéro deux, il ne s'est pas manifesté auprès de nous et il a dissimulé ses intentions. Fait numéro trois, il est entré en contact avec son père et les amis de son père avant leur arrivée à Morganville et après. Fait numéro quatre, sa présence sur les lieux du crime est attestée. Fait numéro cinq, il n'a pas proposé d'arguments pour sa défense. Veux-tu que je poursuive ?

— Mais…

— Claire…

Oliver paraissait las et meurtri. Il se pencha en avant, les coudes en appui sur la table, et posa son menton sur ses mains croisées.

— Tu es jeune, Claire. Tu as des sentiments pour lui, je le comprends, mais ne va pas perdre la raison pour autant. Il t'entraînera dans sa chute. Si tu m'y contrains, je suis sûr de pouvoir démontrer que tu étais au courant de la présence du père de Shane à Morganville et de la raison de celle-ci. Ce qui, ma chère petite, mettrait un terme à ta Protection et te mènerait tout droit à une cage à côté de celle de ton petit copain. C'est ce que tu souhaites ?

Joe posa une main sur le bras de Claire pour prévenir toute réaction violente.

— Ça suffit, Oliver.

— Je n'en ai pas terminé. Si tu es venue ici pour négocier, j'en déduis que tu as en ta possession quelque chose que je ne peux trouver nulle part ailleurs. Autrement, je t'en prie, déguerpis avant…

— Je signerai n'importe quoi, bredouilla Claire. Je vous serai dévouée plutôt qu'à Amelie. Je ferai ce que vous voudrez. Mais libérez Shane.

Elle n'avait pas prémédité cette offre, mais dès qu'il avait prononcé le terme négocier, l'idée s'était formée d'elle-même et avait jailli de sa bouche. Joe marmonna en se passant une main dans les cheveux, se retenant visiblement de lui dire qu'elle se conduisait comme une véritable idiote. Oliver ne détachait pas son regard d'elle.

— Je vois, fit-il. Il s'agirait donc d'amour. Par amour pour ce garçon, tu serais prête à te lier à moi pour le restant de tes jours. À me donner le pouvoir d'user de toi à ma convenance. As-tu idée de ce que tu proposes, Claire ? Parce que je ne te ferais pas signer un contrat traditionnel. Non, pour toi, je m'inspirerais des anciens accords. Je serais implacable. Je te posséderais, corps et âme. Je te dirais qui épouser, et quand, tes enfants m'appartiendraient. Je suis né à une époque où c'était la coutume, vois-tu, et je ne suis pas d'humeur charitable présentement. Est-ce vraiment ce que tu souhaites ?

— Non, intervint l'inspecteur Hess en agrippant Claire par le poignet et en la forçant à se lever. Nous partons, Oliver. Immédiatement.

— Ses décisions lui reviennent, inspecteur.

— Ce n'est qu'une gamine, Oliver ! Elle a seize ans !

— Elle était suffisamment grande pour comploter contre moi. Pour mettre la main sur le livre que j'ai cherché cinquante années durant. Pour détruire mon unique chance de sauver mes partisans de l'emprise étouffante d'Amelie. Je me contrefiche de son âge !

L'affabilité d'Oliver s'était envolée, il évoquait à présent un serpent à taille humaine, les yeux luisants d'un éclat cruel, les crocs sortis en guise d'avertissement. Claire ne résista pas lorsque Joe l'entraîna vers la porte. Il avait tiré son arme.

— Je pourrais vous empêcher de partir, lança Oliver, vous en avez conscience ?

Joe fit volte-face et visa la poitrine d'Oliver.

— Balles en argent trempées dans l'eau bénite, débita-t-il lentement en armant le percuteur. Tu veux vérifier leur efficacité, Oliver ? Parce que tu es en plein dans ma ligne de mire. Je te passe beaucoup de choses, mais pas ça. Pas ce genre de contrat. Et pas avec une gamine.

Sans quitter sa chaise, Oliver répliqua :

— Je suppose que tu ne souhaites pas emporter la fin de ton café ? Quel dommage ! Surveille tes arrières, inspecteur. Il faudra que nous ayons une petite discussion un de ces jours. Et Claire… tu seras toujours la bienvenue. Je reste à ton entière disposition pour rediscuter d'un éventuel accord.

— N'y pense même pas ! Claire, ouvre la porte, lui ordonna Joe.

Il tint Oliver en joue pendant qu'elle s'exécutait.

— Dans la voiture, vite.

Il recula progressivement pendant qu'elle grimpait dans le véhicule. Il claqua la porte suffisamment fort pour que la vitre se fissure, puis se glissa derrière le volant et démarra plus vite qu'elle ne l'aurait cru possible. Ils filaient déjà à travers la ville, quand Claire, prise d'un doute subit, vérifia la banquette arrière : elle craignait d'y découvrir Oliver et son sourire diabolique. Vide.

Joe transpirait à grosses gouttes. Il s'essuya le front du revers de la main.

— Tu ne fais pas les choses à moitié quand tu décides de t'attirer des ennuis, je te l'accorde. Je vis ici depuis toujours, et je n'ai jamais vu personne mettre Oliver dans un tel état. Jamais.

— Euh… merci ?

— Ce n'était pas un compliment. Écoute-moi bien : je t'interdis de retourner au Starbucks. Sous aucun prétexte, pigé ? Évite Oliver comme la peste. Et peu importe ce qui arrive, ne conclus pas cet accord. Shane ne le voudrait pas, et tu le regretterais toute ta vie. Vie qui serait très longue et dont tu haïrais chaque seconde.

Il secoua la tête et inspira profondément avant de poursuivre :

— Bon, ça suffit pour ce soir. Je vais m'assurer que tu es bien à l'abri chez toi avant d'aller me terrer dans un trou jusqu'à ce que la situation se tasse. Et je te suggère de m'imiter.

— Mais, et Shane…

— Shane est mort.

Son ton calme et sans appel lui fit d'abord croire qu'il parlait littéralement, que quelqu'un avait assassiné Shane et qu'elle l'ignorait, mais Joe continua :

— Tu ne peux pas le sauver. Personne n'en est capable. Laisse tomber, Claire, et sauve ta peau. Il n'y a rien d'autre à faire. Tu as réussi à énerver Amelie et Oliver dans la même nuit. C'est déjà beaucoup. Il serait temps que tu fasses preuve d'un peu de bon sens.

Elle s'enferma dans un silence têtu et morose le restant du trajet.

Joe tint parole. Il la raccompagna jusqu'au seuil de la maison, attendant même qu'elle ouvre la porte.

— Enferme-toi, lâcha-t-il avec lassitude. Et par pitié, dors un peu.

Michael et sa présence réconfortante l'attendaient dans le salon. Il tenait sa guitare par le manche, signe qu'il était en train de jouer quelques instants auparavant. Ses yeux étaient rouges, ses traits tendus.

— Alors ?

— « Bonsoir, Claire, comment vas-tu ? se demanda-t-elle à elle-même. Personne ne t'a menacée, n'est-ce pas ? Merci d'avoir accepté d'aller négocier au milieu de la nuit avec deux des êtres les plus terrifiants au monde. »

Il eut la bonne grâce d'afficher un air penaud.

— Désolé. Ça va ?

— À ton avis ? Je n'ai pas de traces de morsure, au moins. Je n'aime vraiment pas ces gens, ajouta-t-elle en réprimant un frisson.

— Les vampires ?

— Les vampires.

— Théoriquement, on ne peut pas parler de « gens » en ce qui les concerne, mais dans mon cas non plus à la réflexion. Bref, laisse tomber.

Michael vint placer un bras autour de ses épaules et l'entraîna vers le canapé avant de l'emmitoufler dans une couverture.

— J'imagine que ça s'est mal passé, reprit-il.

— Pire, il ne s'est rien passé du tout.

Elle avait été abattue tout le long du trajet du retour, mais le fait d'annoncer son échec à Michael le rendait encore plus cuisant.

— Ils ne le libéreront pas, poursuivit-elle.

Michael ne décrocha pas un mot, mais la lueur dans son regard s'éteignit. Il s'agenouilla devant elle et resserra la couverture autour de ses épaules.

— Claire, ça va ? Tu trembles ?

— Ils sont glaciaux, tu sais. Je me suis refroidie à leur contact.

— Tu as fait ton possible. Repose-toi, maintenant.

— Et Eve ? Elle est toujours là ?

Il leva les yeux vers le plafond, comme s'il pouvait voir à travers. Peut-être était-ce le cas d'ailleurs. Claire ignorait l'étendue de ses pouvoirs ; après tout, il avait déjà réchappé à la mort deux fois.

— Elle dort, répondit-il. Je… je lui ai parlé. Elle comprend. Elle ne tentera rien de stupide.

Il évita le regard de Claire, et elle se demanda en quoi avait consisté leur discussion exactement.

— Quand tu dis que vous avez parlé, tu veux dire que tu lui as donné une raison de vivre ? Comme… toi, par exemple ?

— Je… quoi ? Purée, qu'est-ce que tu racontes, Claire ?

— Je croyais peut-être qu'elle et toi…

— Claire !

Waouh, elle avait réussi à le désarçonner, ce qui était carrément inédit !

— Tu t'imagines que coucher avec moi était la meilleure façon d'oublier son envie d'aller massacrer des vampires ? J'ai l'impression que tu prêtes beaucoup de vertus au sexe. Et puis ce qui se passe entre Eve et moi… ne concerne qu'Eve et moi.

« Jusqu'à ce qu'elle me raconte tout », songea Claire.

— Bref, ce n'est pas du tout ce que je voulais dire, non. Je… l'ai ramenée à la raison, c'est tout.

Ramenée à la raison. Mouais. Vu l'état dans lequel se trouvait Eve lorsque Claire était partie, elle avait du mal à y croire… Pourtant, se souvenant des murmures entendus plus tôt dans la nuit et de la sensation d'aller se mettre en sécurité quand en réalité elle fonçait dans la gueule du loup,

Claire s'interrogea : Michael possédait-il ce pouvoir ? et l'utiliserait-il ?

— Tu n'as pas… demanda-t-elle en se tapotant la tempe.

— Quoi ?

— Manipulé son esprit ? Comme eux ?

Au lieu de répondre, il joua avec la couverture, puis avec un coussin.

— Allonge-toi, finit-il par lâcher. Repose-toi. Il ne reste que quelques heures avant l'aube, et j'aurai besoin de toi à ce moment-là.

— Oh, non, Michael, dis-moi que tu n'as pas fait ça ! Non ! Elle ne te le pardonnera jamais !

— Je préfère qu'elle vive suffisamment longtemps pour me haïr. Dodo, maintenant. C'est un ordre.

Elle n'avait pas l'intention d'obtempérer, tant son cerveau tournait sur lui-même, comme les roues d'un train sur les rails, projetant des étincelles dans toutes les directions. Elle dépensait beaucoup d'énergie mais n'avançait pas vite. « Je dois trouver une solution, une solution… »

Michael se mit à jouer un air doux et mélancolique, en mode mineur, qui la berça.

Puis, sans s'en rendre compte, elle s'abandonna dans les bras de Morphée.

La couverture avait l'odeur de Shane.

Tirée des brumes du sommeil, Claire y enfouit son visage et murmura quelque chose qui ressemblait au prénom de celui-ci. Elle se sentait bien et en sécurité entre ses bras.

Comme l'autre soir, lorsqu'ils s'étaient allongés sur le canapé, à s'embrasser…

Tous ces souvenirs heureux se dissipèrent dès que les événements de la veille lui revinrent en mémoire, annihilant le cocon de chaleur et de douceur qui l'enveloppait pour la laisser frissonnante et terrifiée. Claire se redressa en resserrant la couverture autour d'elle et observa la pièce autour d'elle. La guitare de Michael avait regagné son étui, et le soleil était bien au-dessus de l'horizon. Michael reparti, il n'y avait plus… qu'Eve et elle.

— Bien, s'encouragea-t-elle. Au travail !

Il lui fallait mettre au point une stratégie solide si elle voulait sortir Shane de sa cage sur la place de la Fondatrice. Pour cela, elle avait besoin d'infos. Joe pourrait sans doute lui dire combien de personnes montaient la garde, et où. Il y avait forcément un système de sécurité destiné à repousser les pauvres abrutis d'humains comme elle, mais tous les systèmes avaient leurs failles, non ? En tout cas, c'est ce qu'elle avait toujours entendu dire. Peut-être qu'Eve l'aiderait.

À supposer qu'elle n'ait pas renoué avec ses envies suicidaires. Claire, qui rêvait d'une douche brûlante, décida de préparer d'abord du café. Eve risquait de se lever de mauvais poil, mais ce serait encore pire si elle n'avait pas sa dose de caféine. Claire grimpa au premier avec un mug noir rempli de café. La clé de la chambre d'Eve était pendue à un crochet avec un Post-it. Michael avait écrit : « Ne la laisse pas quitter la maison. » Ce qui interdisait, naturellement, à Claire de sortir, elle aussi. Comme si elle pouvait envisager une chose pareille en sachant que le temps de Shane était compté. Il était peut-être en train de lui arriver quelque chose à cet instant précis ? Elle repensa à la rage d'Oliver, à l'indifférence d'Amelie, et son ventre se serra. Elle enfonça la clé dans la serrure et ouvrit la porte.

Eve était assise au bout de son lit. En tenue et masque gothiques. Elle avait ramené ses cheveux en deux couettes et s'était maquillée avec grand soin. Elle ressemblait à une poupée de porcelaine maléfique.

Maléfique et en rogne. Le genre qu'on voyait dans les films d'horreur, munies de poignards.

— Café ? proposa Claire d'une petite voix.

Eve la considéra une seconde, prit le mug, se leva et se dirigea vers l'escalier.

— Oh, non… Eve !

Claire trouva son amie plantée au milieu du salon, le regard dans le vide. Elle avait posé son café et placé ses mains sur ses hanches. Claire s'immobilisa, une main sur la rambarde, et observa Eve, qui tournait lentement sur elle-même comme à la recherche de quelque chose.

— Je sais que tu es là, gros lâche. Alors écoute-moi bien, mon petit gars aux superpouvoirs : si tu essaies encore une fois de m'embobiner, je te le jure, je franchirai cette porte et tu ne me reverras plus jamais. C'est pigé ? Un pour oui, deux pour non.

Il avait dû répondre par la positive, parce qu'une part de la tension dans les épaules d'Eve se dissipa. Pour autant, la colère ne l'avait pas entièrement quittée.

— Je ne sais pas quel est le coup le plus bas : se servir de tes pouvoirs de vampire sur moi ou m'enfermer dans ma chambre.

Dans tous les cas, prépare-toi à avoir des ennuis, mon bonhomme. Ce n'est pas parce que tu es mort que je t'épargnerai. À ton retour, ce soir, je vais te faire ta fête.

— Il s'en voulait, dit Claire en s'asseyant sur la première marche de l'escalier.

Eve la fusilla du regard.

— Il savait que tu serais en pétard, reprit-elle, mais il ne pouvait pas… Il tient à toi, Eve. Il ne pouvait pas te laisser sortir et risquer ta vie.

— Aux dernières nouvelles, j'ai plus de dix-huit ans et je n'appartiens à personne ! hurla Eve en tapant du pied. Je me fous que tu sois désolé, Michael… Tu vas devoir ramer pour te faire pardonner !

Une brise souleva les cheveux d'Eve. Elle ferma les yeux pendant une seconde, la bouche entrouverte.

— Entendu, fit-elle faiblement. C'est différent.

— Quoi ? demanda Claire en bondissant sur ses pieds.

— Rien. Euh… rien du tout… Bien, ajouta-t-elle. Qu'est-ce qui s'est passé hier soir ? Tu as obtenu la libération de Shane ?

La gorge serrée par la déception, Claire secoua la tête et baissa les yeux.

— Pas la peine pour autant de sortir avec des pieux et des croix. Ils nous attendent et ne nous louperont pas. Il nous faut un autre plan.

— Et Joe ?

Claire secoua de nouveau la tête.

— Alors allons trouver des gens qui pourront nous aider, conclut Eve avant de vider son mug de café à longs traits bruyants. Prête ?

— Euh… on va voir qui ?

— Ça te surprendra peut-être, mais j'ai su tirer certains avantages de ma longue et misérable vie à Morganville. J'ai deux trois relations, d'accord ? Et certaines d'entre elles ont du cran.

— Euh… d'accord. Donne-moi deux minutes.

Claire prit la douche la plus rapide de sa vie.

9.

Il était logique qu'Eve connaisse des endroits inconnus de Claire, mais elle ne fut pas moins surprise par leur itinéraire. Une laverie automatique, pour commencer. Puis un magasin de photos. Chaque fois, Eve la fit patienter dans la voiture pendant qu'elle discutait avec quelqu'un – un humain, Claire l'aurait parié. Mais il ne ressortit rien de ces conversations.

Lorsque Eve revint s'asseoir la seconde fois derrière le volant de sa Cadillac poussiéreuse, elle était de mauvais poil, d'autant qu'elle supportait mal la chaleur accablante.

— Le père Jonathan est en voyage, lâcha-t-elle. J'espérais le convaincre de toucher deux mots au maire. Ils se fréquentent depuis longtemps.

— Le père Jonathan ? Il y a un prêtre en ville ?

Eve acquiesça.

— Les vampires lui fichent la paix pour célébrer la messe tant qu'il n'utilise pas de croix. Les sangsues ont mis sous clé les hosties et le vin de messe. Sans oublier l'eau bénite. S'ils le surprenaient en train de faire le signe de croix au-dessus de n'importe quel liquide, ils veilleraient à ce que sa prochaine congrégation soit située derrière les portes du paradis.

Peinant à digérer les informations qu'elle venait de recevoir, Claire fronça les sourcils.

— Mais… tu dis qu'il est en voyage ? En dehors de la ville ? Pourquoi ?

— Il a eu une autorisation spéciale pour aller au Vatican.

— Le Vatican est au courant pour Morganville ?

— Mais non, banane. Il est comme tout le monde, dès qu'il quitte la ville, il oublie tout. Ne compte pas sur le débarquement de l'équipe de choc du Vatican pour sauver Shane.

Ce n'était pas le cas, pourtant Claire trouva une forme de réconfort à imaginer des prêtres en gilet pare-balles orné d'une croix.

— Et maintenant ? reprit-elle comme Eve mettait le contact.

Leur voiture, garée à côté d'une gigantesque benne à ordures, était la seule sur le minuscule parking du magasin de photos, jusqu'à ce qu'une camionnette blanche s'arrête, dans un crissement de pneus, sur la place voisine. Il était encore tôt – même pas neuf heures –, et un flot modeste de véhicules, mais qui passait pour abondant à Morganville, commençait à envahir les rues. Le magasin de photos annonçait une ouverture vingt-quatre heures sur vingt-quatre : voilà un boulot dont Claire ne voudrait jamais. Elle consulta l'horloge une nouvelle fois.

— Eve ! Et ton boulot ?

— J'en dégoterai un autre.

— Mais…

— Claire, ce n'était pas le job du siècle. Tu sais très bien à qui j'avais affaire : des gros lourdauds, Monica…

Eve enclencha la marche arrière et pila lorsqu'une autre voiture se plaça derrière elle, l'empêchant de sortir.

— Bon sang, souffla-t-elle en cherchant son téléphone portable. Appelle les flics, ajouta-t-elle en le lui passant.

— Pourquoi ? demanda Claire, qui se dévissait le cou sans réussir à voir le conducteur.

Elle regardait au mauvais endroit. La véritable menace se trouvait dans la camionnette blanche garée du côté de Claire. Tandis qu'elle composait le 911, quelqu'un tenta d'ouvrir sa portière. Que Claire, n'étant pas née de la dernière pluie, avait verrouillée. Sa précaution se révéla pourtant inutile deux secondes plus tard, lorsqu'un pied-de-biche fit voler en éclats la vitre arrière. Par réflexe, Claire se pencha en avant, en se protégeant la tête des mains. Le portable lui avait échappé et elle se mit à le chercher à tâtons. Eve haletait tout en poussant des jurons.

— Sors-nous d'ici ! s'écria Claire.

— Je ne peux pas ! On est coincées !

Claire brandit soudain le téléphone triomphalement et pressa la touche APPEL au moment où une main lui saisissait les cheveux par-derrière et lui écrasait le visage sur le tableau de bord. Claire eut alors l'impression que la réalité s'éloignait et se brouillait légèrement. Il lui sembla qu'on la sortait de la voiture. Il lui sembla entendre Eve hurler et se débattre avant de se taire. Il lui sembla qu'on la poussait sans ménagement dans la camionnette.

Lorsque ses idées s'éclaircirent, en dépit de la migraine lancinante qui lui vrillait les yeux, elle se rappela avoir déjà vu ce véhicule. Elle se rappela être déjà montée dedans. Et, comme dans son souvenir, Jennifer conduisait, tandis que Monica et Gina étaient à l'arrière. Cette dernière la plaquait au sol. Elles étaient toutes trois rouges et échevelées. Mauvais signe.

— Eve, murmura Claire.

— Qui, la zombie ? lui susurra Monica à l'oreille. Pas ici.

— Qu'est-ce que tu lui as fait ?

— Une petite coupure de rien du tout. Tu devrais plutôt t'inquiéter pour toi, Claire. Mon papounet a un message à te transmettre.

— Ton… quoi ?

— Papounet. Comment ça, tu n'en as pas, toi ?

Dans son jean moulant et son débardeur orange, Monica semblait tout droit sortie d'une pub de mode.

— Oh, ne t'embête pas, petite souris. Reste tranquille… et on ne te fera aucun mal.

Gina choisit ce moment pour la pincer. Claire poussa un hurlement.

— Enfin, rectifia Monica avec un sourire, peut-être un peu quand même. Mais une dure à cuire comme toi peut bien encaisser, ça. Je me trompe, le petit génie ?

Gina la pinça une nouvelle fois : Claire serra les dents et réussit à ne lâcher qu'un gémissement – c'était plus facile quand on pouvait anticiper la douleur. Mais Gina parut déçue, et Claire se demanda si elle n'aurait pas tout intérêt à hurler à gorge déployée, afin d'éviter que sa tortionnaire redouble d'efforts...

— Tu nous as suivies, lâcha-t-elle.

Elle se sentait nauséeuse, sans doute à cause du coup qu'elle avait pris sur la tête, et elle était rongée d'inquiétude. « Eve... Une petite coupure... » Monica n'y allait jamais de main morte.

— Vous voyez ? Je vous avais bien dit que c'était un génie.

Monica s'installa sur l'un des sièges en cuir rembourrés alignés le long des parois de la camionnette et croisa les jambes – elle portait des chaussures à plate-forme assorties à son débardeur orange –, avant d'examiner ses ongles, également recouverts d'un vernis de cette couleur, à la recherche d'éclats.

— Tu sais quoi, le génie ? Bien vu. Je te suivais. Je voulais t'escorter dans le calme, mais non, il a fallu que vous nous mettiez, toi et la reine des morts-vivants, des bâtons dans les roues. Pourquoi tu n'es pas en cours, d'abord ? Ce n'est pas contre ta religion de sécher ?

Claire se débattit pour s'asseoir. Après avoir échangé un coup d'œil avec Monica, Gina la laissa faire. Claire s'adossa à la porte coulissante et se frictionna le bras.

— Shane, finit-elle par lancer. C'est à son sujet que ton père veut me voir, non ?

— Je suppose, répondit Monica en haussant les épaules. Écoute, je n'aime pas Shane et je ne m'en cache pas. Mais je n'ai jamais souhaité que sa sœur meure dans cet incendie.

C'était une erreur de jeunesse, d'accord ? Pas la peine d'en faire tout un plat.

Des monstruosités que Monica avait dites, et elles étaient nombreuses, celle-ci constituait peut-être la pire.

— Pas la peine d'en faire tout un plat ? Une gamine est morte, tu as détruit une famille entière ! Tu ne piges pas ? La mère de Shane…

— Je n'y suis pour rien ! rétorqua Monica, dont les joues s'étaient soudain embrasées.

Elle ne devait pas avoir l'habitude d'être mise en accusation, Shane était peut-être le seul à s'y être risqué.

— Si elle avait fermé sa gueule, poursuivit-elle, elle n'aurait eu aucun problème ! Et la mort d'Alyssa était accidentelle !

— Ouais, tu as raison, ça change tout.

Quand bien même elle avait dormi et pris une douche, Claire se sentait sale et fatiguée. Le sol de la camionnette était dégoûtant.

— Qu'est-ce que me veut ton père, de toute façon ? ajouta-t-elle.

Monica la dévisagea sans un mot pendant quelques secondes avant de lâcher :

— Il ne pense pas que Shane soit le meurtrier de Brandon.

— Tu te fous de moi ?

— Non. D'après lui, c'était son père.

Les lèvres parfaites de Monica s'étirèrent lentement en un sourire, puis elle compléta :

— Il aimerait que tu ailles trouver M. Collins pour lui en toucher deux mots, histoire de voir sa réaction. Parce que s'il a une once de conscience paternelle, il ne laissera pas son fils adoré trinquer pour lui.

— Il veut que je dise au père de Shane que… lui, le maire, est prêt à passer un accord ?

— La vie de son fils contre la sienne. Aucun père digne de ce nom ne pourrait résister à une offre pareille. Shane n'a aucune valeur, mais mon père tient à régler cette affaire. Vite.

Un mauvais pressentiment chatouillait le ventre de Claire, elle avait l'impression d'avoir avalé des vers de terre.

— Je ne te crois pas. Ils ne libéreront jamais Shane !

Pas tant qu'Oliver aurait voix au chapitre, en tout cas. Monica eut un mouvement d'indifférence.

— Je suis juste la messagère. Tu peux bien raconter ce qui te chante à Frank, mais si tu es maligne, tu te débrouilleras pour le faire sortir de sa tanière. Pigé ? La Protection d'Amelie a ses limites, tu n'es pas intouchable. Je suis certaine que Gina serait prête à se prendre une petite tape sur la main pour le plaisir de s'amuser avec toi.

— Et pense à ton amie, toute seule là-bas, souffla Gina avec un sourire de folle furieuse. Des tas de choses peuvent arriver aux filles seules dans cette ville. Des tas de mauvaises choses.

— Ouais, Eve est bien placée pour le savoir, surenchérit Monica. Il n'y a qu'à voir son frère.

La tête de Claire heurta le métal lorsque la camionnette franchit un obstacle, des rails sans doute, et une douleur vibrante rayonna sous son crâne.

— Alors, poursuivit Monica, tu as bien compris ce qu'il te reste à faire ? Aller voir le père de Shane et le convaincre de se constituer prisonnier en échange de Shane. Sinon… tu risques de découvrir combien Morganville peut se révéler inhospitalière.

Claire conserva le silence. Les réponses qui lui brûlaient les lèvres signeraient sans doute son arrêt de mort, et savoir que Monica et Gina seraient punies si elles la tuaient ne lui apportait aucun réconfort. Elle finit donc par opiner d'un mouvement bref.

— À la maison, chauffeur ! lança Monica.

Jennifer leva un pouce avant de tourner. Claire tenta d'identifier leur position : elles ne devaient pas être loin du campus, elle avait aperçu le clocher de l'église adjacente sur leur droite. Elle eut le réflexe et le temps de s'agripper à la poignée quand Jennifer écrasa la pédale de frein. Monica eut moins de chance. Elle jaillit de son siège et tomba par terre en vociférant des jurons.

— La vache, Jen ! Tu as eu ton permis dans une pochette-surprise, ou quoi ?

Au lieu de répondre, Jennifer leva lentement les mains au-dessus de sa tête, en geste de capitulation.

La porte dans le dos de Claire coulissa et une main puissante l'attrapa par les épaules, l'attirant en plein soleil. Il ne pouvait pas s'agir d'un vampire ; cette pensée ne la rassura qu'à demi. Surtout qu'un instant après, un énorme bras musclé et un fusil à canon scié apparaissaient dans son champ de vision. Elle reconnut le tatouage, les flammes bleues léchant l'avant-bras et le revers de la main.

Un biker.

En regardant autour d'elle, elle en aperçut trois autres, également armés, tenant en joue la camionnette. Le père de Shane entra alors en scène, d'un pas nonchalant, à croire que tous les vampires de la ville n'avaient pas passé leur nuit à le chercher. Il avait même les traits reposés.

— Monica Morrell, lança-t-il. Descends ! Tu as tiré le gros lot, viens le récupérer !

Pétrifiée, Monica posa successivement les yeux sur les armes, sur Gina, qui s'était agenouillée et avait les mains en l'air, puis sur Claire. Monica la belle, la fière, la tyrannique, Monica avait peur.

— Mon père…

— On en discutera plus tard, rétorqua Frank. Bouge ton joli petit cul de là, Monica. Ne me force pas à venir te chercher.

Elle recula à l'intérieur de la camionnette. Le père de Shane sourit à pleines dents et fit signe à deux de ses hommes de monter. Le premier saisit Gina par les cheveux et la traîna par terre, sur l'asphalte. Le second s'empara de Monica, qui gesticulait et crachait, et la menotta à l'un des montants de la camionnette. Elle cessa de se débattre, décontenancée.

— Mais…

— Je savais que tu ferais exactement le contraire de ce que je te demanderais, expliqua Frank. Le plus sûr moyen de te garder à l'intérieur de la camionnette était de t'ordonner d'en descendre.

Il ouvrit la portière côté conducteur et pointa une arme sur la tempe de Jennifer.

— Je n'ai pas besoin de toi, dit-il. Descends.

Elle se laissa glisser du siège et garda les mains bien au-dessus de sa tête tandis que Frank la poussait vers les motards.

Elle s'assit à côté de Gina sur le trottoir et l'enlaça. Claire fut surprise : elle n'aurait jamais pensé que ces deux-là étaient de vraies amies. Mais leur amitié semblait aussi sincère que leur terreur.

— Toi ! s'écria Frank en dirigeant son regard vers Claire. À l'arrière.

— Mais…

Un motard braqua son fusil sur elle. La gorge nouée, elle monta dans la camionnette et s'installa sur le siège en cuir que Monica occupait il y a peu. Le père de Shane la suivit, ainsi que le reste des gros bikers luisant de sueur. L'un d'eux prit le volant, et la camionnette démarra en trombe.

La scène n'avait pas duré plus d'une minute. À cette heure de la journée, il ne devait pas y avoir un seul témoin. Les rues étaient désertes. Elle échangea un regard avec Monica et, pour la première fois, elle comprit ce que celle-ci ressentait, parce qu'elle le ressentait aussi.

Elles étaient dans de sales draps.

Bringuebalée dans la camionnette, Claire réfléchissait au moyen le plus discret de récupérer son téléphone portable dans la poche de son jean. Elle avait lâché celui d'Eve lorsque Monica l'avait à moitié assommée. Elle réussit à glisser discrètement sa main dans sa poche et sentit l'objet sous ses doigts. « Il me suffit d'appeler les secours », songea-t-elle. Eve avait sans doute déjà averti quelqu'un de l'enlèvement. Si elle était en mesure de parler. De toute façon, ils étaient capables de repérer l'origine d'un appel, non ? Grâce au GPS ou un truc dans le genre ?

Comme s'il lisait dans ses pensées, le père de Shane s'approcha d'elle, la mit debout et procéda à une fouille corporelle. Il faisait des gestes rapides et ne s'attardait pas à la façon d'un vieux pervers. Il trouva le téléphone dans sa poche et le confisqua. Monica avait recommencé à hurler et à décocher des coups de pied ; l'un des motards avait imité Frank, mais ses mains étaient plus baladeuses. Il récupéra également son portable, qu'il jeta par la porte coulissante, avec celui de Claire.

— Détruis-les ! hurla Frank à l'intention du chauffeur, qui fit demi-tour.

Claire n'entendit pas de bruit, mais elle se représenta sans difficulté les débris de plastique sur le macadam.

Le conducteur continuait à les secouer avec ses embardées. Claire s'accrocha des deux mains au siège et baissa la tête. Sa cervelle tournait à toute vitesse. Elle ne pouvait prévenir personne, mais Eve, si. Les inspecteurs Hess et Lowe ? Peut-être. Ou peut-être qu'Amelie enverrait ses gens au nom de sa Protection. Ce serait assez classe. Claire fut tirée de ses réflexions par un éclat de voix : Monica interpellait Frank Collins.

— Eh ! Tu viens de commettre une énorme erreur, gros plouc. Mon père va lancer tous les flics de la ville à tes trousses. Tu ne t'en sortiras jamais. Une fois qu'ils t'auront arrêté, ils te jetteront dans un trou si profond qu'en comparaison les égouts ressembleront au paradis. Bas les pattes, sale porc ! hurla-t-elle en essayant de repousser les mains baladeuses du biker hilare, qui avait la bouche pleine de dents en or.

— Ne la touche pas, intervint le père de Shane. Nous ne sommes pas des bêtes.

Claire se demandait pourquoi il se montrait soudain chevaleresque – il n'était pas intervenu pour empêcher ses gars de les agresser, Eve et elle, quelques jours plus tôt.

— Prends-lui son bracelet.

— Quoi ? Non. Non ! Il ne s'enlève pas, vous le savez !

Le motard tira une petite paire de tenailles d'une sacoche à sa ceinture. Claire retint un cri d'effroi en le voyant saisir le poignet de Monica. « Mon Dieu, il va lui couper la main… »

Il se contenta pourtant de sectionner le bracelet en métal et de le lancer au père de Shane. Tremblant de la tête aux pieds, Monica le fusilla du regard avant de le gifler. Violemment. Il arma son bras pour lui rendre son coup.

— Laisse tomber, lui enjoignit Frank Collins.

Il observait le bracelet, orné d'un symbole, naturellement. Claire ne le voyait pas distinctement, mais elle savait qu'il s'agissait de celui de Brandon. Maintenant qu'il était mort, elle se demanda qui se chargeait des anciens protégés du défunt. Sans doute Oliver… À l'intérieur du jonc en métal, le nom complet de Monica était gravé : MONICA ELLEN MORRELL. Le père de Shane émit un grognement de satisfaction.

— Tu veux un doigt, aussi ? demanda le biker en actionnant la pince. Pas de problème.

— Je crois que c'est suffisant, répondit Frank Collins. Emmène-nous sous terre, Kenny. Magne-toi.

Le conducteur, Kenny donc, opina. Grand, plutôt mince, il avait de longs cheveux noirs et un bandana bleu. Une fille nue sur une Harley ornait le dos de son blouson en cuir, parfaite reproduction du tatouage sur son bras. Il roulait vite, mais maîtrisait parfaitement sa trajectoire et naviguait aisément dans le dédale complexe des rues de Morganville. Soudain, ils furent plongés dans l'obscurité.

Kenny alluma les phares : ils étaient dans une énorme conduite souterraine en béton, suffisamment large pour accueillir la camionnette – même si celle-ci frôlait les parois –, et dévalant en pente raide dans les profondeurs. Claire avait du mal à respirer. À la claustrophobie s'ajoutait la peur des ténèbres… Elle se souvint de ce qu'elle avait éprouvé lorsque Eve l'avait enfermée dans la pièce secrète au fond du cellier. Non, ça ne lui plaisait pas, vraiment pas.

— Où vous nous emmenez ?

Elle espérait passer pour une dure à cuire, mais sa voix la trahit : elle n'était qu'une fille de seize ans terrorisée, cherchant à rassembler son courage. Super. Frank Collins la considéra avec une expression curieuse, qui ressemblait presque à de l'estime.

— Toi, on t'emmène nulle part. Tu vas nous servir de messagère, ajouta-t-il en lui jetant le bracelet de Monica. Dis au maire que, si mon fils n'a pas été libéré avant l'aube, la jolie petite demoiselle goûtera aux joies du bûcher, elle aussi. J'ai hâte d'essayer mon nouveau chalumeau.

Claire n'appréciait pas Monica. On pouvait même aller jusqu'à dire qu'elle la détestait et qu'elle était persuadée que Morganville gagnerait à ce qu'elle disparaisse. Pourtant, personne ne méritait le sort que Frank Collins lui réservait.

— Vous ne pouvez pas faire une chose pareille, vous n'avez pas le droit.

Elle savait cependant, à l'équipe de balourds qui l'accompagnait, qu'il était capable non seulement de ça, mais de bien pire aussi. Shane avait raison : son père était dérangé.

— Kenny s'arrêtera bientôt au pied d'une échelle, poursuivit-il. Tu vas descendre de la camionnette, Claire, et escalader cette échelle. Tu déboucheras devant l'hôtel de ville de Morganville. Dirige-toi vers le premier flic que tu aperçois et demande à voir le maire au sujet de Frank Collins. Explique-lui que j'ai sa fille et qu'elle va payer pour la vie qu'elle a volée, sans parler de celle qu'ils sont sur le point de prendre de leur côté. Pigé ?

Claire acquiesça nerveusement. Le bracelet de Monica était froid et lourd dans sa paume.

— Une dernière chose, ajouta Frank. Je compte sur toi pour leur faire comprendre que je suis très sérieux. Et tu as intérêt à te montrer convaincante, parce que si je n'ai pas de nouvelles du maire rapidement, nous nous servirons de ces tenailles pour lui envoyer d'autres petits souvenirs. Et elle n'a plus de bracelet, maintenant.

La camionnette s'arrêta brusquement et Frank fit coulisser la portière.

— Vas-y ! Et sois persuasive, Claire. Tu veux sauver mon fils, non ?

Il n'évoqua pas la possibilité de sauver Monica, en revanche. Celle-ci n'avait plus rien d'une icône de magazine, elle paraissait petite et vulnérable au milieu de ces brutes épaisses. Claire hésita avant de se relever. Elle avait des jambes de coton.

— C'est de la folie, lui dit-elle. Tiens bon, je vais trouver du secours.

— Merci, répondit doucement Monica, les yeux brillants de larmes. Dis à mon père…

Un sanglot l'empêcha de finir sa phrase. Elle inspira profondément pour ravaler ses larmes et adressa un pauvre sourire à Claire.

— Dis à mon père que, si quoi que ce soit m'arrive, il peut te considérer comme responsable.

La portière claqua, mettant un terme à leur échange, et la camionnette redémarra en trombe. Les ténèbres se refermèrent rapidement sur Claire, et elle se félicita d'avoir agrippé un barreau de l'échelle. Les ombres étaient si denses, si brûlantes et si poussiéreuses qu'autrement elle n'aurait pas résisté à la tentation de se rouler en boule. Au lieu de quoi, elle escalada les échelons visqueux, s'attendant à ce qu'une créature – avec des crocs – lui saute sur le dos d'une seconde à l'autre. Des vampires devaient forcément crécher dans cet endroit. Ou du moins, utiliser ces conduites comme voies de circulation. Claire s'était toujours demandé comment ils se déplaçaient durant le jour. Il ne s'agissait pas d'égouts mais d'énormes évacuations prévues en cas d'inondation. Or, comme Morganville n'était pas bâti sur une plaine inondable, il y avait des chances pour que l'eau ne soit jamais montée de plus de quelques centimètres depuis leur construction.

Au terme de son ascension, Claire aperçut la lumière du soleil à travers le cache qui recouvrait la grille et empêchait les rayons de filtrer dans le tunnel. S'accrochant aux barreaux par le bras gauche, elle souleva la plaque de la main droite pour sortir.

Comme l'avait annoncé le père de Shane, elle se tenait devant la mairie de Morganville. Il s'agissait d'un énorme château gothique, fait de gros blocs de grès rose, où les gens allaient et venaient, que ce soit pour travailler ou pour remplir des formalités administratives. Claire se hissa en plein jour et s'affala sur l'herbe, le souffle court. Deux visages s'interposèrent entre le soleil et elle. L'un d'eux portait une casquette de la police.

— Bonjour, dit Claire en s'abritant les yeux, je dois parler au maire. J'ai des informations sur sa fille et Frank Collins.

M. Morrell avait troqué le costume qu'il portait la veille contre un polo vert, un pantalon noir et des mocassins. L'ensemble faisait très jeune premier. Posté dans le hall, il parlait avec animation et irritation dans son portable. Deux des membres les plus éminents de la ville escortèrent Claire jusqu'au bureau du maire et l'installèrent dans un grand fauteuil en cuir rouge ; elle ne connaissait aucun d'entre eux. Elle réclama, en vain, les inspecteurs Lowe et Hess. Personne ne voulut même admettre avoir déjà entendu ces noms.

Claire avait la tête qui tournait. Elle ignorait depuis combien d'heures elle n'avait rien avalé, mais sa vue se brouillait, ce qui n'augurait rien de bon. Entre l'angoisse, le manque de sommeil et la faim, elle risquait de perdre connaissance. « Ressaisis-toi, Claire. Imagine-toi que tu es en train de réviser pour un exam. » Une fois, elle avait bûché pendant trois jours d'affilée sans fermer l'œil et sans rien ingurgiter d'autre que des sodas et des chips. Elle en était capable.

— Bois ça, lança une grosse voix dans son dos alors qu'une canette rouge apparaissait dans son champ de vision. J'ai l'impression que tu as besoin d'un petit remontant.

Claire releva la tête. C'était Richard, le frère de Monica. Le plus mignon de la famille. Il semblait exténué, inquiet. Il tira une chaise pour s'asseoir près de Claire et se pencha vers elle, les coudes sur les genoux. Claire ouvrit son Coca et avala goulûment des gorgées de la boisson glacée et sucrée.

— Ma sœur a été enlevée. Tu es au courant, n'est-ce pas ?

Claire acquiesça.

— J'étais là. Dans la camionnette avec elle.

— C'est pourquoi j'ai insisté pour te parler avant de te laisser voir mon père. Tu te trouvais dans la camionnette avec Jennifer, Gina et Monica.

Claire opina de nouveau.

— Réponds à cette question maintenant : comment les as-tu prévenus ?

— Comment je les ai… quoi ? demanda-t-elle, perplexe.

— Comment avez-vous planifié l'attaque ? Tu leur as envoyé un texto ? Tu sais, nous avons les moyens d'accéder à ces données, Claire. À moins que tu aies attiré ma sœur dans un piège ?

— Je ne comprends pas ce que vous…

Richard la dévisagea et elle se tut en découvrant son expression franchement hostile.

— Ma sœur est une folle furieuse, tu ne me l'apprendras pas. Mais elle reste ma sœur. Et quiconque touchera un cheveu d'un membre de notre famille paiera. Compris ? Alors tu ferais mieux de te mettre rapidement à table, quels que soient tes liens avec ces fameux intrus, ou nous allons fourrer le nez dans tes affaires, et crois-moi ce ne sera pas joli à voir.

Elle serra la canette de ses deux mains tremblantes et la porta à ses lèvres avant de répondre :

— Je ne les ai pas conduits à votre sœur. C'est elle qui m'a enlevée ! Sur le parking du magasin de photos. Vous pouvez interroger Eve. Oh… Eve ! Gina l'a attaquée, elle va bien ?

— Eve va bien, lâcha Richard en se renfrognant.

Claire sentit un énorme poids se soulever de sa poitrine.

— Et Gina et Jennifer ?

— Bien aussi. Elles nous ont prévenus pour l'attaque. Gina nous a dit…

Il tourna la phrase dans son esprit avant de reprendre, plus lentement :

— Gina a dit beaucoup de choses. Mais j'aurais dû me rappeler à qui j'avais affaire. Si quelqu'un est plus cinglé que ma sœur, c'est elle.

Elle ne pouvait pas le contredire sur ce point.

— Les types qui ont pris la camionnette…

— Le père de Shane, l'interrompit Richard. Nous savons déjà qu'il s'agissait de lui. Où est-il maintenant ?

— Je l'ignore… Je le jure ! Il m'a abandonnée dans le conduit d'évacuation en m'ordonnant de grimper à la surface pour aller parler à votre père. Je suis ici pour cette raison.

— Fiche-lui la paix, Richard.

Le maire pénétra en trombe dans son bureau, claquant la porte derrière lui. Il s'immobilisa pour fusiller du regard les deux officiers de police qui montaient la garde.

— Vous ! dégagez ! Si mon fils n'est pas capable de se débrouiller avec une gamine, avec une brindille, tant pis pour lui.

Ils déguerpirent sans demander leur reste. Claire posa le Coca sur une table basse pendant que le maire s'affalait dans son énorme fauteuil en cuir. Il avait perdu de sa superbe depuis la veille, et la colère déformait ses traits.

— Je t'écoute, aboya-t-il.

Claire s'exécuta, débitant ses explications dans un flot confus. L'attaque de la camionnette par le père de Shane. L'abandon de Gina et de Jennifer. La destruction des téléphones portables. Les menaces proférées à l'encontre de Monica et la mission confiée à Claire.

— Il ne plaisante pas, termina-t-elle. Je l'ai vu agir. Il n'a pas peur de blesser les gens et il ne porte pas Monica dans son cœur.

— Oh, parce que toi, tu es devenue sa meilleure amie, subitement ? Je t'en prie. Tu la hais, et tu as sans doute de bonnes raisons, dit Richard, qui s'était levé pour arpenter la pièce. Papa, écoute, laisse-moi régler cette affaire. Je peux trouver ces types. Si on unit les forces de nos hommes et celles des vampires…

— C'est déjà ce qui s'est passé cette nuit, fiston. J'ignore où ces types se terrent, mais nous sommes incapables de les suivre.

Le maire fixa de nouveau ses yeux rougis sur elle, faisant craquer ses articulations. Il avait de grandes mains, comme son fils. Des mains puissantes.

— Oliver veut régler ce dossier. Il souhaite précipiter les choses et brûler le gosse ce soir pour les forcer à sortir de leur trou. Ce n'est pas un mauvais plan. Ça nous permettra de voir s'ils bluffent.

— Tu crois que Frank Collins bluffe ? s'écria Richard.

— Non. Je crois qu'il fera exactement ce qu'il a annoncé, en cent fois pire. Mais Oliver désire…

— Tu vas le laisser faire ? Et Monica ?

— Oliver ignore qu'elle est entre leurs mains. Quand il l'apprendra…

— Papa, on parle d'Oliver. Il n'en aura rien à secouer, et tu le sais pertinemment. Sacrifice nécessaire. Je ne suis pas prêt à accepter ça, et tu ne devrais pas non plus.

Le père et le fils s'affrontèrent du regard, puis Richard secoua la tête avant de se remettre à faire les cent pas.

— Nous devons la ramener, par n'importe quel moyen. Il le faut.

La pointant de son gros index, le maire lança à Claire :

— Recommence depuis le début. Je veux tout entendre une nouvelle fois. De A à Z. Sans oublier les détails qui te semblent insignifiants. Quand as-tu vu ces hommes pour la première fois ?

Claire ouvrit la bouche pour répondre avant de se raviser à temps. « Imbécile ! En leur disant la vérité, tu signes l'arrêt de mort de Shane… » Elle n'était pas douée pour le mensonge, et il lui faudrait tellement de temps pour inventer une réponse qu'elle finirait par éveiller leurs soupçons… Elle opta donc pour une semi-vérité.

— Je crois… je les ai vus, ou plutôt certains d'entre eux, pour la première fois lorsqu'ils ont tenté de s'introduire chez nous par effraction. Vous êtes au courant, non ? Nous avons appelé la police pour leur signaler la présence d'intrus. Ensuite…

Elle s'interrompit et ferma les paupières. Elle s'était rappelé quelque chose d'important. De très important. De quoi s'agissait-il ? Quelque chose en rapport avec le père de Shane…

— Repars de l'épisode de la camionnette, fit Richard, l'empêchant de remonter le fil de sa mémoire.

Elle s'exécuta de bonne grâce, à plusieurs reprises, répondant aux questions avec autant de précision que possible. Sa tête menaçait d'exploser et, malgré le Coca glacé, sa gorge était irritée. Elle avait besoin de dormir, elle aurait voulu s'enrouler dans une couverture et pleurer jusqu'à ce que le sommeil l'emporte. Oliver veut précipiter les choses et brûler le gosse ce soir. Non. Non, ils ne pouvaient pas permettre qu'une chose pareille arrive, ils ne pouvaient pas…

Bien sûr qu'ils le pouvaient. Et ils n'hésiteraient pas.

— Reprenons, lança Richard. Depuis le début.

De désespoir, elle éclata en sanglots.

Ils la gardèrent pendant des heures, et personne ne proposa de la raccompagner. Claire rentra à pied, elle avait la sensation que son corps ne lui répondait plus. Elle ne croisa aucune embûche en chemin. Les rues étaient étonnamment calmes et désertes pour cette heure de la journée. La rumeur avait dû se répandre. Les humains gardaient la tête baissée dans l'espoir que l'orage passerait vite.

Elle eut à peine claqué la porte d'entrée qu'Eve dévala l'escalier et se précipita pour la serrer à lui en couper le souffle.

— Je te déteste ! s'écria-t-elle. Comment as-tu pu me foutre une trouille pareille. La vache, Claire ! Ces abrutis de flics n'ont même pas voulu prendre de déposition, tu y crois ? Alors que j'étais blessée ! Je saignais, et tout. Comment as-tu réussi à t'échapper ? Monica ne t'a rien fait ?

Eve ne savait pas. Personne ne s'était donné la peine de la prévenir, au commissariat.

— Le père de Shane a braqué la camionnette. Il a pris Monica en otage.

L'espace d'une seconde, ni Claire ni Eve ne bougèrent, puis cette dernière poussa un cri de victoire en brandissant la main pour que son amie tope. Claire la dévisagea, interdite.

— Hourra ! ! ! Il y a une justice sur terre !

— Eh ! s'écria Claire.

Eve se pétrifia au milieu de sa petite chorégraphie improvisée. C'était peut-être débile, mais Claire était en pétard : Eve avait raison, elle le savait, il n'y avait aucune raison de penser que Monica se révélerait jamais autre chose qu'une source d'ennuis pour elle, n'empêche…

— Le père de Shane la fera griller si l'exécution est maintenue. Il a un chalumeau !

Eve cessa aussitôt de jubiler.

— Oh... eh bien... Quand même ! Ce n'est pas comme si elle ne l'avait pas cherché ! Le karma ne fait de cadeaux à personne, et moi non plus !

— Oliver essaie de convaincre tout le monde d'avancer la mise à mort de Shane à ce soir. Nous n'avons plus le temps, Eve. Je suis à court d'idées.

Cette dernière déclaration acheva de dissiper la morgue d'Eve. Elle ne semblait pas avoir davantage de solutions.

— Il nous reste du temps, fit-elle après s'être humecté les lèvres. Je vais passer quelques coups de fil, et toi, tu vas manger. Et dormir.

— Je suis incapable de dormir.

— Mais tu peux manger ?

Non seulement Claire se rendit compte qu'elle pouvait avaler de la nourriture mais aussi qu'elle en avait besoin. Le monde s'était coloré en gris et sa tête était comme une pastèque. Un hot dog accompagné de chips et d'une bouteille d'eau résolut en partie le problème, même si son mal de crâne subsistait, accompagné d'une sensation de nausée.

Eve était pendue au téléphone. Claire s'effondra sur le canapé et s'emmitoufla dans la couverture qui sentait toujours le parfum de Shane. Elle dut s'assoupir un moment : elle se réveilla en sursaut comme si quelqu'un avait actionné un interrupteur ou lui avait susurré au creux de l'oreille : « Réveille-toi ! » Elle se redressa, le cœur battant la chamade, et chercha à rassembler ses idées. La maison était calme, à l'exception des craquements et des grincements que les vieilles bâtisses poussent en permanence. Dehors, une brise ballottait des feuilles mortes. Il fallut une seconde à Claire pour réaliser qu'elle ne distinguait pas les branches de l'arbre. Il faisait nuit.

— Non ! s'écria-t-elle en bondissant du canapé.

L'horloge confirma ses craintes : il ne s'agissait pas d'une éclipse de soleil ou d'une rupture de l'habituel cycle naturel, il faisait noir dehors parce que la nuit était tombée. Elle avait dormi plusieurs heures. Plusieurs ! Et Eve ne l'avait pas réveillée. À vrai dire, elle n'était même pas certaine que celle-ci se trouvait toujours dans la maison.

— Michael ! cria Claire en passant d'une pièce à l'autre. Michael ! Eve ! Où êtes-vous ?

Ils étaient dans la chambre de Michael. Il ouvrit la porte, torse nu – son jean lui tombait bas sur les hanches, dévoilant une poitrine et des abdominaux à se damner. Eve, elle, était encore au lit. Enfilant sa chemise à la hâte, Michael lança, gêné :

— Tu es debout.

— Ouais, répondit Claire en se retenant de s'abandonner à sa colère. Et si vous avez terminé vos petites affaires, on pourrait peut-être discuter de l'exécution de Shane programmée ce soir !

Michael inclina légèrement le menton pour plonger ses yeux dans les siens.

— Ne t'aventure pas sur ce terrain, Claire, je te préviens. Tu crois que je ne le sais pas ? Tu crois que je m'en fous. Putain ! À ton avis, à quoi Eve a passé sa journée pendant que tu…

— … dormais ? Oui, je me suis endormie ! Vous auriez pu me réveiller !

Il s'avança. Elle recula d'un pas, puis de deux, parce que le regard de Michael brillait d'une lueur… pour le moins inhabituelle.

— Pour que tu t'angoisses pendant des heures ? demanda-t-il doucement. À quoi bon, Claire ? Tu avais besoin de sommeil, je t'ai laissée dormir, c'est comme ça.

— Alors, quel plan génial avez-vous mis au point pendant que je pionçais ? Quoi, Michael ? Hein ? On fait quoi maintenant ?

— Je ne sais pas, riposta-t-il en perdant le peu de sang-froid qu'il lui restait. Je ne sais pas !

Il avait crié ces derniers mots avec toutes ses tripes. Claire recula d'un pas supplémentaire, sentant un filet de sueur glaciale couler le long de sa colonne vertébrale.

— Qu'est-ce que tu veux que je fasse, Claire ? Dis-moi !

— N'importe quoi, murmura-t-elle alors que ses yeux se remplissaient de larmes. Je t'en supplie, Michael, fais quelque chose.

Il l'attira vers lui et la serra dans ses bras. Elle s'abandonna à son étreinte, peinant à ravaler ses sanglots… Elle était plongée dans un désespoir infini, comme perdue en haute mer sans terre à l'horizon. Ils étaient perdus. Perdus.

Claire s'écarta en reniflant. Eve, qui s'était levée, l'observait. Et l'expression de son visage n'augurait rien de bon.

— Eve…

— Il reste un vampire qui pourrait nous aider. Si nous réussissons à le trouver et à le convaincre. Il n'aurait aucune difficulté à gagner la place de la Fondatrice. Il accepterait peut-être même d'ouvrir la cage de Shane si, de notre côté, nous parvenions à faire diversion.

— Eve, dit Michael d'une voix où transparaissait l'inquiétude. Non. Nous en avons discuté.

— Michael, c'est notre dernière chance. Et nous ne devons pas tarder si nous décidons de le solliciter.

— Quel vampire ? demanda Claire.

— Il s'appelle Sam, répondit Michael, et ça va te sembler bizarre, mais il s'agit de mon grand-père.

— Sam ? Ton… ton…

— Grand-père ? Ouais. Je sais. Ça me colle des frissons chaque fois que j'y pense. Depuis toujours.

Claire avait besoin de s'asseoir. Vite.

Lorsqu'elle eut recouvré ses esprits, elle expliqua à Eve et Michael qu'elle avait croisé Sam au Starbucks. Et elle leur parla du cadeau dont il voulait la charger pour celle-ci.

— Je ne l'ai pas accepté. J'ignorais… ça ne me paraissait pas… une bonne idée.

— Tu avais raison, approuva Michael.

— Sam est quelqu'un de bien, lâcha Eve, évitant le regard de Michael.

— Je croyais que tu détestais les vampires.

— C'est le cas ! Mais… disons que, si je devais tous les tuer, il serait le dernier. Il m'a toujours semblé si solitaire… Il venait au Starbucks presque tous les soirs, on discutait pendant des heures. Oliver le surveillait toujours avec méfiance. Mais Sam n'a jamais menacé personne… contrairement à Brandon. À vrai dire, je me suis parfois demandé…

— Demandé quoi ?

— S'il n'était pas là pour garder un œil sur Brandon. Et peut-être sur Oliver, même si je ne me doutais pas à l'époque qu'il était une sangsue. Afin de veiller…

— Sur nous ? compléta Michael en acquiesçant lentement. Je ne suis pas en mesure de le confirmer, je l'ai toujours évité, mais, dans ma famille, on racontait que c'était un chic type avant sa transformation. Il est le plus jeune des vampires. Et donc celui… celui qui nous ressemble le plus.

Eve s'était approchée de la fenêtre et, les mains dans le dos, contemplait l'obscurité.

— Tu as d'autres informations sur son compte ? Des secrets de famille ?

— Je sais seulement qu'il aurait affronté les vampires et gagné.

— Gagné ? Il est devenu l'un d'eux ! En quoi est-ce une victoire ?

Michael secoua la tête, s'approcha d'elle et plaça les mains sur ses épaules. Il déposa un baiser dans sa nuque.

— Aucune idée, Eve. Je te répète juste ce qu'on m'a dit. Il a obtenu un accord avec les vampires. Tout ça parce qu'Amelie l'aimait.

— Ouais, elle l'aimait suffisamment pour le tuer et le transformer en sangsue, lâcha Eve avec ironie. L'amour n'est pas mort ! Oh, attends… si, justement !

Elle repoussa Michael et descendit. Il interrogea Claire du regard, et elle haussa les épaules. Ils retrouvèrent Eve dans la cuisine, occupée à préparer des sandwichs au fromage et à la mortadelle. Après en avoir englouti un en six bouchées,

Claire se rua sur un second. Eve et Michael l'observaient, estomaqués.

— Quoi ? Je meurs de faim.

— Tu peux manger les miens, proposa-t-il, je déteste la mortadelle. Et puis, ce n'est pas comme si je risquais de mourir de faim, moi.

— Je t'en ai préparé au rosbif, gros malin, rétorqua Eve en lui en tendant un. Mange ! C'est la première fois que je t'entends parler de Sam et de son histoire. Qu'avait-il de si spécial ? Pourquoi est-il devenu le dernier vampire ?

— Je ne sais pas vraiment. Ma mère m'a seulement expliqué ce que je vous ai répété. Sam n'a jamais réussi à s'intégrer à la communauté des vampires. Amelie n'aime pas qu'on lui rappelle ses faiblesses, et il le faisait comme une enseigne au néon clignotante. Elle tenait sincèrement à lui. Elle a donc coupé les ponts. Aux dernières nouvelles, elle refusait de le voir ou de lui parler. Il passe beaucoup plus de temps avec les humains que les autres vampires.

— Et c'est pourquoi je pense qu'il pourrait nous aider, reprit Eve. Ou au moins nous écouter. Surtout s'il est de la famille.

— Où peut-on le trouver ?

Le regard de Claire navigua de Michael à Eve, puis inversement.

— Au Starbucks ? hasarda-t-elle.

— Interdiction pour toi d'y mettre les pieds, rétorqua Eve. Joe m'a raconté ce qui s'était passé avec Oliver.

— Il… s'est passé… quelque chose ? lança Michael, la bouche pleine. Pourquoi je ne suis pas au courant ? En tout cas, c'est délicieux, Eve.

Elle leva les yeux au ciel.

— Ouais, préparer des sandwichs demande de vrais talents. Je pense à donner des cours de cuisine d'ailleurs. En attendant, pour revenir à nos moutons, Claire ne s'approchera pas à moins de cent mètres du Starbucks. Ma décision est sans appel. Si quelqu'un doit y aller, j'irai.

— Non, rétorqua Michael.

Eve lui lança un regard noir.

— On a déjà eu cette conversation. Tu as beau être sexy à se damner, et je pèse mes mots, tu n'as pas à régir mes mouvements. Compris ? Et interdit de manipuler ma cervelle, sinon, je le jure sur ma tête, je ferai mes valises et je partirai pour toujours !

Claire recula bruyamment sa chaise et se leva pour prendre le combiné sans fil posé sur le comptoir. Elle composa le numéro indiqué sur une carte fixée à la porte du réfrigérateur avec un magnet. Au bout de quatre sonneries, une voix enjouée annonça qu'elle était bien au Starbucks.

— Bonsoir, fit Claire. Pourrais-je parler à Sam, s'il vous plaît ?

— Sam ? Attendez…

Le téléphone cliqueta, et Claire perçut le bruit de fond du café – sifflement du percolateur, discussions, éclats de rire. Elle agita une jambe nerveusement en patientant.

— Désolée. Il n'est pas là ce soir. Je crois qu'il est à la fiesta.

— La fiesta ?

— La Nuit des Zombies, à la fraternité Epsilon Epsilon Kappa. Ça vous dit quelque chose ?

— Merci, répondit Claire avant de raccrocher et de se tourner vers Michael et Eve, qui la fixaient d'un air ahuri. Le pouvoir de la technologie. Vous devriez vous y mettre.

— Tu l'as trouvé ?

— Sans avoir besoin de poser un pied au Starbucks. Il est à une fête sur le campus. Une grosse fiesta dans une fraternité. Celle…

Elle s'interrompit, parcourue d'un frisson puis d'une bouffée de chaleur.

— Celle à laquelle j'ai été invitée, reprit-elle. Par ce type, Ian Jameson.

— Tu sais quoi ? lança Eve. On va y aller toutes les deux. L'heure est venue de révéler ton côté obscur.

— Mon… quoi ?

Tout en grignotant son sandwich, Eve s'était mise à la détailler de la tête aux pieds.

— Tu fais du 36 ? J'ai deux ou trois trucs qui devraient t'aller.

— Je ne me déguiserai pas !

— Eh, ce n'est pas moi qui ai fixé les règles ! Tu n'entreras pas à la Nuit des Zombies si tu n'as pas fait d'effort vestimentaire, c'est comme ça. Et puis tu seras adorable en mini-gothique.

— Non, intervint Michael, qui les considérait toutes deux, le front plissé. Vous ne pouvez pas sortir sans escorte, c'est trop dangereux.

— On n'a pas vraiment le choix. Claire est venue à bout des dernières forces de Joe hier soir. Quant à moi, je ne vais pas rester assise à me tourner les pouces, Michael. Tu es bien placé pour le savoir, ajouta-t-elle en plantant ses yeux dans les siens. Et pas d'hypnose, tu as promis.

— J'ai promis, assura-t-il en lui serrant la main. Ça ne se reproduira jamais.

— Tu as beau être craquant quand tu te fais du souci, Michael... c'est une grosse fête. Il y aura des centaines de personnes, on sera en sécurité. Plus que Shane dans sa cage. Claire, il faut qu'on sache où Shane en est. S'ils ont avancé l'heure de son exécution ou pas.

— Je m'en charge, répondit-elle en composant un autre numéro.

C'était celui du domicile de l'inspecteur Hess, qu'il avait ajouté, à la main, au dos de sa carte de visite. Il décrocha à la quatrième sonnerie. Sa voix trahissait son épuisement.

— Joe ? C'est Claire, Claire Danvers. Je suis désolée de vous réveiller...

— Je ne dormais pas, répliqua-t-il en bâillant. Claire, quelle que soit l'idée qui te trotte dans la tête, ne l'écoute pas. Reste chez toi, verrouille les portes et ne te fais surtout pas remarquer. Je suis sérieux.

— Oui, Joe, entendu. Je voulais savoir... ce matin ils ont parlé d'anticiper l'exécution.

— Le maire a refusé de précipiter les choses. Il a appelé le père de Shane à se rendre. Pour moi, ça ressemble à une impasse : ils ont Shane, Frank Collins a Monica. Personne ne veut céder.

— Combien de temps...

— Jusqu'au lever du soleil. À six heures du matin. Tout sera terminé avant l'aube. Pour Monica aussi, si le père de Shane ne bluffe pas.

— Il ne bluffe pas, croyez-moi… Bon sang, il ne reste pas beaucoup de temps.

— C'est mieux que ce qu'Oliver voulait. Il avait demandé à avancer l'exécution au coucher du soleil. Le maire s'y est opposé, mais il ne peut pas aller au-delà de l'heure fixée initialement. La mise à mort ne sera pas ajournée au dernier moment.

Claire entendit le bruit d'une chaise qui craquait : Hess devait changer de position.

— Claire, tu dois te préparer. Il n'y aura pas de miracle. Personne ne démordra de ses positions. Shane est condamné. Je suis désolé, mais il en est ainsi.

Elle n'eut pas le cœur de débattre avec lui ; au fond d'elle-même, elle savait qu'il avait raison.

— Merci, murmura-t-elle. Je dois y aller maintenant.

— Ne tente rien, Claire. Ils te tueront.

— Bonne nuit, inspecteur.

Elle raccrocha, reposa le combiné sur le comptoir et gonfla la poitrine pour se ressaisir. En redressant la tête, elle découvrit qu'Eve la considérait de son regard brillant, indéchiffrable.

— Très bien, puisque je dois me transformer en zombie, allons-y.

Eve sourit.

— Tu seras la zombie la plus mignonne qu'on ait jamais vue.

Claire n'avait jamais porté autant de maquillage de sa vie, même pour Halloween.

— Tu te tartines comme ça tous les jours ? demanda-t-elle comme Eve se reculait pour l'observer d'un œil critique, un pinceau à la main. Ça fait bizarre.

— Tu t'habitueras. Ferme les paupières, je vais remettre un peu de poudre.

Claire obtempéra et sentit la caresse des poils du pinceau sur son visage. Elle dut se retenir d'éternuer.

— Bien. Maintenant, les yeux. Ne bouge pas.

La séance se prolongea un moment : Claire restait assise sans moufter pendant qu'Eve exerçait son art. Claire ignorait à quoi elle ressemblait : il n'y avait pas de miroir et elle redoutait de découvrir son reflet. Elle craignait de ne pas se reconnaître, de ne plus être elle-même. Mais c'était débile, non ? Son apparence ne changerait pas ce qu'elle était profondément.

Eve se recula une énième fois pour l'examiner et acquiesça.

— Les vêtements, maintenant.

Elle-même portait un corset noir sur une chemise de la même couleur, lacérée, et un collier représentant des têtes de mort, ainsi que les boucles d'oreilles assorties. Sans oublier le rouge à lèvres noir.

— Tiens, dit-elle en tendant des affaires à Claire.

Celle-ci retira, à grand regret, son jean et son tee-shirt, avant de s'asseoir pour enfiler des collants noirs avec une frise de têtes de mort. Claire ignorait si elle devait les mettre devant ou derrière.

— Où déniches-tu des trucs pareils ? demanda-t-elle.

— Sur le Net. Les crânes vont derrière.

Après les collants, la jupe en cuir – qui lui arrivait juste au-dessus du genou et était pleine de fermetures Éclair et de chaînes – lui parut simple à enfiler. Elle se sentit aussitôt vulnérable, pourtant : elle n'avait plus l'habitude. La dernière fois qu'elle avait porté une jupe, elle devait avoir… quoi ? douze ans ? Elle n'avait jamais aimé ça. Le haut noir, qui comportait également une tête de mort, était moulant et transparent.

— Hors de question que je mette ça !

— Tu auras un débardeur en dessous, grosse maligne, dit Eve en lui jetant un vêtement soyeux.

Claire se débattit pour empiler les deux.

— Attention au maquillage, la prévint Eve. O.K., tu es parfaite. Prête à admirer le résultat ?

Elle était tout sauf prête, mais Eve l'entraîna malgré tout dans la salle de bains.

— Ta da ! s'exclama-t-elle en allumant la lumière.

Claire n'en croyait pas ses yeux. Elle ressemblait à la petite sœur maigrichonne d'Eve. Une apprentie zombie. Au moins, elle se fondrait dans la masse et personne ne la reconnaîtrait. Elle ne se reconnaissait pas elle-même !

— Allons-y, soupira-t-elle.

Eve gara sa Cadillac noire sur le parking du campus – ce qui constituait une effraction, mais Eve ne se souciait déjà pas des contraventions en temps normal… Elles n'auraient pas pu laisser la voiture plus près de la fraternité. Elles étaient si près, à dire vrai, que les fenêtres illuminées de la maison étaient visibles et que le bruit sourd des basses faisait vibrer la voiture.

— La vache ! lâcha Eve. Ils se sont surpassés cette année.

Un cimetière entourait la maison – tombes de guingois, immenses mausolées d'aspect effrayant, statues couvertes de mousse. Sans oublier les zombies, ou plutôt, rectifia aussitôt Claire, les invités de la soirée, qui se prenaient en photo en parodiant *La Nuit des morts-vivants*. La rumeur de la soirée leur parvenait à travers les vitres fermées.

— On ne se quitte pas, dit Eve. On entre, on récupère Sam et on ressort, d'accord ?

— On entre et on ressort.

Elles traversèrent le cimetière au pas de course. De près, elles constatèrent que les pierres tombales étaient des morceaux de polystyrène et les mausolées des bennes déguisées. Ils s'étaient donné du mal, jusque dans le moindre détail : des mains de morts-vivants sortaient de terre. « La cerise sur le gâteau », songea Claire. Elle s'approcha de l'une d'elles, qui la saisit par la cheville. Claire fit un bond en arrière en hurlant. Elle atterrit dans les bras d'Eve.

— Bon sang, les gars, grandissez un peu ! lança cette dernière en s'accroupissant pour examiner le sol. Où êtes-vous ?

— Ici !

Une trappe dissimulée sous une fine couche de terre se souleva, et un bizut passa sa tête boutonneuse par l'ouverture.

— Euh... désolé... reprit-il. C'était pour plaisanter. On veut juste...

— Attraper les filles pour regarder sous leur jupe. Ouais. Trop dur, le bizutage.

Elle se redressa et épousseta la terre sur ses genoux.

— Bon courage ! ajouta-t-elle.

En souriant, il referma la trappe et ressortit la main par un trou dans le sol.

— Ils sont combien sous terre ? demanda Claire.

— Il n'y a que les bizuts, répondit Eve. Viens ! Si Sam est bien ici, on le trouvera forcément en train de discuter. Il adore ça.

Claire voyait mal comment quiconque pouvait parler ou écouter une conversation dans un tel boucan. La musique était si forte qu'elle avait l'impression que celle-ci la traversait par vagues ; elle dut se retenir de plaquer ses mains sur ses oreilles. Eve avait ramené ses cheveux en deux petites couettes, et elle regrettait de ne pas pouvoir au moins les rabattre sur ses tympans.

— J'ai besoin de boules Quies ! hurla-t-elle à son amie.

Celle-ci lui fit signe qu'elle n'avait pas entendu.

— Laisse tomber ! répondit Claire.

La maison Epsilon Epsilon Kappa était sens dessus dessous. Claire doutait que l'ordre y règne habituellement, mais là ça dépassait l'entendement : moquette jonchée de gobelets en plastique répandant leur contenu un peu partout, chaise brisée dans un coin, poivrots cuvant sur les canapés. Et elles ne s'étaient pas aventurées au-delà de l'entrée. Deux gros bras se placèrent soudain en travers de leur chemin en les arrêtant d'un geste de la main ; ils portaient des tee-shirts noirs indiquant SERVICE DE SÉCURITÉ DES MORTS-VIVANTS.

— Vous avez vos invitations ? s'époumona l'un d'eux.

Claire échangea un regard avec Eve avant de répondre en criant elle aussi :

— Ian Jameson m'a invitée ! Ian Jameson !

Après avoir consulté leur liste, ils acquiescèrent.

— Au premier ! La dernière porte sur la gauche !

Claire n'avait pas l'intention de trouver Ian, mais elle opina malgré tout. Eve et elle s'avancèrent vers le salon, en bousculant les deux types de la sécurité, qui les collaient d'un peu trop près. Claire n'avait jamais vu une folie pareille de sa vie. Certes, ses points de comparaison dans le domaine étaient limités, mais elle aurait parié que même Paris Hilton aurait considéré cette fête comme délirante. Les énormes saladiers remplis de punch rouge sang contenaient des mains coupées, des yeux et autres monstruosités en plastique. Beaucoup de personnes donnaient des signes d'ébriété avancée – trébuchant, riant à gorge déployée, gesticulant. Les boissons valsaient, ce qui ne semblait déranger personne : après tout, la soirée était consacrée aux zombies, rien n'était trop répugnant. Ceux qui n'étaient pas maquillés portaient un masque de monstre.

Le salon servait de piste de danse, où les invités, comprimés les uns contre les autres, se balançaient en rythme. Claire se figea sur le seuil, prise d'une frayeur subite. On aurait dit une assemblée de morts-vivants. Pire, de morts-vivants ivres et excités.

— Viens ! s'impatienta Eve en la traînant par la main.

Elle fendit la foule sans hésitation.

— Heureusement qu'il est roux ! ajouta-t-elle.

La plupart des types arboraient des perruques noires ou s'étaient coloré les cheveux. Claire elle-même avait fini par accepter qu'Eve lui vaporise une bombe de teinture noire, à la promesse qu'elle récupérerait sa couleur naturelle au premier shampooing. Claire tentait, en vain, d'éviter les contacts avec les autres ; elle n'avait jamais été à ce point comprimée. Une main essaya même de remonter sa jupe dans la cohue. Elle poussa un cri en se dérobant. Un autre mec lui toucha les fesses.

— Plus vite ! souffla-t-elle à Eve, qui avait ralenti l'allure pour tenter de s'orienter. Bon sang, je n'arrive pas à respirer !

— Par ici !

Claire se sentait sale – pas seulement parce qu'elle se faisait tripoter, mais aussi parce qu'elle était collante de transpiration, la sienne comme celle des autres. Eve l'attira vers un petit espace dégagé, à l'autre bout de la pièce, juste au pied de l'escalier : il devait s'agir de l'endroit où se rassemblaient ceux qui faisaient tapisserie – une bande de filles timides, en tenue plus chic que gothique, qui se rassuraient en restant groupées. Elle éprouva de la sympathie pour elles.

— Super soirée ! hurla Eve pour couvrir la musique techno. Dommage qu'on ne puisse pas en profiter !

— Tu as repéré Sam ?

— Non ! Il n'est pas là ! Essayons les autres pièces !

Après le tumulte du salon, la cuisine leur sembla incroyablement calme, même si celle-ci était remplie de personnes qui parlaient fort et gesticulaient. Il y avait d'autres saladiers de punch, ce qui rendait Claire dingue : elle mourait de soif, mais elle n'avait pas l'intention d'avaler une boisson alcoolisée. Elle avait suffisamment d'ennuis comme ça. Et l'enjeu était trop important.

Ses oreilles bourdonnaient toujours, mais au moins, ici, elle pouvait respirer. Par réflexe, Claire chercha son portable, avant de se rappeler qu'il avait fini écrasé sous les roues de la camionnette blanche, et jura dans sa barbe.

— Quelle heure est-il ? demanda-t-elle à Eve, qui sortit son propre téléphone (décoré, il va de soi, de têtes de mort).

— Dix heures. On doit se magner, je sais.

Quelqu'un attrapa Claire par le bras et elle eut un mouvement de recul ; pourtant, en dépit de son déguisement, elle reconnut rapidement Ian, le type qui lui avait parlé de la fête. Le type dont le nom leur avait servi de sésame.

— Claire ? Waouh, tu es superbe !

Lui-même paraissait moins intello avec ses cheveux noircis, coiffés en pointes, et son maquillage de vampire. Claire se demanda combien de véritables vampires avaient infiltré la soirée. L'idée, qui n'avait rien de réjouissant, lui arracha un frisson.

— Oh… Salut, Ian !

Eve était occupée à chercher Sam et Claire ne parvint pas à attirer son attention pour lui présenter Ian.

— Je suis trop content que tu sois venue ! dit-il. Tu veux du punch ?

— Euh… tu n'aurais pas plutôt quelque chose sans… tu vois.

— Sans alcool ? Aucun problème. De l'eau ?

— Parfait !

Où était passée Eve, bon sang ? Elle avait disparu derrière deux grands types, et Claire ne la voyait plus. Elle se sentait seule et terriblement vulnérable dans son accoutrement gothique. En plus, son maquillage grattait affreusement – comment Eve le supportait-elle quotidiennement ? Claire ne rêvait que d'une douche, de se débarbouiller et d'enfiler un jean et un tee-shirt. Elle rêvait de ne plus jamais sortir de la maison. « Shane. Comment peux-tu l'oublier ? » La culpabilité lui serra le ventre quand elle réalisa qu'il avait quitté ses pensées, même pour une minute.

Ian revint avec deux bouteilles d'eau déjà ouvertes.

— Tiens, dit-il en lui en tendant une. C'est la folie, hein ?

— La folie, convint-elle.

Elle ne voyait d'ailleurs pas ce qui pourrait être plus fou que d'organiser, dans une ville regorgeant de vampires, une soirée avec des étudiants ivres et échauffés, où n'importe quel buveur de sang se fondrait sans problème dans la masse.

— Tu as vu dans quelle direction était partie mon amie ?

— Les filles… soupira Ian. Vous vous déplacez toujours en groupe… Elle est dans la bibliothèque. Suis-moi.

Claire avala quelques gorgées d'eau en lui emboîtant le pas. Elle enjamba plusieurs personnes qui avaient décidé que le sol de la cuisine était le meilleur endroit pour s'asseoir et discuter. Et… oh, mon Dieu ! qu'est-ce que fabriquait ce couple dans le coin ? Elle rougit sous son masque blanc et reporta son attention sur la nuque de Ian. Un morceau de peau rose apparaissait à un endroit qu'il avait oublié de camoufler. La pièce d'à côté contenait du monde également, mais moins que la cuisine, et on aurait pu dire qu'elle était déserte en comparaison du salon. Bibliothèque était une dénomination quelque peu exagérée. La pièce contenait des livres, mais pas autant que Claire l'aurait imaginé et, pour la plupart, il s'agissait de manuels scolaires. Munis de marqueurs noirs, certains invités les couvraient d'inscriptions en se marrant.

Aucun signe d'Eve.

— Attends, lui dit Ian avant d'aller interroger un autre type, plus grand, vêtu d'une chemise noire soyeuse ouverte sur une poitrine musculeuse.

Leur échange dura un moment. Claire en profita pour se désaltérer – il faisait une chaleur à crever ici aussi –, et elle se serait également épongé le visage si elle ne s'était pas rappelé à temps qu'elle portait un maquillage sophistiqué. Sam n'était pas non plus dans cette pièce. Pendant que Ian discutait, Claire s'approcha d'une des filles, qui gribouillait dans un bouquin. Sa tête lui disait vaguement quelque chose. Peut-être une étudiante de son cours de chimie ? Une Anna quelque chose ?

— Salut… Anna ?

La fille releva le nez – la mémoire de Claire ne lui jouait pas de tours.

— Excuse-moi, tu aurais vu Sam ? reprit Claire. Un rouquin… Les yeux bleus… sans doute avec une veste en cuir… ?

Sauf qu'avec cette touffeur, il avait dû la retirer.

— Oui, bien sûr. Il est au premier, répondit-elle avant de se remettre à barbouiller le livre de diablotins et de fourches.

Au premier. Avant de monter, Claire devait absolument retrouver Eve. Et vite. Ian venait justement de revenir et il lui annonça :

— Elle est en haut. Elle cherche un certain Sam, c'est ça ?

— Ouais, répliqua Claire. Ça t'embête si…

— Non, non, je t'accompagne.

Il baissa les yeux sur la bouteille vide dans la main de Claire.

— Tu en veux encore ? proposa-t-il.

Elle acquiesça et il en tira une autre d'une glacière. Elle dévissa le bouchon et avala une gorgée salvatrice avant de suivre Ian dans l'escalier. La chaleur ralentissait ses mouvements. Elle aurait voulu s'asperger le visage d'eau fraîche, mais ne pouvait pas à cause de ce stupide maquillage. L'escalier lui sembla interminable, d'autant qu'elle avait l'impression de marcher sur un terrain miné : des étudiants étaient assis sur chaque marche, occupés à discuter ou à fumer des joints. « La vache ! il faut que je parte d'ici, et vite. » Elle se crut arrivée au paradis en atteignant le palier vide du premier étage. S'accrochant à la rambarde, elle s'immobilisa quelques secondes pour reprendre son souffle.

— Tout va bien ? demanda Ian en revenant sur ses pas.

Elle acquiesça.

— Je ne sais pas dans quelle pièce il est, ajouta-t-il. On va devoir chercher.

Il ouvrit la première porte du couloir et tomba sur un groupe de dix personnes plongées dans une conversation animée. Elles les fusillèrent du regard et Claire réalisa, au moment où Ian refermait, qu'il s'agissait de vampires. Sam n'était pas parmi eux, malheureusement, mais à ce qu'elle savait de lui, ça n'avait rien d'étonnant. Il traînait plutôt avec les humains, non ?

— Mauvaise pioche ! lança Ian (comme si elle n'avait pas compris !) avant d'essayer la suivante.

Elle ne vit rien cette fois-ci, mais il tira la porte précipitamment.

— Très mauvaise pioche, désolé.

Une dizaine de portes s'alignaient dans le couloir, mais ils n'eurent pas le temps de toutes les ouvrir. Claire avait la tête qui tournait si fort qu'elle craignait de perdre connaissance. Elle mit son malaise sur le compte de la chaleur et avala une nouvelle gorgée d'eau. Celle-ci ne lui apporta aucun soulagement. Au moment où Ian entrebâillait la quatrième porte, elle dit :

— Je ne me sens pas très bien.

— Eh bien, ça a été rapide, rétorqua-t-il avec un sourire avant de la pousser à l'intérieur. Je pensais que ça allait me demander plus d'efforts. Tu es plutôt facile.

Il y avait trois autres types dans la pièce. Elle n'en connaissait aucun… Enfin, si, le visage de l'un d'eux lui rappelait quelque chose. Le gros lourd de la cafétéria, celui qui avait été si cruel avec Eve. Il était là. Décontenancée, Claire pivota vers Ian, occupé à verrouiller la porte. Ses jambes menaçaient de se dérober sous elle, sa tête d'exploser. Quelque chose clochait. Sérieusement même… pourtant, elle n'avait rien bu, elle avait été prudente… Pas assez. La première bouteille d'eau était déjà ouverte quand il la lui avait apportée. « Débile, Claire, tu es débile, débile, débile. » Mais il semblait si… gentil.

— Vous ne devriez pas faire ça, dit-elle en reculant pour échapper à un de ses agresseurs.

La pièce, probablement la chambre d'un membre de la fraternité, n'était pas grande. Elle contenait un lit, une commode aux tiroirs à demi ouverts. Du linge sale s'empilait dans un coin. « Oh, non… » Une pensée venait subitement de la frapper : Eve ignorait où elle se trouvait, elle n'avait pas de téléphone portable et même si elle criait personne ne l'entendrait avec la musique. Pire : personne n'en aurait rien à cogner de toute façon.

Elle se rappela la réaction d'Eve le soir où le motard les avait agressées. « Il te faut une arme. » Sauf qu'Eve était plus expérimentée et plus grande, sans oublier qu'elle n'avait pas été droguée… Alors qu'elle cherchait une solution, elle manqua de trébucher sur une batte de base-ball qui dépassait de sous le lit. Elle s'en saisit et l'agita d'un mouvement incertain et flageolant.

— Ne me touchez pas ! hurla-t-elle avant de s'époumoner : Eve ! EVE ! J'ai besoin d'aide !

Elle balança la batte en direction de Ian, qui s'avançait ; il esquiva aisément. Elle changea aussitôt sa prise et l'attaqua avec la poignée : cette fois, il ne fut pas assez rapide et reçut un coup en pleine bouche. Sonné, il fit quelques pas en arrière.

— Sale conne ! dit-il en crachant du sang. Oh, mais crois-moi, tu vas payer pour ça…

— Attends, lança Hulk, adossé contre la porte, les bras croisés. Tu as bien mis la dose entière dans la bouteille ? Et elle l'a vidée ?

Ian opina. Il farfouilla dans le tas de linge sale et en tira une chaussette, qu'il pressa contre son nez et sa bouche ensanglantés. Bien. Elle espérait que celle-ci était dégueu, qu'elle appartenait à un sportif qui avait abondamment transpiré dedans.

— Alors il nous suffit de patienter quelques minutes, ajouta-t-il. Elle n'ira nulle part, sauf au pays des rêves.

Il topa avec ses potes, tandis que Ian continuait à la fixer d'un air mauvais. Tous les quatre s'interposaient entre la porte et elle. Il y avait une fenêtre, mais Claire, qui tenait à peine sur ses jambes, serait incapable de l'enjamber, sans oublier qu'elle était au premier. Elle resserra ses mains moites et engourdies autour du manche de la batte, alors que sa vision se brouillait. Elle fut parcourue de vagues de chaleur puis d'un frisson glacial. Michael ? Est-ce que Michael était là ? Non, il ne pouvait pas quitter la maison… Sans le décider, elle glissa le long du mur pour s'asseoir par terre. Elle agrippait toujours le bâton, mais la fatigue la gagnait, une fatigue extrême, et elle se sentait nauséeuse, elle avait chaud…

Quelqu'un s'escrima soudain sur la poignée. Claire rassembla ce qui lui restait de forces et s'époumona :

— À l'aide ! Au secours ! EVE !

Avec un sourire qui découvrit ses dents rouges de sang, Ian lui dit :

— C'est juste quelqu'un qui cherche un endroit pour prendre du bon temps. Ne t'inquiète pas, chérie, on ne te fera aucun mal. Tu ne te souviendras de rien, de toute façon.

Même si elle était déjà bien sonnée, Claire avait encore les idées claires : elle décida donc d'exagérer les effets de la drogue et se mit à marmonner, les yeux mi-clos.

— Ça y est, lança le type de la cafét. Elle est dans les vapes. Mettez-la sur le lit.

Elle n'avait jamais joué une comédie pareille ; elle se concentra pour imaginer comment Eve réagirait à sa place.

Elle laissa pendre mollement la batte au bout de sa main, de sorte qu'elle repose sur sa cuisse droite, parallèlement à l'autre. Lorsque Ian s'approcha pour la soulever, elle releva son arme de toutes ses forces, l'atteignant pile à l'endroit le plus sensible pour un garçon. Poussant un cri de castrat, il s'effondra et se recroquevilla.

Claire en profita pour se hisser, péniblement, sur ses jambes. Elle était acculée dans un coin de la pièce, ce qui lui permettait de prendre appui sur les deux murs qui formaient un angle droit et de dissimuler à ses agresseurs qu'elle était à deux doigts de s'écrouler. Ses bras tremblaient, ce qu'ils auraient vu si elle avait tenté de lever la batte, elle se contenta donc de la laisser rebondir contre sa jambe.

— À qui le tour ? demanda-t-elle. Je ne vous ferai pas mal. Pas trop, en tout cas.

C'était du flan : il leur suffisait d'avoir un peu de patience et elle tomberait toute cuite entre leurs mains. Le type de la cafét le savait très bien. La drogue – mais qu'est-ce qu'ils avaient mis dans son verre ? – empêchait Claire de se concentrer, tout en réduisant ses forces et en ralentissant ses mouvements, ce qui la transformait en proie facile.

« Shane, pensa-t-elle pour se donner le courage de tenir encore un peu debout, Shane a besoin de moi. Je ne resterai pas sans rien faire. »

— Tu bluffes, articula Hulk en contournant le lit.

Claire voulut le frapper avec la batte mais le manqua et heurta le mur si fort qu'elle ressentit les vibrations du choc jusque dans sa mâchoire. Tirant profit de la surprise de Claire, il se saisit du bâton et le lui arracha des mains. Il le lança à l'un de ses deux complices qui le rattrapa d'une main.

— Tu vas le regretter, dit-il. Tout aurait pu se dérouler dans la douceur, tu sais.

— J'ai la Protection d'Amelie, riposta-t-elle.

Il l'attrapa par le col de sa blouse noire à tête de mort et la tira en avant. Les jambes de Claire cédèrent lorsqu'elle voulut résister.

— Je m'en cogne, répliqua-t-il. Je ne suis pas d'ici. Aucun de nous ne l'est. Monica nous a expliqué comment procéder pour contourner ces lois débiles dont je me fous. Cette Amelie n'a qu'à aller se faire voir.

La porte émit soudain un bruit sec et métallique avant de s'ouvrir lentement. Claire cligna des paupières pour y voir plus clair et distinguer le visiteur qui se tenait sur le seuil. Les visiteurs ; ils étaient deux. L'un avait les cheveux roux, ce qui lui évoquait vaguement quelque chose… Mais oui, Sam. Sam, le vampire. Sam, le papy de Michael. Trop zarbi, non ? La poignée de la porte tomba en produisant un bruit sourd sur la moquette et roula sous le lit.

— Claire ! Ça va ?

C'était la voix d'Eve.

— Excusez-moi, s'écria Sam, que viens-tu de dire au sujet d'Amelie ?

Le type de la cafét lâcha le haut de Claire et elle glissa le long du mur. Elle chercha à tâtons une arme, mais ne trouva qu'une paire de chaussettes qui aurait mérité de rejoindre le tas de linge sale. Pour une raison qui lui échappait, cette constatation provoqua son hilarité. Prise d'un fou rire, elle appuya sa tête contre le mur afin de détendre sa nuque, qui peinait à supporter le poids de celle-ci.

— J'ai dit qu'Amelie pouvait aller se faire voir, le rouquin. Ça te dérange ?

Sam resta immobile. Claire ne vit pas ce qui se modifia en lui, mais elle eut l'impression que l'atmosphère devenait... glaciale.

— Tu es en train de commettre une grossière erreur, lâcha Sam. Eve, occupe-toi de ton amie.

— Ouais, Eve, entre, on a un grand lit ! ricana Ian. J'ai entendu dire que tu savais t'amuser.

Il lança la chaussette ensanglantée par terre pour être prêt à se jeter sur Eve si elle se décidait à entrer. Sam observa la chaussette une seconde avant de la ramasser et de la presser, recueillant les gouttes de sang dans sa paume. Puis il lécha celles-ci. Lentement. En soutenant le regard des quatre types présents dans la pièce.

— J'ai dit que vous étiez en train de commettre une grossière erreur, murmura-t-il.

Claire avait l'impression d'avoir une ruche pleine d'abeilles à la place de la tête, tant celle-ci bourdonnait.

— Purée, souffla Ian en reculant, à pas rapides. Tu es taré, mec !

— Question de point de vue, convint Sam. Eve, va la chercher. Personne ne te touchera.

Eve se précipita aux côtés de Claire et la serra brièvement dans ses bras avant de la redresser.

— Tu peux marcher ?

— Pas très bien, répondit Claire en ravalant une vague de nausée.

Elle continuait à passer du chaud au froid et à avoir envie de vomir, pourtant la situation lui semblait à mourir de rire, y compris la lueur de terreur dans les yeux d'Eve. Elle eut moins envie de rire quand le type de la cafét tenta de s'en prendre à son amie. Il enjamba le lit et lui agrippa le poignet. Sam se déplaça en un battement de cil, plaquant l'agresseur contre le mur.

— J'ai dit, lui susurra Sam à l'oreille, que personne ne la toucherait. Tu es sourd ?

Claire ne voyait pas le visage du vampire, mais elle supposa qu'il avait fait jaillir ses crocs à la fin de sa phrase, parce que sa victime se mit à gémir comme un chien malade. Les autres mecs s'écartèrent le plus loin possible d'Eve.

— Monica… lâcha Claire. Je crois que Monica est derrière tout ça. Elle a demandé à Ian de m'inviter.

— Quoi ?

— Monica a demandé à Ian de m'attirer ici… et la suite aussi.

— La morue ! Je retire ce que j'ai dit tout à l'heure : elle a mérité de se transformer en torche vivante.

— Non, répliqua Claire faiblement, personne ne mérite un truc pareil. Personne.

— Sainte Claire, patronne des punching-balls. Écoute, tiens bon, d'accord ? On doit sortir d'ici. Sam ! Viens ! Laisse-les !

Ce dernier ne semblait pas disposé à obéir.

— C'est une question de savoir-vivre, les gars. J'ai l'impression que personne ne vous a jamais inculqué les rudiments de la politesse. Il serait temps que vous receviez une petite leçon. Pour éviter que vous fassiez mal à quelqu'un d'autre.

— Eh, mec... lança Ian qui levait les mains en geste de capitulation. Sérieux ! On plaisantait... On n'avait pas l'intention de lui faire du mal. Pas la peine de te transformer en serial killer. On ne l'a même pas touchée ! Regarde, elle a encore tous ses vêtements.

— Tais-toi, rétorqua Sam sans quitter des yeux le type de la cafét, qui ressemblait de moins en moins à un prédateur et de plus en plus à un petit garçon terrorisé par le grand méchant loup. Ces deux filles me sont sympathiques, contrairement à vous, qui m'êtes franchement antipathiques. Fais le calcul. Je vais vous soustraire de l'addition.

— Sam ! l'interpella Eve d'une voix impérieuse. Le numéro de cow-boy machiste a assez duré. On est venues ici pour te trouver, Claire et moi, allons discuter ailleurs maintenant.

— Je ne partirai pas, répondit-il sans ciller, tant que la mauviette n'aura pas présenté des excuses. Sinon, je lui arrache la tête.

— Sam ! On a besoin de discuter d'un truc super important ! Beaucoup plus que cette enflure !

L'espace d'une seconde, Claire crut que rien de ce que pourrait dire Eve ne parviendrait à convaincre Sam, mais alors un sourire apparut alors sur les lèvres de celui-ci – un sourire qui n'avait rien de gentil –, et il libéra Hulk.

— Très bien. Mais toi, n'oublie pas de penser à toutes les tortures que j'aurais pu t'infliger, parce que si j'entends parler d'une histoire similaire, tu peux être sûr que je ne me contenterai plus d'un avertissement.

Le type de la cafét acquiesça en tremblant avant de se laisser glisser le long du mur. Sam se tourna vers les filles et, posant une main amicale sur l'épaule de Claire, lui demanda :

— Ça va ?

Elle hocha la tête, ce qui faillit lui faire perdre l'équilibre ; Eve dut mobiliser toutes ses forces pour l'aider à rester debout. Lorsqu'elle fut capable de rouvrir les yeux, elle constata que Sam avait rejoint la porte.

— Quoi ? l'interrogea Eve. Je te signale que tu bloques la sortie.

— Chut, répondit Sam dans un murmure si bas qu'il fut à peine audible avec le tambourinement infatigable de la musique.

Soudain, Claire entendit un hurlement. En un éclair, Sam disparut dans le couloir. Eve s'avança à son tour et se dévissa le cou pour voir au-delà de la rambarde de l'escalier. Claire l'imita.

En bas régnait le chaos le plus total, un chaos qui n'avait rien à voir avec la cohue joyeuse d'une piste de danse. Au son de leurs cris, les invités se bousculaient pour rejoindre les sorties, marée de vêtements noirs et de masques blancs éclaboussés de rouge… Du sang. Il y avait du sang.

Sam les agrippa, Eve et elle, par les épaules et les poussa à l'intérieur de la chambre. Il fixa son regard sur Ian, toujours recroquevillé contre le mur.

— Toi, O positif. Il y a combien de sorties ?

— Quoi ? … Oh, non… Tu viens de m'appeler par mon groupe sanguin, non ?

— Combien de sorties ?

— Il n'y a que l'escalier !

Sam jura tout bas, puis s'approcha de la penderie, qu'il ouvrit en grand. Il pouvait y tenir debout. Après avoir entassé les vêtements en pagaille, il força Eve et Claire à y entrer, puis lança à l'intention des quatre types :

— Vous. Si vous tenez à la vie, rejoignez-les. Mais touchez-les et je vous tuerai de mes propres mains. Vous savez que je ne plaisante pas, hein ?

— Ouais, répliqua faiblement Ian. On ne posera pas le petit doigt sur elles. Qu'est-ce qui se passe ? Une fusillade, c'est ça ? Un truc dans le genre ?

— Ouais, confirma Sam. Un truc dans le genre. Planquez-vous.

Les garçons s'entassèrent dans la penderie. Eve poussa Claire à l'extrémité du placard et lui ménagea une place au milieu d'une pile de baskets qui empestaient. Elle la fit asseoir et s'accroupit à côté d'elle en fusillant les garçons du regard. Elle était prête à bondir, mais ils gardèrent leurs distances.

Sam claqua la porte. L'obscurité tomba.

— C'est quoi, ce bordel ? interrogea Hulk.

Sa voix frémissait.

— Il y a des victimes, rétorqua sèchement Eve. Tu pourrais être la prochaine si tu ne la fermes pas.

— Mais…

— Ferme-la, un point c'est tout !

Le silence. La musique continuait au rez-de-chaussée, mais par intermittence des hurlements la couvraient. Sentant qu'elle allait perdre connaissance, Claire serra la main d'Eve.

— Tout va bien, lui souffla celle-ci. Je suis vraiment désolée.

— Merci de m'avoir sauvée, répondit Claire.

— Je n'ai rien fait à part trouver Sam. C'est lui qui a senti le danger...

Eve s'interrompit avant d'ajouter :

— Je rêve ! Qui me touche ?

— Oh, pardon ! Désolé ! s'écria une voix suraiguë et plaintive.

— Vaudrait mieux pour toi.

Un silence tendu s'installa. Puis Claire entendit des bruits de pas dans le couloir.

— Silence, intima Eve.

Avertissement inutile. L'instinct de Claire lui dictait la même chose, et elle était certaine que celui des garçons aussi. Une force maléfique s'était abattue sur la maison, une force bien plus terrifiante que quatre abrutis travaillés par leurs hormones.

Claire sentit quelqu'un lui effleurer la main. Ce n'était pas celle d'Eve. Elle ignorait de quel garçon il s'agissait – Ian peut-être ? Elle saisit la main et la serra. Puis elle se demanda s'ils allaient mourir.

10.

Les hurlements s'interrompirent et la musique fut brusquement coupée. Ce silence de mort était pire d'une certaine façon. Il vous glaçait le sang. Claire se raccrocha de toutes ses forces au peu de lucidité qu'il lui restait. Les effets de la drogue semblaient aller et venir. Ils finiraient peut-être par se dissiper complètement.

Une lame du plancher craqua juste devant la porte de la penderie. Claire sentit un frisson parcourir la main du garçon ; elle se plaqua contre le mur sans quitter des yeux la porte, immense rectangle noir bordé de jaune. Le passage furtif d'une ombre fut suivi d'un grognement et d'un cri. Puis du bruit sourd d'un corps s'écroulant par terre et de la détonation d'un pistolet. Claire sursauta, comme Eve et le garçon à côté d'elle.

— Oh, mon Dieu… chuchota-t-il.

Il tremblait de la tête aux pieds. Claire se fit la réflexion que la drogue qu'elle avait ingurgitée à son insu avait au moins cet avantage – elle empêchait les battements de son cœur de s'accélérer. Elle se sentait étonnamment calme, vu la situation. À moins qu'elle se soit, malgré elle, habituée à ce genre de situation.

Un bruit de course. La rampe de l'escalier craqua. De nouveaux éclats de voix montèrent du rez-de-chaussée, des pas dévalèrent l'escalier… puis le hurlement lointain des sirènes retentit.

— Les flics, murmura quelqu'un (sans doute le type de la cafét, même si Claire ne reconnaissait pas ses intonations dépourvues de leur arrogance). On va s'en tirer. Ouais, on est tirés d'affaire.

— Enfin, jusqu'à ce qu'elles nous balancent, marmonna un autre. Pour, tu sais, le truc.

— La tentative de viol, tu veux dire ? souffla Eve férocement. Écoutez-vous un peu ! Le truc… Ayez au moins le courage d'appeler un chat un chat, bande de trouducs !

— Je… Je suis désolé, d'accord ? On n'avait pas l'intention de lui faire du mal. On…

— Elle a seize ans, mec.

— Quoi ?

— Seize ans. Alors, tu peux me remercier de vous avoir évité une très longue peine, parce qu'une tentative de viol coûte beaucoup moins cher qu'un véritable viol. De mineure. Monica est derrière tout ça ?

— Je… euh… ouais. Elle a dit… elle a dit que Claire se laisserait faire, qu'il fallait juste lui forcer un peu la main.

— Chut… leur intima Claire, qui venait d'entendre le plancher craquer à nouveau.

Tout le monde se tut. La porte de la penderie s'ouvrit en grand et le flot de lumière les éblouit. Claire observa à travers ses paupières plissées l'homme qui se tenait devant elle. Un rouquin.

— Dehors, ordonna Sam. Plus vite que ça.

Les gars sortirent en file indienne, la tête baissée, et se réunirent dans un coin de la pièce. C'était bien Ian qui avait pris la main de Claire. Il la considérait avec une expression étrange, comme s'il la voyait vraiment pour la première fois.

— Désolée pour ton nez, fit-elle.

— Ce n'est pas terrible, répondit-il en clignant des paupières. Écoute, Claire…

— Je ne veux pas de tes excuses.

— Tu comptes sérieusement aller chez les flics ? s'informa Hulk.

— Non.

— N'importe quoi ! intervint Eve. Oui, bien sûr qu'elle va aller chez les flics. Plutôt deux fois qu'une. Alors vous feriez mieux de vous tenir à carreau. Sans déc. Et attention aux faux pas. Parce que ce n'est pas les flics que je craindrais si j'étais vous. Je me trompe, Sam ?

Il acquiesça en silence.

— Tirons-nous d'ici. Claire ? Tu peux marcher ?

— Je vais essayer.

Mais le monde se déroba sous ses pieds lorsqu'elle voulut se relever. Elle fut aussitôt soulevée à plusieurs mètres du sol.

Elle était dans les bras de Sam, qui la portait comme si elle ne pesait pas plus lourd qu'un oreiller en plumes.

— Eh ! les apostropha le type de la cafét. Je suis sincèrement désolé. Monica… elle nous avait dit…

— Tais-toi, mec, l'interrompit Ian. Monica nous a soufflé l'idée, oui, mais on l'a mise à exécution tout seuls. Comme des grands. On n'a aucune excuse.

— Ouais… tu as raison. Enfin bref, je promets que ça ne se reproduira pas.

— Dans le cas contraire, rétorqua Sam, qui s'était arrêté sur le seuil, les flics n'auront même pas l'occasion de vous coffrer. Je vous réglerai votre compte avant.

Les contours des objets se brouillaient. Désorientée, Claire se raccrochait au cou puissant et glacial de Sam pour ne pas s'abandonner à la vague chimique qui menaçait de l'emporter. Elle rouvrait les paupières par intermittence, reprenant contact avec la réalité par bribes… La maison de la fraternité avait été saccagée. Meubles brisés, murs défoncés, invités étendus à terre… Sans parler du sang qui recouvrait certains d'entre eux. Eve marqua un arrêt pour presser les doigts sur la gorge d'un garçon qui portait la panoplie complète du vampire, y compris les dents : ses yeux bleus étaient grands ouverts, rivés sur le plafond. Il ne bougeait pas.

— Mort, souffla-t-elle.

Un pieu en bois planté dans la poitrine.

— Mais… ce n'était pas un vrai, s'étonna Claire.

— Aucune importance. Il leur ressemblait et il devait se trouver sur leur chemin, rétorqua Sam. La pièce d'à côté contient les cadavres de deux vampires.

— À côté ? reprit Claire. Comment le sais-tu ?

— Je le sais, répliqua-t-il en enjambant la victime avant de contourner un canapé éventré.

Des bris de verre craquèrent sous ses semelles. Les sirènes se rapprochaient maintenant : la police arrivait en retard à la fête, comme toujours.

— C'était les types de Frank ? demanda Eve. Les motards ?

Sam ne répondit pas, mais il n'avait pas besoin de le faire. Combien de gangs anti-vampires sévissaient à Morganville ? Claire ferma les paupières et abandonna sa tête contre la poitrine de Sam pour se reposer quelques secondes...

Elle se réveilla au son de conversations, la tête comme une enclume, la bouche sèche et la langue râpeuse : elle avait l'impression d'avoir avalé du feutre et du papier de verre. Sans oublier la nausée, qui subsistait.

Elle était allongée dans son propre lit, à la maison. Elle roula sur elle-même pour se lever et se précipita à la salle de bains. Elle se fit vomir avant d'examiner son reflet dans le miroir. Elle y découvrit un spectacle épouvantable. Son maquillage avait coulé, barbouillant son visage de grandes traînées noires, et ses cheveux colorés formaient des épis dans tous les sens. Claire alluma la douche, se débarrassa de son déguisement gothique et s'assit dans la baignoire, sous le jet d'eau. Tout le savon de la terre ne suffirait jamais, mais elle ne renonça pas à frotter malgré tout. Elle se frictionna le visage jusqu'à ce que sa peau brûle. Elle se pétrifia en entendant quelqu'un frapper à la porte.

— Claire ? C'est Eve. Tout va bien ?

— Ouais, ça va.

Sa voix était pâteuse, faiblarde. Eve avait dû prendre sa déclaration au pied de la lettre, car elle s'éloigna. Claire aurait préféré qu'elle reste : elle avait besoin de parler, elle avait besoin d'une présence. Elle avait failli… Le pire dans tout ça était qu'ils n'avaient rien de monstres, ces types. En vérité, ils se comportaient même sans doute plutôt bien la plupart du temps. Comment était-ce possible ? Comment les gens pouvaient-ils être à la fois bons et mauvais ? Le bien et le mal étaient pourtant deux choses distinctes, non ? Une frontière nette les séparait. « Comme les vampires ? lui suggéra une petite voix dans sa tête. Où se situe Amelie, alors ? Et Sam ? Sam t'a sauvé la vie. De quel côté le ranger ? »

Elle ignorait la réponse à ces questions. Et elle n'avait aucune envie d'y réfléchir davantage. S'abandonnant à la pluie drue et chaude, elle oublia tout. Jusqu'à ce que l'eau se mette à tiédir et qu'elle songe qu'Eve voulait sans doute se doucher également. Elle se redressa, coupa les robinets et se sécha, avant de se rendre compte qu'elle avait oublié d'apporter des vêtements propres. Elle s'emmitoufla dans sa serviette pour rejoindre sa chambre.

Elle tomba sur Michael en ouvrant la porte. Déconcerté par sa tenue, il lui tourna aussitôt le dos.

— Va t'habiller, j'ai besoin de te parler.

— Quelle heure est-il ?

Le silence que Michael lui opposa lui noua le ventre.

— Michael ? insista-t-elle. Quelle heure est-il ?

— Habille-toi et descends.

Elle courut à sa chambre et se précipita sur son réveil. Quatre heures du matin. Plus que deux heures avant l'aube.

— Non, chuchota-t-elle. Non…

Elle avait dormi plusieurs heures. Il n'y avait plus de temps à perdre. Elle enfila des sous-vêtements, un jean et un tee-shirt, puis des chaussettes et des chaussures, avant de foncer vers l'escalier. Elle s'immobilisa sur la première marche en reconnaissant la voix d'Amelie. « Amelie ici ? Pourquoi ? » Elle s'attendait à la présence de Sam – Michael ne portait pas les vampires dans son cœur, mais celui-ci faisait partie de la famille après tout, et il paraissait réglo –, et aperçut d'ailleurs sa tignasse couleur cuivre en descendant une marche supplémentaire : il se tenait à l'écart, près de la porte de la cuisine, les bras croisés. Amelie et Michael étaient au milieu du salon.

Quelqu'un apostropha Claire dans son dos, la faisant sursauter : il s'agissait d'Eve dans une épaisse robe de chambre noire, les bras chargés de vêtements.

— Je vais prendre ma douche. Dis-leur que je vous rejoindrai dans dix minutes, d'accord ?

Elle semblait fatiguée et son maquillage avait dégouliné par endroits. Devant sa mine défaite, Claire se reprocha d'avoir utilisé toute l'eau chaude.

— Entendu, répondit-elle en descendant une marche de plus.

Les pas d'Eve s'éloignèrent, la porte de la salle de bains se referma et l'eau se mit à couler. Claire se concentra alors sur les paroles d'Amelie :

— … impossible de revenir en arrière. Le comprends-tu ? Une fois que tu auras fait ce choix, il sera définitif.

Ça n'augurait rien de bon. Vraiment rien de bon. Claire se sentait encore faible et nauséeuse, comme si elle avait avalé trois litres de punch, et elle n'était pas en état d'affronter Amelie à nouveau. À supposer qu'elle le soit un jour ! Elle pourrait peut-être attendre Eve…

— Je comprends, rétorqua Michael. Mais nos options sont restreintes. Je ne peux pas continuer à vivre ainsi, prisonnier de cette maison. J'ai besoin de sortir. Je serai incapable d'aider Shane tant que je serai coincé ici.

— Tu ne seras peut-être pas capable d'aider Shane malgré tout, répliqua froidement Amelie. Je ne fonderais pas un tel choix sur l'affection que je porte à un seul ami. L'issue pourrait être fatale pour vous deux.

— Vivre, c'est prendre des risques, non ? Il faut que je prenne celui-là.

Elle secoua la tête avant de lâcher :

— Samuel, parle-lui, je te prie. Explique-lui.

Sam gesticula sans se rapprocher.

— Elle a raison, gamin. Tu ignores dans quel engrenage tu mets le doigt. Tu crois le savoir… mais tu te trompes. Tu as de la chance… tu es en vie et en sécurité, tu as des amis qui tiennent à toi. Une famille. Ne va pas perdre tout ça.

Michael éclata d'un rire forcé qui le faisait paraître fou.

— Ne pas perdre tout ça ? Bon sang, mais quels sont mes choix ? Cette baraque est comme une tombe de deux cents mètres carrés. Je ne suis pas vivant ; je suis enterré vif.

Sam secoua la tête en baissant les yeux pour éviter le regard de Michael.

— Michael, reprit Amelie en s'approchant d'un pas. Réfléchis à ce que tu me demandes, je te prie. Ce n'est pas seulement difficile pour toi, c'est difficile pour moi. Te libérer de cette maison a un prix. Un prix très lourd. La souffrance et la perte qui les accompagneront, ni toi ni moi ne pouvons les imaginer. Tu changeras de nature, et ce pour toujours. Ta vie et ta mort dépendront de ma volonté, le comprends-tu ? Tu ne serais même pas le demi-humain que tu es à présent. J'ai la certitude que tu finiras par le regretter. Et le regret est un cancer pour nous. Il corrompt notre envie de vivre.

— Ah oui ? Qu'est-ce que je ressens, à votre avis, en étant bloqué ici alors que des gens ont besoin de moi ?

Michael avait les poings serrés, le visage rouge et tendu.

— J'ai vu ma copine manquer de se faire tuer à moins de deux mètres de moi, et j'étais impuissant parce qu'elle se trouvait hors de la maison. Maintenant c'est Shane, qui est tout seul là-bas. Ma vie ne pourrait pas être pire, Amelie. Croyez-moi. Si vous ne voulez pas sauver Shane, alors faites-le pour moi. S'il vous plaît.

Il suppliait Amelie de… quoi ? De le libérer de la maison ? Comment le pouvait-elle ? Claire s'avança d'une marche ; Sam la repéra aussitôt et garda les yeux rivés sur elle. Elle s'attendait à ce qu'il dise quelque chose, mais il se contenta de secouer discrètement la tête. En guise d'avertissement. Elle remonta au premier, d'un pas incertain. La douche coulait toujours, elle devait attendre. À moins qu'il faille prévenir Eve immédiatement ? Michael ne ferait rien de stupide… n'est-ce pas ? Pendant qu'elle hésitait, elle écouta d'une oreille distraite Amelie, n'entendant véritablement qu'un seul mot : vampire.

— Oui, répliqua Michael.

— Non ! s'écria Claire en dévalant l'escalier aussi vite que possible.

Avant qu'elle puisse atteindre le rez-de-chaussée, Sam se dressa en travers de son chemin, l'empêchant d'aller plus loin. Michael l'observait à travers la rambarde. Il semblait terrorisé, mais lui adressa un sourire amer, comme celui de Shane dans sa cage. Façon de dire que plus rien n'avait d'importance.

— Ne t'inquiète pas, Claire, lui lança-t-il. Je sais ce que je fais. Il ne peut pas en être autrement.

— Bien sûr que si !

Elle descendit sur la marche suivante et s'agrippa à la rambarde des deux mains. Des bouffées de chaleur l'envahissaient et elle avait à nouveau le tournis – mais si elle tombait Sam serait là pour la rattraper.

— Michael, je t'en prie, non !

— Oliver a tenté de me vampiriser et il a fait de moi…

Michael conclut sa phrase par un geste de dégoût dirigé contre lui-même.

— Je suis à demi vivant, Claire, il n'y aura jamais de retour en arrière. Je ne peux qu'aller de l'avant.

Elle n'avait rien à rétorquer, il avait raison. Sur tous les points. Il ne redeviendrait jamais un type comme les autres ; il ne pouvait pas vivre éternellement prisonnier de cette maison, démuni. Peut-être que si Shane n'avait pas été en danger…

— Michael, je t'en supplie, insista-t-elle, les yeux remplis de larmes. Je ne veux pas que tu changes.

— Tout le monde change.

— Pas de la même façon, intervint Amelie.

Elle se dressait dans le salon, pareille à la Reine des neiges, avec sa perfection blanche et lisse, dépourvue de toute humanité.

— Tu ne seras plus l'homme qu'elle connaît, Michael, poursuivit-elle. Ni celui qu'Eve aime. Es-tu prêt à courir ce risque ?

Michael inspira profondément, puis se tourna vers elle.

— Oui, je suis prêt.

Amelie conserva le silence un instant avant d'acquiescer.

— Sam, intima-t-elle, emmène l'enfant. Nous nous passerons de témoins.

— Je ne partirai pas ! s'écria Claire.

Sam monta les trois marches qui les séparaient, l'enleva dans ses bras et l'emporta au premier étage. Claire tenta de s'accrocher à la rambarde, mais celle-ci se déroba sous ses doigts.

— Michael ! Michael, non ! Ne fais pas ça !

Sam jeta Claire sur son lit. Avant qu'elle ait réussi à se redresser en position assise, il était déjà ressorti, refermant la porte derrière lui.

Plus tard, en se remémorant la scène, Claire serait incapable de dire si elle avait entendu ou senti le hurlement ; quoi qu'il en soit, elle avait eu l'impression qu'il résonnait dans la maison entière, qu'il faisait vibrer chaque lame du plancher, chaque mur, ainsi que sa tête : en gémissant, elle avait plaqué ses mains sur ses oreilles sans réussir à étouffer le cri perçant, aussi strident et douloureux que le sifflement d'un train à vapeur. Claire avait eu l'impression d'être tiraillée de partout, comme si sa peau s'était transformée en tissu et qu'un gosse malveillant tirait sur les fils qui dépassaient.

Soudain, le silence était tombé. Elle s'était glissée hors du lit, avait couru à la porte et l'avait ouverte sans difficulté. Sam n'était nulle part en vue. Eve était sortie en trombe de la salle de bains, emmitouflée dans sa robe de chambre, ses cheveux noirs mouillés et plaqués sur son visage.

— Qu'est-ce qui se passe ? avait-elle hurlé. Michael ? Où est-il ?

Après avoir échangé un regard désespéré, elles s'étaient toutes deux précipitées au rez-de-chaussée.

Assise dans le fauteuil préféré de Michael, la tête courbée, Amelie semblait vidée de ses forces. Sam, accroupi à côté d'elle, lui tenait la main ; il se releva d'un bond lorsque Claire et Eve atteignirent le pied de l'escalier.

— Elle se repose, expliqua-t-il. Il en coûte beaucoup de faire ce qu'elle vient de faire. Beaucoup d'énergie et de volonté. Laissez-la tranquille, le temps qu'elle récupère.

— Où est Michael ? demanda Eve d'une voix tremblante. Qu'est-ce que vous lui avez fait, monstres ?

— Du calme, mon enfant. Sam n'y a pas pris part. Je l'ai libéré, conclut Amelie.

Elle releva sa tête et l'appuya contre le dossier du fauteuil, les paupières closes.

— Il souffrait tant... Je pensais qu'il pourrait être heureux ici, mais je comprends que j'ai eu tort. Un être tel que Michael ne peut pas rester en cage longtemps.

— Qu'est-ce que vous entendez par « libérer » ?

Eve bredouillait à présent, la mine blafarde – sans l'aide d'aucun maquillage.

— Vous l'avez tué ? s'entêta-t-elle.

— Oui, je l'ai tué. Sam !

Claire ne comprit pourquoi elle avait apostrophé celui-ci que lorsqu'il se retourna à la vitesse de l'éclair pour arrêter une autre silhouette, fondant sur eux si vite qu'elle en était floue. Une lutte s'ensuivit : les deux corps se mouvaient trop rapidement pour que les yeux de Claire puissent les suivre jusqu'à ce que l'un d'eux plaque l'autre à terre.

Sam immobilisait Michael… mais ce n'était pas le Michael qu'elle connaissait. Ce n'était plus celui qu'elle avait vu cinq minutes plus tôt, en train de discuter avec Amelie, d'opérer un choix. Le nouveau Michael était terrifiant. Sam avait du mal à le maintenir en place tant il se démenait, en montrant les crocs. Et sa peau… sa peau était pâle comme le marbre et cendreuse…

— Aide-moi à me lever, demanda Amelie.

Claire la considéra avec étonnement. Celle-ci lui tendait une main royale, ne doutant pas une seconde qu'on lui obéirait. Claire obtempéra, simplement parce qu'on lui avait appris à être polie, et soutint même Amelie lorsqu'elle menaça de perdre l'équilibre. Celle-ci lui adressa un sourire las, puis lâcha son bras pour s'approcher à pas lents – et apparemment douloureux – de l'endroit où Sam maintenait Michael au sol.

Claire chercha Eve : son amie, réfugiée dans un coin de la pièce, se couvrait la bouche des deux poings, les yeux écarquillés. Claire la rejoignit et lui passa un bras autour des épaules. Amelie posa une main blanche sur le front de Michael, et il cessa aussitôt de se débattre, se pétrifiant, les yeux rivés sur le plafond, éclairés d'une lueur intense et étrange.

— Paix, souffla Amelie, paix, mon pauvre enfant. La douleur s'apaisera, la faim aussi. Ceci t'y aidera.

Elle tira de la poche de sa robe un minuscule poignard en argent, pas plus grand qu'un ongle, et s'entailla la paume. Son sang était plus épais que celui d'un être humain, plus sombre. Amelie pressa l'entaille contre les lèvres de Michael et ferma les yeux.

Un hurlement échappa à Eve, qui enfouit aussitôt son visage dans le cou de Claire. Celle-ci la serra dans ses bras, s'efforçant de contrôler ses propres tremblements.

Lorsque Amelie retira sa main, la plaie s'était refermée et il n'y avait pas une goutte de sang sur les lèvres de Michael, lequel haletait. Après plusieurs secondes, Amelie fit signe à Sam de reculer. Michael roula sur le flanc et croisa le regard effrayé de Claire. Les yeux du garçon avaient conservé la même couleur et… pourtant ils étaient différents. Michael se passa la langue sur ses lèvres pâles, et Claire aperçut l'éclat de ses crocs dans sa bouche. Elle réprima un frisson.

— Admirez le plus jeune spécimen de notre espèce, énonça Amelie d'une voix douce. À partir d'aujourd'hui, Michael, tu comptes parmi les résidents éternels de la Grande Cité, et tout sera à toi. Lève-toi pour prendre place parmi les tiens.

— Ouais, dit Sam, bienvenue en enfer.

Michael se redressa sans l'aide de personne.

— C'est tout ? demanda-t-il. C'est fait ?

Sa voix était plus grave que dans le souvenir de Claire.

— Oui, répondit Amelie, c'est fait.

Michael se dirigea vers la porte. En chemin, il dut prendre appui sur le mur, mais il semblait plus fort de seconde en seconde. Si fort que Claire en était mal à l'aise.

— Michael, ajouta Amelie, les vampires ne sont pas invincibles et beaucoup savent comment les tuer. Si tu te montres imprudent, tu mourras, peu importent les nombreuses lois que nous avons établies pour nous protéger de nos ennemis.

Elle jeta un coup d'œil aux deux filles, pelotonnées dans un coin.

— Les vampires ne peuvent pas vivre avec des humains. La difficulté et la tentation sont trop grandes. Comprends-tu ? Elles doivent quitter ta maison. Tu dois prendre le temps de découvrir ce que tu es devenu.

Michael se tourna vers Claire, comme s'il n'était pas prêt à affronter Eve. Elle le reconnaissait mieux à présent, il paraissait plus maître de lui-même.

— Non, répondit-il, elles sont ici chez elles, comme Shane. Nous formons une famille. Je n'y renoncerai pas.

— Sais-tu pourquoi je t'ai arrêté ? demanda Amelie. Pourquoi j'ai ordonné à Sam d'intervenir ? Parce que tu ne peux pas te fier à tes instincts, Michael, il est trop tôt. Tu ne peux pas rester attaché à elles, parce que tes sentiments pour elles risquent de leur être fatals. Comprends-tu ? Ne fondais-tu pas sur ces deux filles dans l'intention de te nourrir de leur sang ?

Michael écarquilla les yeux et son regard s'assombrit soudain.

— Non, rétorqua-t-il.

— Réfléchis.

— Non !

— Si, le contredit Sam. Je le sais, Michael. Je suis passé par là. Et personne n'était là pour m'en empêcher.

Michael ne tenta pas de nier une nouvelle fois ; il posa sur Eve un regard empreint d'une souffrance qui faisait peine à voir.

— Ça ne se reproduira pas.

Eve n'avait pas prononcé un seul mot depuis le début, et sa déclaration fut d'autant plus surprenante qu'elle était exprimée avec calme.

— Je connais Michael, ajouta-t-elle. Il n'aurait pas pris cette décision si elle avait signifié qu'il risquait de nous blesser. Il préférerait mourir.

— Il est mort, riposta Amelie. Ou plutôt l'humanité en lui. Ce qui survit m'appartient.

Une pointe de regret transparaissait dans ses paroles, ce qui n'étonna pas Claire : elle avait perçu l'extrême lassitude dans le regard d'Amelie en l'aidant à se lever.

— Viens, Michael, poursuivit-elle. Tu as besoin de nourriture. Je vais te montrer où en trouver.

— Une minute. S'il vous plaît, implora-t-il en s'éloignant et en tendant une main vers Eve.

Amelie ouvrit la bouche pour répliquer – sans doute pour s'y opposer –, mais elle renonça. Sam ne moufta pas non plus. À contrecœur, Claire lâcha Eve, qui se dirigea vers Michael sans la moindre hésitation. Il serra ses deux mains dans les siennes.

— Je suis désolé. Il n'y avait pas d'autre solution.

Il marqua une pause, les yeux plongés dans ceux d'Eve.

— Jour après jour, je sentais le besoin grandir, je sentais une pression en moi. Je n'avais pas seulement besoin de franchir ce pas pour aider Shane. J'en avais aussi besoin pour ne pas perdre la tête. Et je suis désolé. Parce que tu vas me haïr.

— Pourquoi ? s'exclama Eve, en partie par bravade, bien sûr, même si sa voix était assurée. D'être devenu un vampire ? Je t'en prie. Je suis tombée amoureuse de toi quand tu étais un mort-vivant. Tant que tu restes avec moi, Michael, je m'en sortirai. Pour toi, j'en suis capable.

Il l'embrassa, et Claire détourna le regard. Il y avait beaucoup de désir et de désespoir dans ce baiser, il était bien trop intime. Lorsque Michael y mit fin, il était redevenu celui qu'elles connaissaient, abstraction faite de sa peau et de l'éclat étrange de ses yeux… tout irait pour le mieux. Il essuya de ses pouces les larmes silencieuses d'Eve et effleura ses lèvres avant de dire :

— Je reviens. Amelie a raison, je dois…

Il hésita, considéra celle-ci, puis Eve.

— Je dois me nourrir. Et je dois m'habituer à cette idée. Les dîners vont me manquer… ajouta-t-il avec un sourire plus terne.

— Tu peux toujours manger des aliments solides si tu le souhaites. Je le fais, précisa Amelie.

— Je préparerai le repas ce soir, proposa Claire. Pour célébrer le retour de Shane à la maison.

— Marché conclu, répondit Michael en s'éloignant. Je suis prêt.

— Dans ce cas, sors, répliqua Amelie. Et célèbre ton retour au monde.

Michael était peut-être devenu un vampire, mais en le voyant remplir ses poumons d'air nocturne, en le voyant jouir de sa liberté retrouvée… Claire eut l'impression qu'il n'avait jamais été aussi humain.

11.

Eve enfila un de ses « uniformes gothiques », comme Claire les appelait : pantalon noir, chemise en soie noire au col brodé de têtes de mort rouges, gilet noir multipoches, remplies pour l'occasion de pieux et de croix.

— Au cas où, expliqua Eve en surprenant le regard de Claire. Il n'y a pas de mal à ça, si ?

— Non, soupira Claire. Évite juste de t'en servir contre Michael.

Déstabilisée un instant, Eve se figea avant d'acquiescer. Elle ne s'était pas encore faite à cette idée. Claire gardait un œil sur l'heure. L'aube n'était pas encore là, mais si Michael ne revenait pas bientôt… Elle fut tirée de ses réflexions par le bruit de la porte d'entrée. Eve sortit un pieu de sa poche, à l'affût, et Claire lui signifia de ne pas bouger. Elle s'avança dans l'entrée… et faillit percuter Michael, qui se déplaçait plus silencieusement qu'à son habitude. Il parut aussi étonné qu'elle. Sam le talonnait, mais Amelie avait disparu.

— Ça va ? lui demanda-t-elle.

Michael acquiesça. Il semblait en meilleure forme… d'une certaine façon. Apaisé.

— Tu ne vas pas… ajouta-t-elle en mimant deux crocs plantés dans son cou.

Il sourit.

— Certainement pas, ma petite, dit-il en l'ébouriffant. On nous a proposé un marché pour Shane.

— Un marché ? répéta Eve, qui venait de les rejoindre.

La tension perçait dans la voix d'Eve. Claire devait bien reconnaître que, jusqu'à présent, les accords qu'ils avaient passés n'avaient pas été de francs succès.

— Si on ramène Monica saine et sauve, Shane sera libre. Les Morrell conservent une influence importante dans cette ville, même sur les vampires.

Vampires parmi lesquels Michael comptait désormais, même s'il n'avait pas l'air de s'assimiler à cette catégorie.

— Oliver a accepté le marché. Enfin, disons plutôt qu'il s'est laissé convaincre, ajouta-t-il.

— Shane contre Monica ? Trop mignon !

Réalisant qu'elle tenait un pieu, Eve rougit et le rangea. Ni Sam ni Michael ne parurent pourtant s'en formaliser.

— Désolée, dit-elle tout de même. N'y voyez rien de personnel… Alors, c'est vous deux et nous contre le reste du monde, si je comprends bien.

— Non, intervint Sam. Il n'y a que vous trois. Je ne peux pas vous accompagner.

— Quoi ? Mais… tu…

— Je suis désolé, reprit Sam, visiblement sincère. Ordre d'Amelie. Les vampires ne doivent pas prendre parti. Michael a obtenu une dérogation. Il m'est impossible de vous aider.

— Mais…

— Impossible, répéta-t-il avec emphase avant de pousser un soupir. Les humains vous donneront un coup de main, en revanche. Bonne chance.

Il s'arrêta sur le seuil et se retourna pour ajouter :

— Merci, Claire. Et Eve.

— Pourquoi ?

Un sourire illumina soudain son visage.

— Vous m'avez ramené Amelie. Elle m'a adressé la parole… ça compte beaucoup pour moi.

Leur histoire, Claire en avait la certitude, était faite de blessures amoureuses et de désir, elle le lisait sur les traits de Sam. Comment pouvait-on aimer Amelie ? Et éprouver du désir pour elle ?

Sam hocha la tête à l'intention de Michael, comme d'égal à égal, puis sortit et referma la porte derrière lui.

— Est-ce qu'il avait une invitation ? s'étonna Eve. Pour pénétrer dans la maison ?

— Il n'en avait pas besoin, rétorqua Michael. La maison s'est adaptée à ma… transformation. Maintenant, ce sont les humains qui doivent en avoir une pour entrer. À l'exception de vous, puisque vous vivez ici.

— Mais c'est débile.

— Mesure de protection, répliqua-t-il. Tu sais comment ça marche.

— Michael ? intervint Claire. Quand Sam dit que les humains vont nous aider… Je dois comprendre que la ville nous envoie de l'aide ?

— Richard Morrell. Le frère de Monica. Et il viendra avec les inspecteurs Hess et Lowe.

— C'est tout ? s'écria Claire.

Les motards étaient nombreux. Très nombreux. Et le père de Shane la terrifiait plus que la plupart des vampires, parce qu'il n'obéissait à aucune loi. Cette obsession des vampires pour les règles la surprenait, d'ailleurs. Qui l'aurait cru ?

— Je veux que vous restiez toutes les deux ici, reprit Michael.

— Non, rétorqua fermement Eve, appuyée par Claire.

— Je suis sérieux. Ça va être dangereux.

— Dangereux ? Mon chéri, ils ont tué des gosses. Sur le campus ! riposta Eve. Et on était là, Claire et moi ! Tu ne piges pas ? On n'est pas en sécurité ici, sans oublier l'aide qu'on pourra vous apporter. On se chargera de ramener Monica à son papa pendant que vous, hommes forts et courageux, vous vous occuperez des méchants. Entendu ?

— Sans Claire alors.

— Claire, intervint celle-ci, est assez grande pour décider toute seule. Au cas où vous l'auriez oublié.

— Claire ne prend pas de décision dans ce genre de situation, parce qu'elle a seize ans et que Michael ne veut pas avoir à expliquer à ses parents qu'elle est morte dans des circonstances tragiques. Alors, non.

— Et tu comptes faire quoi ? demanda Eve en penchant la tête. L'enfermer dans sa chambre ?

Il se renfrogna et son regard navigua de l'une à l'autre.

— Solidarité féminine, c'est ça ?

— Exactement, répliqua Eve en souriant. Quelqu'un doit te surveiller, mon coco.

Son sourire se dissipa aussitôt : elle venait de réaliser à quel point c'était le cas, désormais. Michael s'éclaircit la gorge.

— Vous avez entendu ?

— Quoi ?

— Une voiture, des freins. Dans la rue.

— Super, lâcha Eve. J'avais oublié le coup de l'ouïe. Je ne pourrai plus jamais avoir de secret. Déjà, quand tu étais fantôme…

Elle donnait le change à merveille, mais Claire ne doutait pas une seconde qu'elle était morte de trouille. Michael partageait apparemment son avis, parce qu'il lui caressa la joue – un geste discret, mais qui en disait long.

— Ne bougez pas, ordonna-t-il.

Il aurait dû savoir qu'elles n'obéiraient pas – pas entièrement en tout cas. Claire et Eve s'avancèrent dans l'entrée pour découvrir l'identité du visiteur : Richard Morrell, en uniforme de police. Flanqué de Joe et de Travis, l'air encore plus épuisés que jamais. Richard salua Michael d'un signe de tête. Il voulut franchir le seuil, et se pétrifia. Les deux inspecteurs échangèrent un regard étonné et tentèrent, à leur tour, de passer la porte. En vain.

— Entrez, les invita Michael en reculant.

Après avoir attentivement observé Michael, Richard lâcha :

— Il s'agit d'une plaisanterie, forcément. Après tout ce temps, c'est toi qu'elle a choisi ?

La surprise de Joe et de Travis était tout aussi perceptible.

— Ouais, répliqua Michael. Et alors ?

Richard sourit à pleines dents.

— Rien, mec. Félicitations, et tout le toutim. On ne parlera que de toi, en ville. Faudra t'y habituer.

— Si tu le dis… Combien de temps avons-nous pour récupérer Shane ?

— Pas beaucoup, l'informa Joe. Et nous n'avons pas la moindre piste.

— Enfin, si… nous en avons une. Nous savons que la camionnette a disparu sous terre, rectifia Richard. Nous disposons d'un témoin, non ? ajouta-t-il en fixant Claire, qui acquiesça. Nous avons épluché toutes les vidéos de surveillance, et nous avons repéré la camionnette sur une demi-douzaine d'entre elles : elles la montrent naviguant entre le sous-sol et la surface. Malheureusement, elle a fini par disparaître définitivement des radars. Et rien ne ressemble plus à une camionnette blanche qu'une autre, surtout sur des bandes enregistrées de nuit.

— Nous savons également que le père de Shane s'est procuré des cartes de Morganville, via son fils. Vous êtes sûrs que celui-ci n'a jamais évoqué la localisation d'un éventuel centre d'opérations ? les interrogea Joe. Aucun d'entre vous ?

— Il ne m'a jamais rien dit, répondit Claire. Michael ?

Il secoua la tête.

— Je n'en reviens pas que personne ne sache où ces types se planquent ! reprit-elle. Ils sont forcément quelque part.

— En réalité, deux personnes connaissent sans doute leur localisation, intervint Richard. Shane et le biker, Des. L'un d'eux, sinon les deux.

— Et personne ne leur a posé la question ? s'étonna Eve avant de se décomposer. Oh, non ! Quelqu'un s'en est chargé !

— Rien de grave, la rassura Travis. J'ai observé l'interrogatoire, ils sont toujours entiers.

— Pour le moment… lâcha Michael. C'était le plan, Richard ? Emmener les inspecteurs avec toi pour que tes gars puissent soutirer l'info à Shane ? À n'importe quel prix ?

— Excellente idée, rétorqua Richard avec un sourire, mais non. Je pensais sincèrement que vous pourriez nous mettre sur une piste. Mais ça constitue un plan B parfait si on n'a rien. Je n'ai jamais aimé ce gosse, de toute façon.

Les yeux de Michael se réduisaient à deux fentes à présent. L'alliance semblait sérieusement compromise, Claire devait réagir.

— Attendez ! s'écria-t-elle. Je crois… mmm… j'ai peut-être quelque chose. Peut-être.

— Peut-être ? riposta Richard en se tournant vers elle. Il vaudrait mieux pour toi que tu sois sûre. Ton petit copain est en ligne de mire, et si quoi que ce soit arrive à ma sœur, je te jure que j'allumerai moi-même le bûcher.

Claire regarda successivement Michael et Eve, puis lâcha :

— Je l'ai vu. Le père de Shane. Il était au Starbucks.

— Où ?

— Au Starbucks. Le jour où j'ai rencontré Sam pour la première fois. Je me suis demandé ce qu'il fichait là, mais…

Elle fut interrompue par Richard, qui l'avait agrippée par le tee-shirt et la secouait.

— À qui parlait-il ? Qui ?

— Eh ! s'exclama-t-elle en lui donnant une tape sur la main, ce qui, à son grand étonnement, lui fit lâcher prise. Il discutait avec Oliver.

Ils la fixèrent tous sans un mot. Alors que Joe se prenait la tête dans les mains, Travis rompit le silence :

— Ouh là, attends un peu. Pourquoi le Tueur de Vampires sans peur et sans reproche fricoterait-il avec Oliver ? Il est au courant, non ? Pour Oliver ? Il sait ce qu'il est ?

Claire acquiesça.

— Shane a dû le lui dire.

— Et Oliver sait qui est Frank Collins, ajouta Joe. Il le connaît forcément de vue. Deux ennemis mortels ont donc tapé la discute, sans qu'on sache pourquoi. Quand était-ce, Claire ?

— Juste avant le meurtre de Brandon.

Un nouveau silence, encore plus profond. Joe et Travis se dévisageaient, Richard s'était renfrogné. Travis finit par prendre la parole :

— Qui veut faire un pari ?

— Crachez le morceau, inspecteur, répliqua Richard. On vous écoute.

— Je ne suis pas sûr à cent pour cent. Mais je veux bien parier cent dollars qu'Oliver était au courant du retour de Frank Collins en ville et qu'il s'est servi de celui-ci pour se débarrasser d'une enflure incontrôlable qui avait fait son temps et ne lui était plus d'aucune utilité.

— Pourquoi ne l'a-t-il pas éliminé lui-même s'il voulait sa mort ? s'étonna Claire.

— Les vampires ne s'entretuent pas. C'est comme ça. Ainsi, Frank et lui obtenaient tous deux satisfaction. Oliver plongeait Morganville dans le chaos, Amelie perdait le contrôle… Rappelez-vous l'attaque dont elle a été victime. Peut-être Oliver espérait-il que les bikers réussiraient à la supprimer, et qu'il récupérerait le pouvoir. Brandon ne représentait qu'un maigre sacrifice au regard du gain qu'il aurait pu en tirer.

Il marqua une pause, le temps de réfléchir.

— Il ne s'agit que de conjectures, mais je vous paye mon billet qu'Oliver a fait à Frank des promesses qu'il n'a aucune intention de tenir. Sacrifier Brandon lui permettait de montrer sa bonne volonté, de convaincre Frank de s'engager plus avant. Et Shane servait de garantie. Oliver n'a certainement jamais autorisé Frank à poursuivre le massacre, cependant. Le chaos est une chose, le bain de sang en est une autre.

— En quoi ça nous avance ? interroge Michael. Nous ne savons toujours pas où ils se terrent.

Joe sortit de sa poche un plan de la ville et le déplia. Il était quadrillé en zones colorées : jaune pour le quartier de l'université, rouge pâle pour les enclaves humaines, bleu pour les portions dominées par les vampires. Le centre de la ville, la place de la Fondatrice, était en noir.

— Venez voir, dit-il en se dirigeant vers la table de la salle à manger, où il étendit la carte. Travis, tu connais bien les propriétaires des environs de la place, exact ?

— Exact, répondit celui-ci en chaussant des lunettes de vue et en se penchant sur le plan. D'accord, alors là, nous avons des entrepôts. Vallery Kosomow en possède certains. La plupart appartiennent à Josefina Lowell.

— Et Oliver ?

— Pourquoi dans cette zone en particulier ? s'étonna Travis.

— Vous voulez répondre à cette question, officier Morrell ? demanda Joe.

À son tour, Richard posa son doigt sur la carte.

— Le réseau souterrain passe par ici, dit-il. Et c'est le seul endroit où nous n'avons pas vu la camionnette resurgir.

— Ce qui nous apprend quoi ? poursuivit Joe.

— Bordel ! Ils ont trafiqué les vidéos ! Ils nous ont laissé voir les bandes des endroits où ils ne se trouvaient pas, pour nous envoyer aux quatre coins de la ville. Tout en gardant leur cachette secrète.

Richard tourna les yeux vers Joe Hess, puis vers Travis Lowe.

— Les hangars d'Oliver sont sur Bond Street, compléta-t-il. Il s'agit essentiellement d'entrepôts de marchandise.

— Messieurs, nous disposons exactement de… lança Joe avant de consulter sa montre. Cinquante-deux minutes. Ne perdons pas de temps.

Ils foncèrent tous vers la porte.

— Oh, mais vous rêvez ! s'exclama Richard Morrell en apercevant Claire et Eve.

Il tendit le bras pour leur couper la route.

— Nous avons le droit de…

— Si tu savais où je me les mets vos droits, Eve. Vous ne bougerez pas d'ici.

— Mais Michael vous accompagne !

Claire se reprocha aussitôt son ton : elle ressemblait davantage à un gosse déçu qu'à un adulte responsable et digne de confiance. Richard leva les yeux au ciel.

— J'ai l'impression d'entendre ma sœur. Et ce n'est pas un compliment dans ma bouche. Inutile de gaspiller votre salive. Michael est plus indépendant que vous à bien des égards. Vous, les filles, vous restez ici.

Les deux inspecteurs l'appuyèrent.

Si Michael paraissait embêté de se retrouver au milieu du débat, il n'en était pas moins soulagé de les savoir à la maison. Il dénicha les clés de la voiture d'Eve sur la console dans l'entrée, à l'endroit où elle les rangeait toujours.

— Au cas où, expliqua-t-il en les glissant dans sa poche. Non que je ne vous fasse pas confiance, mais je sais que vous ne m'écoutez jamais.

Les larmes de frustration d'Eve n'y firent rien.

— Je n'en reviens pas, souffla Claire, abasourdie, les yeux rivés sur la porte.

Eve y décocha des coups de pied suffisamment fort pour laisser des traces noires sur le bois et s'éloigna dans le salon. Elle se posta devant la fenêtre pour regarder la voiture de police disparaître dans la nuit. Puis elle se tourna vers Claire. Un sourire illuminait son visage.

— Quoi ? demanda Claire, décontenancée par sa mine de plus en plus réjouie. On doit être enchantées d'être restées en plan ?

— Oui. Parce que maintenant, je sais où ils vont, répondit Eve en plongeant une main dans sa poche et en brandissant un jeu de clés qui s'entrechoqua avec un tintement joyeux. Allons-leur sauver les miches !

Heureusement, les forces de police de Morganville étaient accaparées ailleurs, car Eve enfreignit sans doute toutes les règles du code de la route. Plusieurs fois. Claire garda les yeux fermés la majeure partie du trajet mais, lorsqu'elle rassemblait son courage pour les entrouvrir, elle constatait qu'Eve appuyait sur le champignon et prenait les virages à une vitesse qui aurait collé une crise cardiaque à n'importe quel prof d'auto-école. Il n'y avait presque pas de circulation à cette heure de la nuit. Ce qui, songeait Claire, était une chance. Elle fut plaquée contre sa ceinture de sécurité lorsque la grande Cadillac noire vira à droite pour s'engager dans une conduite souterraine.

Claire retint un cri : dire qu'elle croyait avoir mal au cœur avant. Elle serra les paupières de toutes ses forces et se concentra sur sa respiration. Entre l'obscurité et la sensation de claustrophobie, elle n'était pas au mieux de sa forme.

— Presque arrivées, souffla Eve, qui ne semblait pas plus rassurée. Un dernier virage à gauche…

— Ce n'est pas un virage ! s'écria Claire.

Elle fut projetée contre le tableau de bord lorsque Eve monta sur les freins ; les roues arrière dérapèrent sur les quelques centimètres d'eau.

— Si, haleta Eve en braquant et en réussissant, miraculeusement, à s'engager dans le tunnel annexe en raclant à peine la paroi en béton. Aïe ! ça va laisser une trace !

Elle éclata d'un rire de folle avant de remettre les gaz.

— Accroche-toi, Claire ! Prochain arrêt : le repaire des motards !

Eve avait emprunté tant de tours et de détours que Claire avait perdu le fil et commençait à se demander si celle-ci savait vraiment où elle allait, lorsque le sol s'inclina sous les roues… et qu'elles remontèrent à la surface.

— Bond Street, annonça Eve. Domaine réservé des boutiques pour vampires huppés, des bons restaurants et… oh, non !

Elle pila net.

— Dis-moi qu'on n'est pas arrivées à destination, lança Claire, terrifiée par le spectacle qu'elle avait sous les yeux : un entrepôt en train de brûler.

La voiture de police de Richard Morrell était garée devant les portes en fer forgé, les portières grandes ouvertes. Les passagers avaient dû sortir en trombe. Eve approcha sa Cadillac, puis coupa le moteur, et les deux filles observèrent avec un effroi croissant les flammes qui léchaient les murs et le toit de l'immense bâtisse en pierre.

— Où sont les pompiers ? demanda Claire. Et les flics ?

— Aucune idée, mais on ne peut pas compter sur leur aide. Pas ce soir, en tout cas, répondit Eve en ouvrant sa portière. Tu vois quelqu'un ?

— Non ! s'écria Claire au moment où une vitre volait en éclats. Et toi ?

— On doit y aller !

— Y aller ?

Au moment où Claire s'apprêtait à lui faire remarquer que c'était de la folie pure, elle aperçut un homme allongé près du portail.

— Eve !

Elle se précipita à la grille et la secoua, mais celle-ci était fermée.

— Grimpe ! s'écria Eve en commençant à escalader les volutes en fer forgé.

Claire la suivit. Le métal était à la fois glissant et coupant, mais elle réussit néanmoins à rejoindre le sommet, à le franchir et à se laisser tomber de l'autre côté. Après un atterrissage brutal, elle se redressa en vacillant. Eve, qui s'était réceptionnée avec davantage de grâce, avait déjà rejoint le type à terre… Il s'agissait de l'un des hommes de Frank. Mort. Eve croisa le regard de Claire, sans un mot, et brandit sa paume maculée de sang en secouant la tête.

— Il a été abattu, dit-elle. Ils sont à l'intérieur, Claire. Michael est à l'intérieur !

Le temps qu'Eve prononce ces mots, ils étaient devenus caducs : alors qu'elle fonçait vers une ouverture d'où jaillissait de la fumée, Michael, qui sortait justement par là, la projeta en arrière.

— Qu'est-ce que tu fiches ici, Eve ?

— Michael ! s'exclama-t-elle en lui sautant dans les bras. Où est Monica ?

— À l'intérieur.

Il était dans un état pitoyable : le visage noirci par la suie, les yeux rougis, la chemise brûlée par endroits.

— Les autres sont allés la chercher, ajouta-t-il. J'ai… j'ai dû ressortir.

Le feu pouvait tuer les vampires. Claire se rappela qu'elle avait établi une liste des moyens de les détruire, peu de temps après son arrivée à Morganville. Elle n'en revenait pas qu'il ait risqué sa « nouvelle » vie aussi rapidement.

— Bien sûr que tu as dû ressortir ! s'époumona Eve. Si tu t'étais fait tuer pour Monica Morrell, je ne te l'aurais jamais pardonné.

— Ça n'aurait pas été pour Monica, et tu le sais.

Ils attendirent sans quitter les flammes des yeux. Les minutes s'écoulèrent, personne ne revenait : ni Monica ni les flics. L'horizon s'éclaircissait à l'est. L'aube arrivait, ils auraient à peine le temps d'emmener Monica sur la place de la Fondatrice. À supposer qu'elle soit en vie.

— Le soleil se lève ! hurla Michael pour couvrir le grondement de l'incendie.

Claire ne lui demanda pas comment il le savait. Il était déjà capable de le sentir quand il était fantôme. Son instinct devait lui intimer de se mettre à l'abri.

— Il faut que tu y ailles ! lui cria-t-elle.

Les épaisses volutes de fumée noire qui se déversaient par la porte du bâtiment redoublèrent sa crise de toux. Ils reculèrent tous les trois de plusieurs pas.

— Michael ! Tu dois partir ! Maintenant ! insista-t-elle.

— Non !

— Abrite-toi au moins dans la voiture de police ! intervint Eve. Elle a des vitres teintées ! On ne bougera pas d'ici, je te jure !

— Je ne vous abandonne pas !

Le soleil coiffait l'horizon d'un fin liseré argenté. Lorsque ses premiers rayons touchèrent Michael, sa peau pâle se mit à grésiller et à fumer. Il poussa un cri de douleur. Une petite flamme courut sur sa main, il l'éteignit de l'autre. Eve l'entraîna à l'ombre. Les flammes diminuèrent sans disparaître complètement. Il étouffa un grognement.

— Claire ! l'apostropha Eve en lui lançant ses clés. Enfonce la grille ! Vite !

— Mais… et ta voiture ?

— Je me fous de ma caisse ! Dépêche-toi ! Il ne pourra jamais escalader le portail.

Claire se hissa sur les volutes métalliques chauffées par l'incendie, s'ouvrant les mains à deux ou trois reprises. Elle sentit à peine l'impact de la chute cette fois-ci. Elle fonçait vers la Cadillac quand elle changea d'avis et se jeta dans la voiture de police : elle tourna la clé, restée sur le contact. Elle s'apprêtait sans doute à commettre un délit, mais la situation réclamait des mesures exceptionnelles…

Elle recula de plusieurs mètres, enclencha la première et avança, pied au plancher. En voyant la grille se rapprocher à toute vitesse, elle hurla et serra les doigts autour du volant. Elle la heurta violemment, produisant un vacarme métallique qui résonna dans le moindre de ses os. Les portes cédèrent et Claire coupa le moteur, qui rugit une dernière fois avant de s'éteindre en hoquetant. Claire sortit et ouvrit la portière arrière alors qu'Eve poussait Michael vers le véhicule : il plongea à l'intérieur et Claire referma derrière lui. Les vitres étaient teintées, sans doute pour protéger les policiers vampires du soleil. Michael y serait en sécurité. Claire l'espérait en tout cas.

— Et les autres ? hurla-t-elle à Eve, qui secoua la tête.

Elles pivotèrent toutes deux vers l'entrepôt, qui se consumait entièrement à présent, projetant des flammes d'une dizaine de mètres dans le ciel matinal.

— On doit faire quelque chose ! poursuivit-elle.

À cet instant précis, deux personnes sortirent en titubant d'une issue de secours, enveloppées d'une fumée noire. Elles s'effondrèrent presque aussitôt. Eve et Claire se précipitèrent. Claire mit une seconde à les reconnaître, tant elles étaient noircies par la suie. Joe Hess. Et Travis Lowe. Ils toussaient tous deux et crachaient des glaires noires.

— Debout ! leur intima Eve en prenant Joe par le bras pour l'éloigner du bâtiment. Venez !

Il obtempéra, les jambes flageolantes, et Claire réussit à entraîner Travis. Ils traversèrent la moitié du parking avant que Lowe s'effondre, secoué d'une quinte de toux violente. Claire s'accroupit à côté de lui, regrettant de ne pas pouvoir l'aider, regrettant que les pompiers ne puissent pas intervenir, regrettant…

— Il est trop tard, décréta Eve en observant le soleil qui montait au-dessus de l'horizon. L'aube arrive, nous n'arriverons jamais à temps.

— Non… non, pantela Joe. Richard… avait Monica…

— Quoi ? Où ?

Claire fit volte-face pour le regarder. Comme son collègue, Joe était dans un sale état, mais il réussissait à parler au moins.

— Ils sont vivants ?

— Ils nous suivaient, siffla Travis, ils auraient dû sortir juste derrière nous.

Claire ne prit pas la peine de réfléchir. Si elle l'avait fait, sa raison l'aurait convaincue de ne pas y aller, mais seul son instinct la guidait. Elle n'agissait pas seulement parce qu'un espoir de sauver Shane subsistait, mais aussi parce qu'elle ne pouvait pas laisser quiconque mourir dans ces conditions. C'était plus fort qu'elle.

Elle entendit Eve hurler son prénom, mais ne s'arrêta pas. Elle courut jusqu'à ce que la fumée l'enveloppe entièrement ; elle tomba alors à genoux et rampa dans les ténèbres brûlantes et étouffantes. Elle avançait à tâtons, cherchant quelque chose, n'importe quoi, et gardait les yeux fermés. Sa respiration était pénible, même aussi près du sol, chaque inspiration toxique lui faisant plus de mal que de bien.

Elle n'osait pas avancer trop loin. Elle ne retrouverait jamais la sortie sinon. À proximité, une partie du bâtiment s'effondra dans un vacarme de tous les diables, et les flammes grondèrent au-dessus de sa tête. Claire s'aplatit par terre et se roula en boule, puis, constatant qu'elle n'avait été ni écrasée ni grillée, se força à poursuivre sa route. « Une minute. Encore une minute et tu ressors. » Elle n'était pas certaine de pouvoir survivre une minute supplémentaire dans cette fournaise. Ses doigts effleurèrent du tissu. Claire ouvrit les yeux et le regretta aussitôt : la fumée la brûla sans qu'elle réussisse à distinguer quoi que ce soit. Mais sa main s'était bien refermée sur un vêtement, oui, il s'agissait d'une jambe de pantalon…

Une main agrippa alors la sienne.

— Sors Monica ! souffla une voix rauque, méconnaissable.

Une nouvelle flamme jaillit, éclairant l'obscurité, et elle aperçut Richard Morrell étendu sur sa sœur. Pour la protéger. Monica releva la tête, les traits déformés par la peur. Elle tendit la main à l'aveugle. Claire la saisit et l'entraîna vers la sortie. Elle suivait le courant d'air qui lui caressait le visage et lui indiquait le chemin.

— Prends la main de ton frère ! hurla-t-elle à Monica.

Celle-ci s'exécuta et Claire rassembla toutes ses forces pour les extraire tous les deux. Sans y parvenir. Elle ne comprenait pas ce qui s'était produit… une seconde elle avançait, la suivante elle était à terre et ne pouvait plus respirer. « Oh, non. Non, non, non ! » Son corps ne lui répondait plus. « Shane… »

Quelqu'un la saisit par les chevilles et tira violemment. Claire eut, in extremis, la présence d'esprit d'agripper le poignet de Monica.

— La vache ! grogna Eve en toussant.

Soudain, Claire se retrouvait allongée au soleil, regardant des tourbillons de fumée monter dans le ciel.

— Claire ! Respire ! hurla son amie.

Elle eut l'impression qu'on lui arrachait les poumons. Mais au moins l'air entrait et sortait. En relevant la tête, elle découvrit Monica à quatre pattes, expectorant de la suie. Puis elle vit Eve extirper Richard Morrell par les pieds, avant de s'effondrer, elle-même, secouée par une quinte de toux. Au loin, par-dessus les rugissements de l'incendie, Claire perçut soudain les hurlements de sirènes. Ils arrivaient maintenant ! Jamais trop tard…

Claire se releva avec difficulté. Ses vêtements étaient brûlés par endroits, une odeur de cochon grillé lui chatouillait également les narines. Elle allait trinquer plus tard… Pour le moment, pourtant, elle se réjouissait d'être encore en vie.

— Monica, souffla Claire en prenant celle-ci par un bras.

Eve la souleva de l'autre côté, et elles la traînèrent vers le portail brisé. Les inspecteurs s'étaient appuyés sur la voiture de police. Travis, contre toute attente, fumait une cigarette. Il l'écrasa pour se précipiter au secours de Richard.

— Michael ! cria Eve en tambourinant contre la vitre arrière. Décale-toi vers le fond !

Elle ouvrit la portière avec précaution, veillant à ce que les rayons du soleil ne le touchent pas, et fit monter Monica, avant de se glisser à son tour sur la banquette. Celle-ci poussa un grognement de protestation.

— Oh, la ferme ! Tu pourrais nous remercier au moins.

Claire s'installa sur le siège passager avant de demander :

— Et qui va conduire ?

Richard Morrell s'installa derrière le volant.

— Joe et Travis restent ici. Je vous ramènerai à votre voiture plus tard. Accrochez-vous, maintenant !

Il mit en marche son gyrophare et appuya sur l'accélérateur. Alors qu'ils approchaient de la place de la Fondatrice, Monica réussit à articuler ses premiers mots entre deux quintes de toux.

— Claire… sale pétasse ! Tu… t'imagines… qu'on est… devenues… amies ?

— Oh, mon Dieu ! Non ! Mais je crois que tu as une dette envers moi.

Monica se contenta de la fusiller du regard.

— Je nous considérerai quittes si Shane s'en sort.

— Tu peux toujours rêver, lâcha celle-ci d'une voix rocailleuse.

12.

La folie régnait sur la place de la Fondatrice. Richard fut contraint de garer la voiture à un pâté de maisons, devant un barrage de police. Claire se précipita dehors et fut secouée d'une quinte de toux si violente qu'Eve dut la rejoindre pour expliquer la situation à la femme sévère en uniforme qui bloquait le passage.

— Il faut absolument que nous voyions le maire.

— M. Morrell est occupé. Vous devez patienter.

— Mais…

Monica sortit à son tour et la policière écarquilla les yeux.

— Mademoiselle Morrell ?

Claire comprenait son incrédulité : l'épouvantail au visage noirci et aux cheveux crêpés ne ressemblait pas à la gravure de mode habituelle. Secrètement, elle espérait que quelqu'un prendrait une photo. Et la posterait sur le Net. En découvrant Richard, la policière faillit bien s'évanouir.

— Bon Dieu… Désolée, monsieur. Ne bougez pas, je vais faire le nécessaire.

Elle transmit l'information par radio ; elle leur tendit des bouteilles d'eau en attendant la réponse. Claire en prit deux, pour en remettre une à Michael, recroquevillé sur la banquette, les yeux fermés. Il remua lorsqu'elle prononça son prénom et ouvrit les yeux. Entre sa mine de papier mâché et ses brûlures, il était vraiment dans un sale état. Elle plaça le goulot d'une bouteille contre sa bouche.

— Je ne sais pas si ça aidera, mais…

Michael hocha la tête et avala quelques gorgées. Claire ouvrit la seconde bouteille et faillit pousser un cri d'extase en sentant l'eau tiède qui coulait dans sa gorge, lavant la fumée. Elle n'avait jamais rien bu d'aussi délicieux de sa vie entière. Michael s'humecta les lèvres et appuya sa tête contre le dossier.

— Je croyais… Je croyais que je serais plus résistant. J'ai vu des vampires sortir en plein jour.

— Les plus anciens, répondit Claire. Il faut du temps. Amelie peut se promener la journée, mais elle est très vieille. Tu dois te montrer patient, Michael.

— Patient ? répéta-t-il en serrant les paupières. Claire. Aujourd'hui, pour la première fois depuis près d'un an, j'ai pu sortir de chez moi, mon meilleur ami risque la mort et tu me conseilles d'être patient ?

Présenté de cette façon, évidemment, sa recommandation paraissait débile. Elle but en silence, puis s'épongea le front et grimaça en découvrant les traînées de suie sur le dos de sa main. « Tout ira bien, se serina-t-elle. On récupérera Shane et on rentrera ensemble. Tout ira bien. » Elle savait que les probabilités n'étaient pas de leur côté, mais elle avait besoin de se raccrocher à quelque chose.

Après cinq minutes d'attente environ, le maire en personne arriva, accompagné de sa garde rapprochée et de deux infirmiers, qui se précipitèrent sur Richard et Monica.

— Ne vous en faites pas pour Claire et moi, ironisa Eve, on pète la forme. Nos blessures sont superficielles. Bon, alors, on a rempli notre part du marché. On veut Shane. Immédiatement.

— C'est trop tard, répliqua le maire, sans leur accorder un regard (il était trop occupé à serrer sa fille dans ses bras pour ça).

Les genoux de Claire se dérobèrent sous elle. Elle fut assaillie par des images : le feu, la fumée, la terreur. Shane. Oh, non ! Impossible… Réalisant sans doute ce qu'elle s'imaginait, tout comme Eve, le maire s'empressa d'ajouter, l'air contrit :

— Non, pas ça. Richard nous avait avertis de votre arrivée imminente. J'avais promis d'attendre et je ne me dédis jamais.

— Ou presque, marmonna Eve avant de feindre une quinte de toux. Pourquoi est-il trop tard, alors ?

— Il est déjà parti. Son père a lancé une attaque juste avant l'aube, pendant que nous concentrions nos efforts sur l'incendie de l'entrepôt. Il a libéré Shane et l'autre biker, après avoir tué cinq de mes hommes. Ils comptaient quitter la ville, mais nous avons bloqué toutes les issues. Tout sera bientôt terminé.

— Mais… et Shane ! s'écria Claire en tournant vers lui des yeux implorants. Nous avons rempli notre part du marché… je vous en prie, vous devez l'épargner !

— Notre marché, rétorqua-t-il, la mine renfrognée, consistait à le relâcher si vous me rameniez ma fille. Il est libre. S'il se fait tuer en essayant de protéger son filou de père, je n'y peux rien.

Il plaça ses bras autour des épaules de Monica et de Richard avant d'ajouter :

— Venez, les enfants. Vous allez tout me raconter.

— Je vais vous raconter ce qui s'est passé, moi ! lança rageusement Eve. Nous leur avons sauvé la peau à tous les deux. Vous pourrez toujours nous remercier, à l'occasion.

Le regard noir du maire indiquait qu'il n'appréciait pas son ton.

— Si vous n'aviez pas mis leur vie en danger pour commencer, rien de tout cela ne serait arrivé. Alors réjouissez-vous de ne pas croupir en prison pour avoir prêté main-forte à un chasseur de vampires. Maintenant, si vous voulez un conseil, rentrez chez vous.

Il embrassa les cheveux crasseux de sa fille, puis conclut :

— Viens, princesse.

— Papa, intervint Richard, Eve a raison. On leur doit la vie.

M. Morrell était sur le point de perdre patience.

— Fiston, je comprends que tu éprouves de la reconnaissance pour ces filles, mais…

— Dites-nous juste où Shane se trouve, l'implora Claire. Nous ne vous demandons rien d'autre.

Le père et le fils échangèrent un regard lourd de signification, puis Richard répondit :

— Vous connaissez l'ancien hôpital ? Sur Grand Street ?

Eve acquiesça.

— Notre-Dame ? Je croyais qu'ils l'avaient détruit.

— Sa destruction est programmée pour la fin de la semaine, rétorqua Richard. Je vous emmène.

Claire faillit pleurer de soulagement. Le problème n'était pas résolu, loin de là, mais tout n'était pas perdu au moins.

— Richard, s'entêta le maire. Tu ne leur dois rien.

— Tu te trompes. Et je ne l'oublierai pas.

— Oh, ne vous inquiétez pas, monsieur l'agent, rétorqua Eve avec un sourire. Nous serons là pour vous le rappeler.

Les rues grouillaient de vampires. En plein jour. Richard confirma le caractère inhabituel de leur présence. Contraint de rouler au pas, il siffla.

— Oliver a rameuté ses troupes. C'est mauvais pour votre ami. Et son père.

Dans les rues autour de l'immense bâtisse de l'ancien hôpital s'alignaient de nombreuses voitures aux vitres teintées. Des véhicules de police étaient présents également, mais la menace semblait surtout venir des premières. Et des silhouettes qui se tenaient dans les ombres alentour. Certaines portaient de gros manteaux et des chapeaux en dépit de la chaleur. Ils devaient au moins être une centaine, des vampires pour la plupart.

Juste au milieu, à la lisière de l'ombre et du soleil, se trouvait Oliver. Vêtu d'un long manteau en cuir noir et d'un chapeau à large bord, les mains protégées par des gants. Il tourna la tête vers eux et s'avança en pleine lumière. Il s'approchait d'un pas à la lenteur calculée.

— Bordel… lâcha Richard. Je ferais mieux de vous raccompagner. Vous ne pourrez rien, de toute façon.

Avant que Richard ait eu le temps de s'y opposer, Oliver avait atteint la voiture et ouvert en grand la portière arrière.

— Joignez-vous à nous ! dit-il en souriant à pleines dents. Ah, Michael ! Tu as enfin réussi à quitter la maison, à ce que je vois. Ça se fête ! Si j'étais toi, je resterais à l'ombre ce matin. Tu n'auras pas la force de faire autre chose, de toute façon.

Il saisit alors Claire, qui était la plus proche, par la gorge. Michael et Eve hurlèrent et celle-ci tenta de s'agripper à son amie, mais elle n'avait aucune chance face à Oliver. Il enleva Claire comme si elle ne pesait pas plus qu'une poupée de chiffe molle et l'emporta dans la rue.

— Shane ! Shane Collins ! s'époumona-t-il. J'ai quelque chose pour toi ! Regarde bien attentivement !

Claire referma les deux mains sur celle qui lui enserrait la gorge pour essayer de desserrer l'étau, en vain. Oliver savait parfaitement quelle pression exercer pour l'immobiliser sans lui rompre les os ou l'empêcher de respirer. Elle ravala la quinte de toux qui lui chatouillait la gorge et chercha une solution.

— Je vais tuer cette fille ! poursuivit Oliver. À moins qu'elle se mette à mon service, devant ces nombreux témoins. Shane, tu peux la sauver en prenant sa place. Je t'accorde deux minutes de réflexion.

— Pourquoi ? murmura Claire d'une voix à peine audible qui évoquait davantage le couinement d'une souris.

Oliver, qui ne quittait pas des yeux la façade délabrée de l'ancien hôpital aux statues décrépites et aux dentelles de pierre baroques rongées par le temps, reporta son attention sur elle. C'était une belle matinée, chaude et sans un nuage, le soleil pareil à une pièce de monnaie chauffée à blanc dans le ciel bleu. Un vampire n'aurait jamais dû se trouver sous ce ciel.

— Pourquoi quoi, Claire ? Ta question manque de précision. Ça m'étonne de toi.

Elle tira sur les doigts d'acier du vampire pour reprendre son souffle.

— Pourquoi... avoir tué Brandon ?

Son sourire s'évanouit et la lassitude s'immisça dans son regard.

— Tu es maligne. Ton intelligence finira sans doute par te desservir, tu sais. Tu ferais mieux de me demander pourquoi je veux de toi à mon service.

— Pourquoi ? souffla-t-elle.

— Parce qu'Amelie a besoin de toi. Et je n'ai pas pour habitude de lui donner ce qu'elle désire. Ça n'a rien à voir avec toi, ou plutôt ça a tout à voir avec l'histoire de cette ville. Malheureusement pour toi, j'ai décidé que celle-ci devenait également ton problème. Prends les choses du bon côté : si ton petit copain se sacrifie à ta place, je lui sauverai la vie. Vous pourrez vous voir de temps à autre. Il n'y a rien de plus divertissant que des amants maudits.

Claire voyait mal en quoi elle était utile à Amelie, mais elle n'avait pas l'intention de lancer un débat. Elle n'était pas en état de le faire, en tout cas. Elle n'était pas en état de faire grand-chose d'autre que se dresser sur la pointe des pieds pour essayer de reprendre son souffle et garder l'espoir qu'elle réussirait à trouver une solution pour se sortir de la situation inextricable dans laquelle elle s'était fourrée. Une fois de plus.

— Il te reste une minute ! s'écria Oliver.

Il y eut un mouvement dans le bâtiment, des silhouettes passèrent furtivement derrière les vitres.

— Une petite querelle familiale, à ce qu'il semblerait, ajouta-t-il.

Claire se débattit pour voir ce qui se passait, mais Oliver l'immobilisait. Du coin de l'œil, elle aperçut Shane devant l'entrée de l'hôpital, qui se démenait pour échapper à l'emprise de quelqu'un.

— Trente secondes ! annonça Oliver. Le compte à rebours final va bientôt commencer. Je suis étonné, Claire. Ce garçon se donne beaucoup de peine pour te sauver. Tu devrais être très flattée.

— À ta place, je la lâcherais, Oliver.

La phrase fut ponctuée par le bruit caractéristique d'un pistolet que l'on arme.

— Je ne plaisante pas, reprit l'homme. Je suis de mauvais poil, épuisé, et je veux rentrer chez moi.

— Richard, répliqua Oliver en se tournant vers lui. Tu as une mine atroce, mon cher. Ne penses-tu pas que tu ferais mieux d'être aux côtés de ta famille, plutôt que de t'inquiéter pour ces… marginaux ?

Venant placer le canon de son arme sous le menton d'Oliver, il riposta :

— Ouais, tu as raison. Mais j'ai une dette envers eux. Je t'ai dit…

Oliver se débarrassa de lui d'un revers de la main : Richard vola dans les airs et roula sur le bitume, alors que son arme heurtait le sol avec un bruit métallique.

— J'avais très bien entendu. Mon Dieu, Claire, tu te fais de drôles d'amis. Il faudra qu'on en discute plus tard. Le temps est écoulé ! ajouta-t-il en élevant la voix. Claire Danvers, me dédies-tu ta vie et ton sang, me jures-tu fidélité, aujourd'hui et jusqu'à la fin de tes jours ? Acceptes-tu de m'obéir en toutes matières ? Je te conseille de dire oui, ma chère, car, dans le cas contraire, il me suffira de serrer les doigts. Je n'aimerais pas en arriver là. Tu mettrais plusieurs minutes à étouffer. Sous les yeux de Shane.

Claire ne parvenait pas à croire qu'elle ait pu penser un jour qu'Oliver était bon, raisonnable ou humain.

— Attends !

Claire vit Shane fondre dans leur direction en boitant. Il avait le visage couvert de sang et la cheville tordue, mais il ne ralentissait pas.

— Tu cherches un larbin ? Prends-moi plutôt !

— Ah, le héros débarque !

Oliver se tourna vers Shane, ce qui permit à Claire de le voir un peu mieux. Elle lut la peur dans ses yeux et son cœur se serra. Il avait traversé tellement d'épreuves, il ne méritait pas celle-ci.

— J'étais certain que tu le proposerais, poursuivit Oliver. Et si je vous embauchais tous les deux, plutôt ? Je suis un patron généreux, juste. Demandez à Eve !

— Ne crois pas ce qu'il dit. Il est de mèche avec ton père, souffla Claire. Il a été en contact avec lui tout ce temps. Il a commandité le meurtre de Brandon. Shane…

— Je sais, l'interrompit-il. La politique… Hein, Oliver ? Nous ne sommes que des pions à vos yeux, à ceux d'Amelie et aux tiens. Claire vaut mieux que ça ! Libère-la !

— Très bien, mon jeune chevalier ! Si tu insistes…

Il allait la tuer, il allait… Shane aspergea soudain les yeux d'Oliver d'un liquide qu'il avait dissimulé dans sa main. Celui-ci avait l'apparence de l'eau mais brûlait apparemment autant que de l'acide. Oliver lâcha Claire et recula en vacillant avant d'arracher son chapeau, de se plier en deux et de se griffer le visage… Shane attrapa Claire par la main et se mit à courir malgré sa foulure. Droit vers l'ancien hôpital.

En poussant un énorme rugissement, les flics, les vampires et ceux qui leur servaient de larbins se ruèrent sur le parking baigné de soleil. Certains buveurs de sang s'écroulèrent sous la morsure des rayons, mais pas tous. Shane entraîna Claire à l'intérieur et hurla :

— Maintenant !

Un énorme bureau en bois lourd s'abattit devant la porte avec fracas, bloquant le passage. Un second, provenant également de la coursive au premier, vint le surmonter.

Shane, le souffle court, enlaça Claire.

— Ça va ? demanda-t-il. Pas de morsure ? Rien ?

— Je… vais bien, haleta-t-elle. Oh, bon sang ! Shane !

— Le regard charbonneux, c'est juste pour le style, alors ?

Elle s'accrocha à lui de toutes ses forces.

— Il y a eu un incendie, expliqua-t-elle.

— Sans blague… Mon père s'y connaît en diversion.

Shane la repoussa légèrement, puis ajouta :

— Vous avez pu sauver Monica ? Mon père m'a dit… il voulait l'abandonner là-bas.

Elle acquiesça. Le regard de Shane s'illumina d'une lueur de reconnaissance.

— J'ai essayé de l'en empêcher, Claire. Il ne m'a pas écouté.

— Il ne le fera jamais. Tu n'as pas encore compris ?

Il haussa les épaules et observa les alentours.

— Bizarrement, je continue à espérer qu'il changera. Où est Eve ? Dans la voiture de police ?

« Avec Michael », faillit-elle répondre, avant de s'aviser qu'elle ne pourrait pas choisir pire moment pour annoncer à Shane que son meilleur ami était devenu un vampire. Il commençait à peine à s'habituer au fait qu'il soit un fantôme.

— Ouais, elle est à l'intérieur.

Elle se servit d'un pan de la chemise de Shane pour essuyer le sang qu'il avait sur le visage.

— Aïe !

— Où est ton père ?

— Il a décampé. Il voulait que je les accompagne. J'ai répondu que je les suivrais quand je t'aurais récupérée… Je crois d'ailleurs que ce moment est arrivé !

Un tintamarre métallique éclata soudain, et Claire, qui jusqu'à présent n'avait eu d'yeux que pour Shane, observa la pièce autour d'elle. Ils se trouvaient dans un grand hall, dallé d'immondes carreaux en plastique vert. Le peu de mobilier restant était, pour la plupart, vissé au sol, comme le comptoir de la réception ; les murs étaient noircis et parcourus de grandes traînées de moisissure, des spots pendouillaient du plafond, prêts à s'effondrer au moindre choc. Une coursive courait sur un côté de la pièce ; elle ouvrait sur un premier étage, apparemment aussi mal entretenu, aux fenêtres bloquées par des armoires métalliques cabossées.

Une odeur nauséabonde régnait, une odeur de charogne – elle donnait l'impression que des choses terribles s'étaient déroulées dans ces lieux au fil des ans.

— Ils débarquent ! vociféra quelqu'un au premier. Il est temps de décamper, mec !

Shane leva le bras pour signifier qu'il avait entendu.

— On arrive ! Viens, poursuivit-il en prenant la main de Claire, on a une sortie de secours.

— Où ?

— Les tunnels de la morgue.

— Quoi ?

— Fais-moi confiance.

— Je te fais confiance, mais… Pourquoi y a-t-il des tunnels débouchant de la morgue ?

— Eh bien… Ils ont été condamnés au milieu des années 1950, mais nous en avons rouvert un. Il n'apparaît pas sur les cartes. Personne ne le surveille.

— Qui est resté avec toi ?

— Deux gars de mon père.

— C'est tout ? Tu as conscience qu'il y a une centaine de personnes en colère dehors ? Munies d'armes ?

Derrière eux, le tambourinement contre la porte d'entrée s'amplifia. Les bureaux qui bloquaient l'accès glissèrent, centimètre par centimètre, en raclant le sol. La lumière du jour commençait à pénétrer dans le hall.

— On ferait mieux de bouger, dit Shane. Viens !

Claire se laissa entraîner, apercevant par-dessus son épaule les bureaux qui cédaient sous les coups de butoir de l'extérieur : l'un d'eux se brisa en deux, répandant le contenu de ses tiroirs dans un vacarme. Shane fit signe à un grand type en cuir noir au passage, et tous trois s'engagèrent dans un couloir sombre et répugnant, mais toujours moins effrayant qu'une confrontation avec les vampires. Shane avait allumé une lampe de poche pour éviter les obstacles en route – matériel médical en train de rouiller, fauteuil roulant couvert de poussière, chariot renversé…

— Plus vite, pantela Claire en entendant un énorme bruit indiquant que leurs assaillants avaient pénétré dans le hall.

La moitié des vampires avait dû rester sur le parking ensoleillé, mais les plus forts avaient atteint l'hôpital, où il régnait une atmosphère sombre propice aux sangsues. Shane savait où il allait. Il tourna à droite, puis à gauche, enfonça une porte de secours et poussa Claire devant lui.

— Monte ! Au troisième, à gauche !

Des objets jonchaient les marches ; Claire les distinguait à peine malgré la lampe torche, et il s'en dégageait une odeur de mort, une odeur nauséabonde de pourriture. Elle retint son souffle et évita des flaques de sang séché pour se concentrer sur son ascension. Le palier du deuxième. Puis une nouvelle volée de marches, plus propres, à l'exception de quelques bouteilles cassées. Claire se jeta contre la porte au sommet de l'escalier et faillit se démettre l'épaule. Elle était bloquée.

— Shane !

Il agrippa la poignée et tira de toutes ses forces.

— Merde !

Il décocha un violent coup de pied, parut, l'espace d'une seconde, absent, puis s'engagea sur la volée de marches suivante.

— Encore un étage ! Viens !

La porte du quatrième était ouverte, Claire s'y précipita et trébucha sur un objet. Elle s'étala de tout son long. Shane projeta le faisceau de sa lampe torche dans sa direction, éclairant le linoléum rayé, une pile de cartons branlante… et un squelette. Claire s'écarta en étouffant un cri, avant de réaliser qu'il s'agissait d'un de ces squelettes en plastique dont les enseignants se servaient.

Shane l'attrapa par le bras pour l'aider à se relever. Le motard ne les suivait pas… où était-il ? À l'instant où elle se posait la question, un hurlement à vous glacer les sangs retentit. Shane l'entraîna dans un long couloir et tourna à gauche pour accéder à un nouvel escalier. Ils redescendirent d'un étage : cette fois la porte du troisième ne résista pas. Shane la guida à travers un autre corridor obscur, comptant tout bas les portes. Il s'immobilisa devant la treizième.

— Entre, dit-il en l'ouvrant d'un coup de pied.

Le métal ploya avec un grincement et le battant alla buter contre quelque chose, provoquant un bruit de vaisselle cassée. Claire sentit un frisson lui remonter le long de la colonne vertébrale : elle venait de pénétrer dans une pièce qui ressemblait à une morgue. Chariots en acier inoxydable, murs tapissés de casiers en acier inoxydable. Oui, elle était quasiment certaine qu'il s'agissait d'une morgue. Et qu'elle figurerait dans nombre de ses cauchemars à partir de maintenant, à supposer qu'elle vive suffisamment longtemps pour en faire encore.

— Par ici, indiqua Shane en tirant une trappe, qui donnait sur une sorte de chute à linge.

— Dans tes rêves !

Elle détestait les espaces exigus et ne pouvait rien imaginer de pire que plonger dans cette conduite. Elle ignorait quelle longueur celle-ci faisait, mais elle était étroite et sombre. Et puis Shane avait parlé de « tunnel de la morgue », non ? Est-ce qu'il s'agissait d'une chute à cadavres ? Et si un corps était resté coincé à l'intérieur ?

Le tumulte se rapprochait.

— Désolé, mais on manque de temps, dit Shane en la soulevant et en l'introduisant dans la conduite par les pieds.

Elle s'efforça de ne pas crier, en glissant le long du tunnel froid et sombre habituellement réservé aux morts.

13.

Elle atterrit brutalement sur le béton et ravala les larmes qui lui brûlaient les yeux et la gorge. Une main se referma sur son bras et l'aida à se relever. Un fracas éclata dans son dos et elle s'écarta à temps pour dégager la voie à Shane – elle supposait du moins que c'était lui.

Les lumières s'allumèrent. Enfin, plutôt une lumière, celle de la lampe torche que le père de Shane braquait sur eux. Il considéra froidement son fils, puis Claire.

— Où est Des ?

— Papa… répliqua Shane, abasourdi. Tu étais censé partir ! C'était le but de l'opération !

— Où est Des, bordel ?

— Ils l'ont eu ! La vache, papa…

Les traits déformés par la colère, Frank Collins détourna le faisceau lumineux. Claire cligna des paupières pour chasser les taches qui dansaient devant ses yeux et découvrit deux bikers postés dans un coin.

— Bien, dit-il, passons à l'action.

— Quelle action ? demanda Shane en se relevant (sa cheville foulée le fit tressaillir). Qu'est-ce qu'il y a ? Tu devais décamper !

— Je n'ai pas tué assez de sangsues pour ça. Mais j'ai bien l'intention de revenir au score.

Ses deux acolytes étaient accroupis à côté d'un circuit imprimé trafiqué, apparemment, à partir d'anciennes pièces d'un ordinateur. Il était branché à une batterie de voiture. L'un d'eux tenait deux fils électriques en partie dénudés.

Les pièces du puzzle se mirent en place dans l'esprit de Claire : le père de Shane s'était servi de son fils. Une fois de plus. Il l'avait utilisé comme appât en le laissant croire qu'il était un héros, chargé de détourner l'attention des vampires pour lui permettre de s'enfuir. Il l'avait utilisé pour attirer un maximum de vampires dans un seul endroit. Mais il y avait des humains avec eux, également. Des flics, des aspirants vampires et des personnes qui n'étaient là que parce qu'Oliver détenait un droit sur eux.

Il s'apprêtait à commettre un massacre. De sang-froid. Richard leur avait expliqué que la démolition aurait lieu en fin de semaine : les explosifs étaient déjà en place.

— Ils vont faire sauter le bâtiment ! s'exclama Claire en s'élançant.

Elle n'avait aucune chance face aux motards, mais il lui suffisait de débrancher les fils du circuit imprimé. Ceux-ci ne lui opposèrent aucune résistance et produisirent un éclair bleuté en sortant de leur logement. L'un des bikers la repoussa violemment avant de contempler les dégâts en secouant la tête.

— Elle a bousillé le circuit ! Ça va prendre du temps de tout rebrancher !

Le visage de Frank rougit sous l'effet de la fureur, et il fondit sur Claire, le poing brandi.

— Sale petite...

Shane stoppa le poing de sa paume ouverte.

— Arrête, papa ! Ça suffit, maintenant !

Frank voulut le frapper, mais Shane esquiva le coup. Il accueillit le second dans sa paume ouverte et bloqua le troisième avant de répliquer. Une seule fois.

Frank tomba sur les fesses, l'air terrorisé.

— Ça suffit, répéta Shane, qui n'avait jamais paru aussi grand ni aussi redoutable à Claire. Tu as encore le temps de t'enfuir. Tu ferais mieux de partir tant que tu le peux. Ils découvriront bientôt où nous nous cachons, et devine quoi ? Je ne mourrai pas pour toi. C'est terminé.

Frank ouvrit la bouche, puis la referma. Il essuya ses lèvres sanguinolentes sans quitter son fils des yeux et se releva.

— Je pensais que tu comprenais. Je pensais que tu voulais...

— Tu sais ce que je veux, papa ? Mon ancienne vie. Ma copine. Et je veux que tu partes pour toujours.

Les yeux de Frank brillaient d'un éclat froid, tels ceux d'un requin.

— Ta mère doit se retourner dans sa tombe, en te voyant trahir les tiens. Ton propre père. Tu préfères t'allier avec les sangsues qui infestent cette foutue ville.

Shane ne décrocha pas un mot. Ils s'affrontèrent du regard pendant quelques secondes de silence tendu, jusqu'à ce qu'un cliquetis résonne au-dessus de leurs têtes. Tirant sur la manche de Shane, Claire hasarda :

— Je crois qu'ils ont trouvé la chute. Shane…

— J'aurais dû te laisser griller dans cette maudite cage, sale petit merdeux ingrat. Tu n'es plus mon fils.

— Alléluia, se contenta de répondre Shane. Enfin libre.

Frank Collins éteignit la lampe torche et s'éloigna dans le noir. Shane entraîna Claire dans la direction opposée et ils coururent jusqu'à la sortie, éclairée par la lueur dorée du soleil.

Shane aurait voulu continuer à courir, mais la fuite était inenvisageable. À moins de réussir à quitter Morganville, et même alors, Claire le comprenait seulement, les vampires ne leur ficheraient pas la paix. Pas avec ce qu'ils avaient fait, ou failli faire.

Elle devait arranger les choses. Elle tourna et retourna le problème avant de s'en ouvrir à Shane, qui s'était lancé dans un monologue essoufflé, expliquant qu'il envisageait de voler une voiture. Claire sortit de sa réserve en apercevant les lumières rouges et bleues d'une voiture de police, qui descendait la rue où ils se trouvaient.

— Fais-moi confiance, lança-t-elle en lui lâchant la main.

— Quoi ?

— Fais-moi confiance.

Elle se plaça sur la route de la voiture, qui pila aussitôt, et demeura immobile lorsqu'un projecteur l'aveugla. Elle sentit que Shane battait en retraite et lui intima :

— Shane, non ! Ne bouge pas !

— Qu'est-ce que tu fabriques ?

— Je me rends, répondit-elle en levant les mains en l'air. Et toi aussi.

L'espace d'une seconde d'angoisse absolue, elle crut qu'il n'obtempérerait pas, mais il finit par sortir de l'ombre pour venir se placer à côté d'elle, les mains en l'air. Les portières s'ouvrirent, et il tomba à genoux. Claire l'imita.

En moins de temps qu'il ne faut pour le dire, elle fut plaquée au sol par une main brusque et entendit un homme annoncer :

— Ici Heller. Nous avons Claire Danvers et le fils Collins. Vivants.

Elle était trop occupée à se demander si elle ne venait pas de commettre une terrible erreur en sentant l'acier glacial des menottes se fermer sur ses poignets pour écouter la réponse. Le policier la força à se relever en la prenant par le coude, tirant sur ses muscles endoloris. À côté d'elle, Shane subissait le même traitement, sans résister. Il semblait... nerveux.

— Tout ira bien, lui dit-elle, crois-moi.

Une lueur violente brûlait dans son regard, pourtant il acquiesça.

« J'espère que j'ai raison », pensa-t-elle, la gorge serrée, lorsqu'on les poussa à l'intérieur de la voiture.

Les policiers ne leur adressèrent pas la parole du court trajet. Un comité d'accueil les attendait sur le parking de l'hôtel de ville. Claire faillit pleurer de joie en apercevant Michael et

Eve, main dans la main. Sous leur masque de suie, ils paraissaient inquiets. À côté, Richard Morrell, la tête bandée. Et le maire, avec son habituelle expression indéchiffrable. Claire distingua également une chevelure rousse : Sam se tenait à l'écart. Michael excepté, il était le seul vampire présent. Du moins, le seul qu'elle voyait.

Claire et Shane furent invités à descendre de voiture ; le maire les détailla de la tête aux pieds, l'un après l'autre.

— D'après mes sources, dit-il en plissant les yeux, quelqu'un avait prévu de faire sauter l'hôpital ce matin, mais ses plans ont été contrecarrés.

— Mon père allait détruire le bâtiment et tuer tous ceux qui se trouvaient à l'intérieur, expliqua Shane. Claire l'en a empêché.

Les Morrell, père et fils, échangèrent un regard. Même Sam releva la tête, sans décroiser les bras ni se départir de son expression neutre.

— Et où est ton père ? s'enquit Richard. Shane, tu n'as aucune dette envers lui. Tu le sais.

— Ouais, je sais. Il a décampé. J'aimerais pouvoir dire qu'il ne reviendra pas, mais…

Il laissa la fin de sa phrase en suspens et haussa les épaules.

— Libère Claire, mec, ajouta-t-il. Elle a sauvé des vies, elle n'a blessé personne.

Le maire fit signe au policier qui se tenait derrière celle-ci. Il lui retira ses menottes dans un cliquetis, et Claire frictionna ses poignets meurtris.

— Et Shane ? demanda-t-elle.

— Les vampires ont arrêté deux des hommes de Frank, ils ont avoué que Frank avait assassiné Brandon. Shane a été innocenté, répondit Richard.

— Quoi ?

Shane n'en croyait pas ses oreilles.

— Rentre chez toi, insista Richard tandis que le policier lui ôtait ses menottes. Sam s'est chargé de faire passer le mot parmi les vampires. Ils ne te portent pas dans leur cœur, alors fais attention où tu mets les pieds. Mais, je le répète, tu es lavé de tout soupçon. Enfin, concernant les crimes importants.

— Génial ! s'écria Eve en prenant Claire et Shane par la main. Maintenant, on dégage !

Sa Cadillac était garée à quelques mètres de là. La lunette arrière et les vitres avaient été occultées au moyen de deux bombes de peinture noire, abandonnées par terre. Une odeur de peinture fraîche flottait d'ailleurs dans l'air. Claire monta devant alors que Michael se glissait sur la banquette arrière. Shane hésita avant de rejoindre celui-ci.

— Shane ? lança Eve en démarrant.

— Ouais ?

— Je te préviens, dès qu'on est rentrés, je te bute.

— Super. Je préfère carrément mourir plutôt que discuter.

Un calme irréel planait sur la ville : les incendies avaient été éteints, la foule dispersée à coups de « circulez, il n'y a rien à voir »… Mais Claire savait que ce n'était pas la fin. Loin de là.

Un silence assourdissant régnait dans la voiture, en particulier à l'arrière : un orage semblait se préparer. La tête appuyée contre la vitre, Claire écoutait, avec lassitude et tristesse, Eve pérorer nerveusement sur le père de Shane et l'endroit où il pouvait s'être réfugié. Personne ne lui répondait. « J'espère qu'il partira pour de bon. Et qu'il s'en sortira. » Pas parce qu'il ne méritait pas de payer – au contraire – mais parce qu'elle ne voulait pas voir Shane souffrir encore. Perdre le dernier membre de sa famille. Oui, il valait mieux que Frank Collins... disparaisse.

— Tu l'as dit à Shane, Claire ? demanda Eve au moment où elle se garait devant la maison.

— Quoi ?

— Tu sais bien, répondit Eve en montrant Michael.

Claire se tourna vers la banquette arrière ; Shane regardait droit devant lui, le visage résolument de marbre.

— Laissez-moi deviner... Une fée s'est pointée et elle a libéré Michael, ce qui fait que maintenant il peut sortir de la maison aussi souvent qu'il le veut. Dis-moi que c'est ce qui s'est passé, Michael. Parce que je me triture les méninges depuis que je suis monté dans cette voiture, et la seule réponse que j'ai trouvée me donne envie de gerber.

— Shane... commença Michael avant de secouer la tête. Ouais, ma marraine m'a rendu visite et m'a accordé un vœu. On pourrait ne pas en faire toute une histoire ?

— Ne pas en faire toute une histoire ? répéta Shane. Tu m'expliqueras comment ! Va te faire foutre, Michael !

Il sortit de la voiture et remonta vers la maison. Eve tira un immense parapluie noir du coffre avant d'ouvrir la portière de Michael comme un chauffeur. Il s'en empara et courut après son ami. En dépit de la protection, sa peau se mit à fumer légèrement. Lorsqu'il atteignit l'abri de la véranda, il lâcha le parapluie. Shane en profita pour lui décocher un coup de poing. De toutes ses forces.

Michael l'esquiva et bloqua le second avant de prendre Shane dans ses bras.

— Lâche-moi ! hurla celui-ci en le repoussant. Tu es sourd ? Lâche-moi !

— Je n'avais pas l'intention de te mordre, andouille, dit Michael d'un air las. Je suis juste content que tu sois en vie.

— J'aimerais pouvoir dire la même chose à ton sujet... rétorqua Shane en s'engouffrant dans la maison.

Claire et Eve s'approchèrent de Michael, adossé contre le mur.

— Je... Je lui parlerai, proposa Claire, la gorge nouée. Je suis désolée. Il est un peu... La journée a été longue. Il s'y fera.

Michael acquiesça. Eve lui passa un bras autour des épaules et l'entraîna à l'intérieur. En arrivant dans le salon, Claire entendit la porte de la chambre de Shane claquer. Il n'avait pas traîné ! Et les filles avaient la réputation d'être capricieuses... Elle lorgna sur le canapé, où elle crevait d'envie de s'allonger. Elle devrait peut-être laisser Shane régler son problème tout seul. Il avait survécu à d'autres traumatismes. En même temps, ce n'était pas parce qu'il en était capable qu'elle devait rester en retrait.

Elle remarqua soudain quelque chose d'étrange dans l'atmosphère de la pièce et il lui fallut plusieurs secondes pour mettre le doigt dessus : le salon embaumait un parfum de fleurs. De roses pour être exact. Se renfrognant, Claire pivota sur elle-même et découvrit un énorme bouquet de roses rouges sur le guéridon. À côté, une enveloppe avec son nom calligraphié à l'ancienne.

Elle l'ouvrit et déplia la première feuille.

Chère Claire,

Notre accord verbal ne suffit plus à garantir votre protection, à tes amis et à toi, comme, je crois, tu le sais à présent. Des mesures plus radicales doivent être mises en œuvre, sans tarder, ou tes amis en paieront le prix. Oliver ne laissera pas les événements d'aujourd'hui sans réponse. Vous avez fait preuve de courage mais également de folie dans le choix de vos ennemis.

Examine attentivement ma proposition. Il n'y en aura pas de seconde.

La lettre n'était pas signée, mais Claire n'avait pas le moindre doute sur son auteur. Amelie. Son sceau apparaissait en filigrane dans le papier. Les autres papiers semblaient avoir un caractère administratif. Claire en prit connaissance les sourcils froncés. Elle essayait de comprendre ce qu'ils signifiaient lorsqu'une phrase lui sauta aux yeux :

Moi, Claire Elizabeth Danvers, je dédie ma vie et mon sang à la Fondatrice, je lui jure fidélité, aujourd'hui et jusqu'à la fin de mes jours. J'accepte d'obéir à la Fondatrice en toutes matières.

Oliver avait utilisé la même formule, devant l'hôpital, lorsqu'il avait voulu faire d'elle… son esclave. Claire lâcha les feuilles comme si elles venaient de la brûler. Elle ne pouvait pas signer cet accord. Impossible.

« Ou tes amis en paieront le prix. »

La gorge nouée, Claire rangea le contrat dans l'enveloppe et le fourra dans sa poche au moment où Eve pénétrait dans la pièce.

— Des roses ! Qui est mort ?

— Personne, repartit Claire d'une petite voix. Elles sont pour toi. De la part de Michael.

La surprise se peignit sur les traits de celui-ci, mais il se tenait de dos à Eve. S'il était malin, il jouerait le jeu. Claire monta se doucher.

Se sentir propre rendait la situation plus agréable. Pas non plus idéale, mais beaucoup plus supportable. Claire demeura un moment les yeux rivés sur l'enveloppe blanche libellée à son nom, regrettant de ne pouvoir en discuter avec Shane, Eve ou Michael. Elle devait prendre cette décision seule. Sans eux. Elle savait très bien ce qu'ils diraient, de toute façon. Jamais de la vie.

La nuit était déjà tombée lorsque Shane vint frapper à sa porte. Elle lui ouvrit et le considéra longuement. Elle avait l'impression de pouvoir se repaître indéfiniment de ce spectacle. Il avait les yeux pleins de sommeil et portait sur son visage la trace des plis des draps. Et il était si beau que le cœur de Claire se brisa en un million de morceaux.

— Je peux entrer ? demanda-t-il en passant d'une jambe sur l'autre. À moins que tu préfères… ajouta-t-il en indiquant le couloir.

Elle recula pour l'inviter à la rejoindre, puis referma la porte derrière lui.

— J'ai paniqué pour Michael.

— Ah ouais ?

— Pourquoi tu ne m'as pas prévenu ?

— Ça ne me semblait pas vraiment le moment idéal, répliqua-t-elle d'une voix lasse en s'asseyant sur son lit, adossée à la tête. On essayait de sauver notre peau, Shane.

Il accueillit cet argument d'un haussement d'épaules.

— Comment c'est arrivé ?

— Tu veux savoir qui l'a transformé ? Amelie.

Claire l'observa un moment avant de lui asséner le coup de grâce.

— Il lui a demandé de le faire pour pouvoir quitter la maison.

Anéanti, Shane se laissa tomber sur le bord du lit et la fixa de son regard de chien battu. Le cœur de Claire fondit une nouvelle fois.

— Non. Dis-moi que ce n'était pas à cause de moi.

— Il affirme que non. Enfin, en tout cas, pas entièrement. Il n'avait pas le choix, Shane. Il ne pouvait pas vivre ainsi éternellement.

Il détourna le regard.

— Bordel… Il sait ce que je pense des vampires. Maintenant, je vis sous le même toit que l'un d'eux. Maintenant, j'ai un vampire pour meilleur ami. Ce n'est pas franchement le pied.

— Non, mais ce n'est pas non plus une catastrophe. Shane… ne sois pas en colère contre lui, d'accord ? Il a fait ce qu'il pensait devoir faire.

— Comme tout le monde, je suppose… répliqua-t-il en s'allongeant, les mains croisées sous la nuque, les yeux tournés vers le plafond. La journée a été longue.

— À qui le dis-tu…

— Alors, tu as des projets pour ce soir ? Parce que moi, je suis libre.

Il réussit à la faire rire, alors qu'elle s'en croyait incapable. Il roula sur le côté et la couva d'un regard si tendre qu'elle en eut le souffle coupé. Il tendit une main pour jouer avec ses cheveux, en souriant.

— Tu es toute décoiffée aujourd'hui. Mon héroïne.

— Moi ? Tu plaisantes ?

— Ouais, toi. Tu as sauvé des vies, Claire. Je te l'accorde, j'aurais préféré voir certaines personnes mortes, mais… n'empêche. Je crois que tu as même sauvé mon père. S'il avait fait sauter ce bâtiment et tué ces gens… il ne s'en serait jamais sorti. Je n'aurais pas supporté l'idée qu'il soit libre.

Ils se regardèrent en silence, et Claire sentit une tension entre eux, qui les attirait l'un vers l'autre. Il se pencha vers elle et lui caressa le pied.

— Qu'est-ce que tu veux faire, championne. Regarder un film ?

Elle était parcourue par un mélange inhabituel de fébrilité et de vulnérabilité.

— Non, répondit-elle.

— Tuer des zombies ?

— Non.

— Si tu rêves de jouer au Monopoly, je te préviens, je saute par la… qu'est-ce que tu fabriques ?

Elle s'était allongée à son tour, face à lui.

— Rien. Et toi, de quoi tu as envie ?

— Tut, tut, tut, on ne s'aventurera pas sur ce terrain.

— Et pourquoi ?

— Tu n'as pas cours demain ?

Claire l'embrassa. Son baiser n'avait rien d'innocent. Elle se sentait comme ces roses, capiteuse, sombre et pleine de passion. Cette impression était inédite pour elle, et elle ne parvenait pas à museler la voix qui lui dictait qu'elle devait se montrer entreprenante, parce qu'elle avait failli le perdre, et... Shane appuya son front contre le sien et interrompit leur baiser le souffle court, comme s'il avait manqué de se noyer.

— Attends un peu, chuchota-t-il. Doucement. Je ne vais nulle part, tu sais. Tu le sais, Claire ? Tu n'as pas à m'attirer dans ton lit pour t'assurer que je resterai. Enfin, un jour quand même...

— La ferme.

Il obtempéra en pressant ses lèvres contre les siennes. Un baiser chaste, au début, qui se fit progressivement pressant. Claire avait l'impression qu'elle ne serait jamais repue de ces étreintes, qui lui donnaient des frissons de la tête aux pieds, l'illuminaient de l'intérieur.

— Tu aimes le base-ball ? demanda-t-elle.

Il ouvrit les yeux et cessa de lui caresser les cheveux.

— Quoi ?

— Eh bien, c'est un peu comme si on avait atteint la première base.

— Mmm...

— Maintenant, tu pourrais essayer d'arriver à la deuxième…

— Claire ! J'avais pris l'habitude de penser aux résultats sportifs dans ces moments-là. Pour éviter de m'échauffer. À cause de toi, je ne pourrai plus !

Il l'embrassa langoureusement et promena ses mains sur sa nuque, ses épaules, caressant la peau que son mince tee-shirt laissait dénudée. Il descendit encore…

— Bordel ! s'écria-t-il soudain en roulant sur le dos, la respiration heurtée.

— Quoi ? Shane ?

— Tu as failli mourir, Claire. Et tu as seize ans.

— Bientôt dix-sept, rétorqua-t-elle en venant se blottir contre lui.

— Ouais, ça change tout. Écoute…

— Tu veux attendre ?

— Oui. Bon, je ne peux pas dire que ça me fasse vraiment plaisir, mais en ce moment j'essaie d'être responsable. Le truc, c'est… c'est que je n'ai pas envie de te quitter ce soir.

Il l'enlaça, et le monde se résuma soudain, pour elle, à la chaleur de ce corps pressé contre le sien, à la voix douce qui lui susurrait au creux de l'oreille et au désir brûlant dans les yeux de Shane.

— Mais je vais avoir du mal à résister, reprit-il. Il faut que tu m'aides.

Le cœur de Claire battait la chamade.

— Tu veux rester cette nuit ?

— Oui, je… J'ai besoin de toi.

Elle l'embrassa tendrement.

— Alors, reste.

— Entendu. Mais je te préviens, si on joue au base-ball, je ne dépasserai pas la deuxième base.

— Tu en es sûr ?

— Sûr et certain.

Et il tint parole, en dépit des tentatives de Claire pour le faire changer d'avis.

Roulé en boule sous la couette, Shane ronflait légèrement. Claire avait réussi à lui faire enlever son tee-shirt et elle se repaissait du spectacle de son dos musculeux sous la caresse dorée des premiers rayons du soleil. Elle mourait d'envie de le toucher… mais elle ne voulait pas le réveiller. Il devait se reposer. Quant à elle, elle avait quelque chose à faire.

Quelque chose qui ne plairait pas à Shane.

Elle se glissa hors du lit avec mille précautions et enfila son jean qui gisait en tas par terre. L'enveloppe était toujours dans la poche arrière. Elle relut le mot qui accompagnait le contrat, puis posa celui-ci sur le bureau, en jetant un coup d'œil à Shane et en imaginant ce qu'elle éprouverait si elle le perdait. Si elle perdait Eve et Michael.

« Moi, Claire Elizabeth Danvers, je dédie ma vie et mon sang à la Fondatrice, je lui jure fidélité… »

Shane avait qualifié son attitude d'héroïque, mais elle ne partageait pas ce sentiment. Elle se faisait l'impression d'une ado terrifiée, ayant beaucoup à perdre. « Je ne peux pas le voir souffrir une nouvelle fois. Pas si j'ai la possibilité de l'empêcher.

Michael… Eve… je ne prendrai pas ce risque. Qu'est-ce qui m'arrivera au pire ? »

Claire ouvrit le tiroir à la recherche d'un stylo.

Extraits du journal d'Eve Rosser

Automne 2010

Comment expliquer ce qu'on éprouve quand on se sent prêt à mourir ? Moi, je ne trouve pas les mots. Je suis même incapable de décrire mes sentiments. Tout ce que je sais, c'est que j'ai peur, que j'ai en permanence l'impression d'être nue et que je n'ai qu'une envie : me glisser sous la couette et y rester très, très longtemps. Le père de Shane est parti… La vache, je pensais que mes parents méritaient d'être renversés par un train, mais ce type-là devrait carrément être atomisé ou envoyé dans une autre galaxie. Shane prétend qu'il est toujours à Morganville, mais au moins ils ont débarrassé le plancher de la maison, lui et sa bande d'abrutis. Shane a l'air de s'en être sorti plus ou moins intact. Son père est un vrai trouduc, je l'ai dit ? Un méga trouduc.

Michael est revenu. Je veux oublier que je l'ai vu mourir. Ces brutes l'ont traîné dehors, et même si je n'ai pas assisté à la suite, je sais qu'ils ont charcuté son cadavre avant de le balancer dans une fosse, au fond du jardin. Je ne peux pas l'interroger sur ce qui s'est passé, lui demander s'il se souvient. Je ne veux rien savoir.

Quant à Claire… eh bien. La petite Claire réussit toujours à rebondir. J'ignore comment elle fait. À l'heure où j'écris, depuis mon lit, Shane et elle sont en train de se lécher la pomme sur le canapé, en bas. Ces deux-là ont vraiment l'air de s'apprécier. Je devrais peut-être la prendre entre quatre yeux et lui expliquer deux trois trucs sur Shane. C'est vrai, elle n'a que seize ans ! Même si elle a la maturité d'une nana de quarante balais !

En même temps, à son âge, je me prenais aussi pour une dure à cuire. Attendez, j'étais une dure à cuire à seize ans. Carrément.

Je suis amoureuse d'un type qui est mort. Ça fait de moi quelqu'un de zarbi ? Je veux dire d'encore plus zarbi ? D'après le test de *Cosmo*, Michael a un super potentiel en tant que petit copain : être musicien lui apporte plein de points supplémentaires, parce qu'il est, du coup, un être sensible, doté d'un sens artistique et de mains agiles. Il a obtenu un score comme 8 sur 10, sur une échelle allant du tueur en série à Johnny Depp. Et s'il n'était pas mort, il aurait le maximum. Mais il l'est. Mort. La moitié du temps, en tout cas. Je commence d'ailleurs à en voir les inconvénients. Il ne pourra jamais m'emmener dîner. Il ne m'embrassera jamais à la fin d'un concert pour faire saliver les autres filles - ce serait le pied pourtant ! Il ne… bref, il y a un tas de choses qu'il ne fera jamais, et l'une d'elles consiste à sortir de la maison. Ou être à mes côtés dans la journée, si j'ai besoin de lui.

Peu importe le nombre d'avantages par ailleurs.

En conclusion : je suis zarbi parce qu'amoureuse d'un macchabée, mais d'un macchabée sacrément sexy.

Ça ne m'avance pas beaucoup.

Comme si ma vie n'était pas suffisamment traumatisante en ce moment, mon petit frère, Jason, s'est mis à me suivre. Je n'en avais pas la certitude au début… J'ai cru que je me faisais des films. Ça vous est déjà arrivé d'apercevoir quelque chose du coin de l'œil et puis de ne plus rien voir dès que vous tournez la tête ? Mon frère est exactement comme ça. Aussi insaisissable qu'une anguille. Ou que Michael après le lever du soleil. Au choix.

Sauf qu'aujourd'hui, quand j'ai fait volte-face parce que je croyais l'avoir repéré, il était là. En chair et os, toujours aussi terrifiant. Pas à cause de sa stature, non, Jason a un gabarit de poids plume, mais je ne connais personne de plus féroce, de plus coriace. Même avant qu'il se mette à dézinguer ses nanas, les petites frappes évitaient de s'y frotter. Je ne peux pas m'empêcher de penser que ces deux années de prison lui auront seulement appris à être plus méchant encore.

Même à une distance de cinq mètres, il m'a impressionnée ; pourtant, il n'a rien fait d'inquiétant. Il est resté planté là, à sourire. On était sur le campus de la fac, en plein jour, entourés par une foule d'étudiants, et pourtant je me suis sentie agressée.

Je me suis interrogée sur ses intentions. Ça lui aurait bien ressemblé de m'observer fixement, un sourire aux lèvres, puis de partir sans rien dire. Mais il a fini par s'approcher de moi, les mains enfoncées dans les poches de son sweat-shirt noir à capuche. Il est un peu plus petit que moi et beaucoup plus mince - une vraie star de rock bon pour la cure de désintox. Il continue à donner dans le gothique, teint ses cheveux châtains en noir et les coiffe en piques. Et il met plus d'eye-liner que moi. Il portait un jean délavé et déchiré, des rangers et une chemise, le tout noir. Bref, son apparence n'avait rien de remarquable, mais il... il me foutait le malaise. J'aurais voulu l'éviter, mais j'étais comme pétrifiée et j'aurais eu l'air débile d'appeler au secours alors qu'il ne faisait rien. Il n'était même pas armé, apparemment.

Il s'est arrêté dix centimètres trop près.

- Alors, Eve. Ça faisait longtemps.

Je n'ai rien répondu. Je l'ai observé pour voir ce qui allait suivre. Il était capable de tout. De n'importe quoi.

- Je voulais juste t'apprendre que j'étais sorti, a-t-il dit en haussant les épaules. Je me doute que tu meurs d'envie d'organiser une fête pour l'occasion, mais retiens-toi.

- Tu veux quoi ?

J'essayais de me donner l'air d'une dure, mais je réussissais seulement à montrer que j'étais terrorisée.

– Je suis passé voir les parents. Je pensais te trouver là-bas, mais maman m'a expliqué que tu avais déménagé.

Jason a les mêmes yeux que moi, j'avais l'impression de me regarder dans un miroir. Un miroir déformant, un miroir profondément dérangé.

– Déménagé ? Je n'ai pas déménagé. Ils m'ont foutue à la porte.

Il n'a pas paru surpris.

– Tu n'as pas cédé à Brandon, alors.

– Non.

Je m'en voulais d'avoir cette discussion. Je m'étais juré de ne plus jamais adresser la parole à Jason… et pourtant. Je faisais même la conversation.

– Qu'est-ce que tu veux ?

– La paix dans le monde, a-t-il répondu avec un sourire étrange. Avec qui as-tu signé ?

– Personne.

– Culotté. Débile, mais culotté.

Son sourire ne quittait pas ses lèvres. Ça commençait à me taper sur le système. Je risquais bien de m'enfuir, d'une seconde à l'autre, en hurlant comme une gamine.

– Devine qui était là pour m'accueillir à la sortie de prison, ou plutôt du trou sous les cellules où on m'avait enfermé ?

Je ne voulais pas savoir. Vraiment pas. Mais il avait pris l'ascendant sur ma volonté.

– Qui ? ai-je demandé en pensant : « Ne réponds pas Brandon, je t'en supplie. »

– Brandon, a-t-il répliqué sans ciller. Il me l'a joué nostalgique du bon vieux temps. Je ne t'ai jamais vraiment remerciée de m'avoir autant aidé à régler ce petit problème, si ?

– Jason…

Je n'ai pas pu m'empêcher : j'ai reculé d'un pas, un petit pas, mais suffisant pour provoquer son hilarité. Son rire me mettait aussi mal à l'aise que le reste de sa personne.

– Détends-toi, Eve ! Je ne vais rien te faire, ici, a-t-il ajouté en redevenant parfaitement sérieux (ce qui était mille fois pire). Je sais où tu habites, sœurette. Je sais où tu travailles. Je connais tes amis. Et toi, tu sais que Morganville n'est pas assez grand pour que tu puisses espérer m'échapper, si ?

Je n'ai rien dit. Je n'étais pas sûre que les mots réussiraient à franchir le nœud qui me serrait la gorge. Jason m'a détaillée de la tête aux pieds avant de se remettre à sourire. De ce sourire mielleux, effrayant et tellement contre nature.

– Tu as l'air en forme, Eve. Tu as un mec ? Un des deux nazes avec qui tu vis ? Tu as toujours bien aimé le blondinet. Je me souviens. Je lisais ton journal à l'époque, tes élucubrations ridicules sur son pouvoir de séduction. Ohhh ! Michael !

Il essayait de m'atteindre, et je ne devais pas le laisser parvenir à ses fins. Au moins, j'avais la certitude qu'il serait incapable de blesser Michael. Quant à Shane, il avait toujours été capable de veiller sur lui comme un grand.

Jason a levé un sourcil, haussé les épaules et rabattu sa capuche sur sa veste en laine polaire noire. Il s'est éloigné de quelques pas avant de se retourner pour me regarder.

– Dis un mot gentil sur moi à ton autre coloc. Claire, c'est ça ? Très mignonne. Et juste à ma taille.

J'en ai aussitôt eu les sangs glacés. Toutes mes bonnes résolutions pour rester de marbre se sont envolées.

– Elle n'a que seize ans, Jason, c'est une gamine. Ne l'approche pas ! Je te préviens !

Il a agité ses dix doigts en souriant.

– Ouhouh, je tremble...

Sur ce, il s'est éloigné et, en cinq enjambées, il a disparu derrière une haie. Je me suis lancée à ses trousses mais je n'ai pas réussi à retrouver sa trace. Il y avait trop de monde : Jason se fond facilement dans la masse, il faut l'observer attentivement pour comprendre que quelque chose cloche chez lui.

Je devrais sans doute conseiller à Shane de redoubler de vigilance avec Claire. En même temps, il prend déjà très au sérieux sa mission de garde du corps... N'empêche, je vais quand même lui en parler.

Ils ont Shane. À cause de moi.

Je lui ai raconté. Je lui ai raconté pour moi, pour Brandon et surtout pour Jason. Pour qu'il veille sur Claire. Mais, évidemment, au lieu de prendre une décision raisonnable et de ne pas la lâcher d'une semelle, il a décidé de suivre Jason. Qui l'a mené tout droit à Brandon. Ensuite, j'imagine, il a vu son père enlever Brandon. Et comme il s'agit de Shane, il n'a pas foncé chercher la cavalerie. Non. Se prenant pour un héros, il est allé trouver l'ennemi tout seul, espérant réussir à convaincre ces trouducs de ne pas se conduire comme des trouducs. Le pire, c'est qu'il l'a fait pour sauver Brandon !

Je suis presque certaine qu'ils l'ont forcé à regarder. Oh, bon sang…

Tout ça à cause de moi.

Maintenant, les vampires ont enfermé Shane dans une cage sur la place de la Fondatrice. Ils ont l'intention de le tuer, et Michael m'a séquestrée dans ma chambre, le salaud, lorsque j'ai voulu aller le sauver. Comme si j'étais une gamine de l'âge de Claire ! Comme si j'étais débile ! Et est-ce qu'il a retenu Claire ? Bien sûr que non ! Il l'a même envoyée en mission, je ne sais où. Il va réussir à la faire tuer aussi. Je le déteste ! Je le tuerai plus tard. Même si ça ne sert à rien puisqu'il est déjà mort. Je le ferai quand même, pour le geste. J'ai des pieux, et tout.

O.K., je le reconnais, j'ai peut-être eu une réaction excessive en voulant jouer les cowboys et aller tuer des vampires, mais est-ce que c'était une raison pour m'enfermer dans ma chambre ? Il se prend pour qui ? Je ne coucherai jamais avec lui. Jamais. Je me fous qu'il soit « canonissime ».

On doit faire quelque chose pour Shane. Son père ne lèvera pas le petit doigt, et il n'a personne d'autre. Il n'a plus que nous. Par nous, j'entends Claire et moi, parce que Michael ne nous est d'aucune utilité.

J'ai déjà dit que j'allais le tuer ?

La vache, j'ai encore déconné. À cause de moi, Claire a failli se faire violer, et pourquoi ? Quel besoin avais-je de l'emmener à la Nuit des Zombies ? Je savais pourtant que c'était dangereux. J'avais trop la trouille de me pointer là-bas toute seule, sans renfort. Claire ne s'est pas rendu compte du nombre de vampires qui étaient présents à la fiesta, mais moi, oui. Des dizaines. Ils sont friands de ce genre de soirée. Ils ont peut-être le sens de l'humour... En tout cas, je n'ai pas été surprise d'apprendre que Sam s'y trouvait.

Je pensais qu'il suffirait d'entrer et de ressortir avec lui... Je n'avais pas anticipé qu'il y aurait autant de monde, ni que Claire pourrait être menacée par quelqu'un d'autre qu'une sangsue. Si bien que lorsqu'elle s'est volatilisée, j'ai cherché au mauvais endroit, j'ai interrogé les vampires... et on a vraiment eu de la chance que je l'entende hurler mon nom par-dessus la musique quand j'ai frappé à cette porte. Sans l'aide de Sam, la situation aurait dégénéré. Sérieusement. Je n'en reviens pas qu'un truc pareil lui soit presque arrivé à cause de moi.

Les vampires étaient à la soirée pour une raison : je ne sais pas laquelle, mais je sais, en revanche, que le père de Shane n'a eu aucun mal à les repérer, du coup, et à lancer l'opération Attaque surprise du vengeur masqué. Il a tué quelques étudiants au passage, mais Frank Collins ne s'embarrasse pas de ce genre de détail. La vache, je hais ce type. Et je n'arrive pas à croire que la moitié de l'ADN de Shane lui vienne de cette enflure.

J'espère que Claire n'est pas traumatisée. Dès notre retour, on l'a couchée dans son lit. Elle délirait, je savais qu'elle ne tarderait pas à perdre conscience. Elle sera en pétard quand elle découvrira que je l'ai laissée dormir, mais elle en avait besoin.

Je vais faire un petit somme, aussi. La journée a été longue, et on doit encore sauver Shane.

Shane est tiré d'affaire.

Pas Michael.

Je ne pensais pas que les choses prendraient cette tournure. Vraiment pas. Peut-être que j'ai influencé Michael, involontairement. Peut-être… peut-être pas. Mais je me suis comportée comme une vraie grognasse alors qu'il était au plus mal. Je n'aurais jamais imaginé qu'il ferait ÇA.

C'est sans doute une bonne chose… d'une certaine façon. Michael était piégé avant, maintenant il est libre. Maintenant il peut sortir. Aller où bon lui semble. Faire ce qu'il veut. Et puis maintenant il appartient à la classe dirigeante… celle des vampires. Je me demande si, du coup, il est plus mort ou moins mort… Cher test *Cosmo* : combien de points pour un petit copain qui brûle au soleil, se nourrit de sang et ne bronze jamais ? Je précise qu'il est toujours aussi irrésistible… Et je lis dans son regard, même si ses yeux ont changé, qu'il s'efforce de rester celui qu'il était. De rester mon mec.

Je hais les vampires. Je les HAIS. Comment pourrais-je être amoureuse de l'un d'eux ? Comment ?

J'essaie de lui cacher à quel point tout ça me perturbe.

Les Échos des crocs est un journal publié par un type qui se fait appeler Capitaine Évidence. Il n'a aucun moyen et se prend pour un gros malin, mais ce qu'il écrit est généralement à se pisser dessus. Enfin, pas le numéro d'aujourd'hui. Aujourd'hui, je n'ai aucune envie de rire. Parce qu'il a publié une photo de Michael et un article annonçant qu'il est devenu le plus jeune vampire en ville. Le père de Shane n'est sans doute plus dans le coin mais, si c'est le cas ou s'il a réveillé la vocation d'aspirants tueurs de vampires, Michael constitue une cible idéale. Et vu qu'il était l'un d'entre nous, l'un des citoyens humains de Morganville, tout le monde le détestera. Surtout ceux qui rêvent de rejoindre les rangs des sangsues, comme Monica et ses Monickettes, qui considèrent qu'elles auraient dû être en tête de la liste d'attente pour l'immortalité.

Oh, et ce n'est pas tout ! Au bas de la deuxième page, il y avait une autre nouvelle, pire : la police a découvert un deuxième cadavre. Une fille de mon âge, que je connaissais un peu, du lycée. Elle n'a pas été tuée par un vampire (elle aurait été vidée de son sang sinon). Violée, étranglée et poignardée. La seconde en moins d'une semaine.

Comme par hasard, Jason a choisi ce jour-là pour téléphoner. Michael a décroché et m'a passé le combiné - il n'a pas identifié la voix de mon frère, qui s'est bien abstenu de se présenter. Je l'ai reconnu à la seconde où il a prononcé mon prénom. Je n'ai rien dit. Michael ne s'était pas beaucoup éloigné, et il a dû sentir quelque chose, parce qu'il est revenu sur ses pas pour poser les mains sur mes épaules. Je me suis laissée aller contre lui et, après avoir repris mon souffle, j'ai demandé à Jason :

- Qu'est-ce que tu veux ?

- Tu n'arrêtes pas de me poser cette question. Je cherche juste à renouer avec ma famille. C'est pas un crime, si ? Alors, tu as dormi comment, sœurette ? Pas de cauchemar ?

Il avait l'air complètement défoncé.

- Fous-moi la paix, Jason.

J'ai raccroché. Pas violemment. J'ai reposé le combiné sur son socle sans un bruit, puis je me suis tournée vers Michael.

- Il ne nous arrivera rien, a-t-il dit en déposant un baiser sur mon front. Tout ira bien.

Je suis amoureuse, et j'ai envie d'être heureuse, mais une part de moi se demande si Michael sait de quoi il parle.

Parce qu'on est à Morganville, et que « tout ira bien » ne fait pas vraiment partie de notre lexique.

Composition *Groupe JOUVE* – 45770 Saran
N° 604605V

Impression réalisée par
CPI BRODARD ET TAUPIN
La Flèche
en mai 2012

« Pour l'éditeur, le principe est d'utiliser des papiers composés de fibres naturelles, renouvelables, recyclables et fabriquées à partir de bois issus de forêts qui adoptent un système d'aménagement durable. En outre, l'éditeur attend de ses fournisseurs de papier qu'ils s'inscrivent dans une démarche de certification environnementale reconnue. »

20.19.2000.6/03 – ISBN 978-2-01-202000-9
Dépôt légal 1re publication février 2011
Dépôt légal : juin 2012
N° d'impression : 69409

Loi n° 49-956 du 16 juillet 1949
sur les publications destinées à la jeunesse.